페르세우스여 안녕

이홍사 장편소설

뿌리출판사

페르세우스여 안녕

이홍사 장편소설

뿌리출판사

아홉이라는 고개

언젠가부터 숫자에 집착하는 버릇이 생겼다. 우리나라 사람들은 왜 아홉을 고개라고 할까. 아홉이라는 숫자의 고개가 부여하는 의미는 무엇일까. 두려웠다. 아홉이라는 숫자가 두려웠다. 현생에 왔다는 발자국으로 책을 아홉 권 내는 게 꿈이었다. 아홉이라는 고개 밑에서 한참이나 주머니 속에 흩어진 시간을 만지작거리며 망설였다. 글이 손에 잡히지 않아서 오늘은 산소에 가서 잔디를 다듬고 들어왔다. 누구의 산소가 아닌 내가 돌아갈 자리다. 이젠 급한 마음이 든다. 차근차근 돌아갈 길을 더듬어야지. 막상 활자를 만든다고 생각하니 모자라는 마음이 일지만 아홉 고개를 넘어서기로 했다. 소설 한 편에 세상의 섭리와 이치를 다 담을 필요도 이유도 없다. 이러한 이유로 아홉 권째의 책을 넘어서 두 자리 숫자로 만들기로 했다. 이것이 바로 작가가 헤치고 가야 할 생이 아닐는지. 참 험난하다. 아홉이라는 고개를 넘으면서 페르세우스에게 묻는다. 아홉 고개가 무엇이냐고.

페르세우스여 안녕

*1.

별이 쏟아진다.

별 위에 별, 별 너머에 또 별이다. 참말로 별천지다.

안녕! 안드로메다.

페르세우스는 새벽에 아파트 현관을 나서면서 빛을 발하는 별자리를 보고 손을 가뿐하게 흔들어 보였다. 새벽이 상쾌했다. 아직도 어둠이 가시기 전이라 하늘에는 은하가 흐르고 있었다. 안드로메다 별자리라고 착각하는 북극성이 그를 보고 반짝, 빛을 더 발하는 듯했다. 한국에서는 안드로메다를 볼 수가 없다. 하지만 안드로메다는 하늘에 박혀있다. 페르세우스는 착각한다.

안드로메다? 별자리 이름이지만 왠지 정겹지 아니한가.

아파트에서 별을 본다는 게 신기하기만 했다.

지은 지가 오래된 복도식 변두리 아파트라 덤으로 별자리를 볼 수가 있다.

이 시대의 가난한 자는 별을 볼 수가 있다.

가난한 자에게 선사하는 별?

신은 참 공평하기도 하지.

페르세우스는 공평한 신이 머무는 하늘을 올려다보았다.

은하가 흐르는 산기슭으로, 찬바람이 따라 내려오다가 아파트 단지의 높은 장애물을 만나 찬기가 휘감아 도는 듯했다.

다나에!

청동의 탑에 갇힌 불쌍한 어머니!

페르세우스는 복도에 서서 불이 켜진 어머니 방의 청동으로 된 창을 보고 속삭였다. 어머니는 청동 탑에 갇혀 아직 주무시는 모양이었다. 불을 켜놓은 채 잠이 드셨는지 창문으로 불빛이 새어 나오고 있었다. 새벽까지 뒤척이다 잠이 드신 모양인지라 어머니 잠에 방해가 되지 않도록 페르세우스는 조용하면서 부산하게 채비를 하고 나왔다.

아직 메두사라는 악령의 머리를 가지지 못했다.

오늘도 메두사의 머리가 어디에 있는지 탐색전에 나서는 길이다.

머리카락이 실뱀으로 우글거리는 메두사의 저주받은 머리, 그 악령들이 어디에 있는지 아직은 모르지만, 꼭 찾아내 목을 잘라야만 할 일이다. 메두사의 머리? 가슴 시린 일이다.

메두사의 머리!

페르세우스, 설민수는 오래된 맹세처럼 그 말을 되새기고 어금니를 깨물었다. 메두사의 머리를 떠올리고 아버지를 생각하니 갑자기 숙연해졌다.

아! 아버지.

봄이 오고 있다지만 아직도 새벽은 쌀쌀했다.

금세 차가운 기운이 목깃을 파고들었다. 페르세우스는 몸을 웅크리고 계단을 내려와 아파트 마당에 주차된 승용차에 올랐다. 기동성을 위해서 중고로 구매한 흰색 스포츠카다. 비록 중고지만, 성능으로 따지면 길이 잘 든 백마에 비유할 수 있다. 백마가 아니라 아테나 여신에게 얻은 날개가 달린 신발에 견주어야 할지도 모르는 이동수단이다. 메두사의 머리를 가지려면 허공을 날 수 있는, 날개 달린 신발을 꼭 필요로 했다.

오늘은 도경의 강력계장으로 갔다는 최경욱을 찾아가 볼 생각이다.

그에게 무슨 단서가 있을지 모른다. 단서가 없더라도 사죄를 받아 아버지에게 전해야 한다는 생각이었다. 그는 아버지를 모질게 괴롭힌 자가 분명하다. 아주 모질고 악랄하게.

페르세우스는 그와는 약속한 바가 없다. 사전에 전화해서 조율하거나, 조르더라도 시간을 내줄 작자가 결코 아니라는 걸 알고 있다. 시간을 내주기는커녕, 찾아간다는 걸 알면 강력계니 외근이나 범죄현장 조사라고 핑계를 대고 출근조차 하지 않을 작자일지도 모른다.

기습적인 방문밖에는 만날 길이 없다.

페르세우스의 아버지 사건과 더불어 선거가 끝나고 경감에서 경정으로 한 계급 승진해 도경으로 들어간 인물이다. 가슴 시린 일이지만, 최경욱은 해평경찰서의 경감으로 근무할 당시 수사팀장으로 아버지 수사를 전담했던 인물인데, 아버지 사건의 수혜자라면 수혜자가 되는 셈이다. 최경욱은 아버지의 사건이 끝나고 바로 특진인지 모르지만 승진해서 도경으로 발령을 받았다. 경찰로서, 일취월장한 셈인데 남의 불행을 도약의 발판으로 삼아 일어선 인물이 분명하다.

모두가 아버지의 얘기를 꺼내면 지나간 일이라고 일축하고 꼬리를 사린다.

심지어 아버지의 편에 서서 피해를 본 사람들조차 그렇고, 어머니마저 시답잖은 짓이라고 생각하는 모양이다. 죽은 아버지가 살아 있는 사람들에게서 이렇게 쉽게 잊히는 줄 몰랐다.

이별의 기술이라고나 할까?

그러고 보면 인간이란 참으로 자기 자신만의 안식을 추구하는 동물이다. 육체적으로나 정신적으로나 편한 쪽으로 쉽게 옮겨 앉는 동물이 분명하다. 페르세우스는 그 점이 못내 못마땅하지만, 방법이 없다. 직접 발로 뛰면서 어디엔가 있을 매듭을 찾아서 실마리를 풀어야 한다.

실타래는 상당히 엉켜있다.

단순한 자살 사건이 아니다.

적어도 미필적 고의에 의해 자살을 당한 사건이다.

자살을 당했다?

말에 어폐가 있지만 그런 말이 공공연히 떠도는 시대가 도래했다.

페르세우스는 황금의 방패를 지니고 있다.

그건 바로 P.I.A 민간조사자, 달리 말하면 공인 사설탐정 자격증이다. 그건 정말이지 그리스 신화의 페르세우스가 메두사의 목을 베러 갈 적에 아테나가 준 황금 방패와 다를 바가 없다. 그 황금 방패에 비친 자신의 흉측한 모습을 보고 메두사는 그대로 굳은 돌이 되어 페르세우스는 쉽게 그 마녀의 목을 벨 수가 있었다.

OECD 국가 중에서 유일하게 한국엔 아직 사설탐정 제도가 합법화되지는 않았지만, 이 자격을 지닌 것만으로도 힘이 난다. 관공서를 출입하면서 신분증을 제시하면 태도가 달라지고 일반인과는 차원이 다른 방식과 언어로 대하는 게 사실이다.

언젠가 이 사설탐정 제도가 합법화되면 정보를 공유하고 합동수사나 도움을 받을 일이 생길 수도 있기에 미리부터 꼬리를 사리는 것인지도 모른다.

경찰과 검찰의 수사력은 한계가 있다.

좀 더 있으면 미궁으로 빠지는 사건은 사설탐정에게 몰리게 되어있다. 어머니는 쓸데없는 짓거리라고 하셨지만, 장래가 촉망되는 자격증이라는 게 페르세우스의 생각이다.

공권력이란, 인원도 인원이지만 수사에 지구력이 없다는 중대한 결함을 가지고 있다. 어떤 사건이든 물고 늘어지는, 끈질긴 이빨이 없다. 또 섣불리 하는 수사, 공권력이 어떤 선의자에게 막대한 피해를 양산하는지 모른다. 거기에 대한 아무런 책임도 없다. 선의의 피해자가 혐의를 들고 나서면 공권력은 대꾸한다.

증거 있어요?

힘이 빠지고 맥이 탁, 풀리는 말이다. 이 한마디에 피해자는 실의에 빠지고 수사는 미결로 종결된다. 혐의는 다분하지만, 물적 증거를 바탕으로 하는 수사이고 책임지지 않으려는 공무원의 심보가 심리적 배후에 버티고 있기 때문이다. 아직은 말들이 많지만 언젠가는 사설탐정 제도가 합법화될 것이다. 페르세우스도 그날을 기다린다.

거리는 한산했다.

새벽인지라 출근이 시작되지 않은 탓이다.

소도시지만 출근 시간이 되면 차가 보통 막히는 게 아니다. 그 시간을 피하고 도청 소재지에 가서도 출근의 혼잡을 피하려고 페르세우스는 서둘러 집을 나온 것이다.

고속도로 진입로로 향하는 거리는 한산했고, 팔 차선 대로엔 가로등이 양쪽에 일렬로 서서 불을 밝히고 있었다. 가로등 사이에선 새벽 안개가 뿌옇게 피어오르고 있었다. 어디선가 무슨 사건이 일어날 것 같은, 근거 없는 불길함에 몸을 떨며 페르세우스는 가속페달을 밟았다.

죽은 자는 말이 없다.

어젯밤에 읽었던 소설의 제목이다. 잠을 청하려고 고전을 잡았다. 오스트리아의 작가 아르투어 슈니츨러가, 거의 백 년 전에 쓴 작품인데 페르세우스는 아버지를 생각하며 읽었다.

죽은 자는 말이 없다?

책을 읽는 내내 작품의 내용에 전념할 수가 없었다. 슈니츨러는 인간의 감정을 본위로 하는 문학에 그치지 않고, 자연주의 문학의 장점을 취하며 한층 깊고 넓은 폭으로 인간 세계의 완전한 형식미를 이루고 있다고 논자들은 평했는데 아쉽게도 다 읽지 못했다.

 단편소설임에도 불구하고 주의가 산만해져서 무엇을 읽었나? 되짚어보고 거듭 읽다가 책을 덮었다. 책을 덮으면서 페르세우스, 설민수는 자신의 감정도 말이 없어진 게 아닌가 하는 의심이 들었다.

 뭘 기다리고 있는 거야?

 도대체 내가 뭘 기다리고 있는 거야?

 소설의 주인공인 에마는 마차가 전복되는 순간, 깔려 죽은 애인의 머리를 무릎에 얹어놓고 사람을 기다리는 장면에서 더 읽히지 않았다. 백 년 전, 그 옛날에도 마차에 깔려 죽는 교통사고는 소설에 등장했다.

 뭘 기다리고 있는 거야?

 이 문장을 서른 번도 넘게 읽었지만, 뜻은 감이 잡히지 않았다. 그땐 페르세우스가 눈은 책에 두었지만 다른 생각을 하고 있었기 때문이다. 무슨 생각을 했는지 모르겠지만 책의 활자는 그냥 그의 눈에 반복적으로 밟히고 있었을 뿐이다. 그 부분에서 더 읽지 못하고 책을 덮으며 페르세우스는 중얼거렸다.

 "도대체 나는 뭘 기다리는 거야?"

 그 말을 넋두리처럼 반복해서 중얼거리며 뒤척이다 잠이 들었다.

 낡은 아파트는 마치 청동으로 된 탑에 갇힌 것처럼 갑갑했다.

비록 변두리의 낡은 아파트지만 그래도 어머니, 다나에가 계시는 집에서 잠이 드니 불안감이 덜했다. 비교하자면, 군대 내무반의 침상보다는 낫다는 얘기다.

어머니가 계신다는 것이 얼마나 다행인가.

군에 있을 적에는 감정 표출을 못 해 죽을 맛이었다. 아버지는 페르세우스가 군에 있을 적에 돌아가셨다. 아버지의 갑작스러운 장례를 치르고 귀대한 페르세우스는 어머니 걱정에 거의 잠을 자지 못했다.

늘 충혈된 눈으로, 잠이 덜 깬 듯, 혼미한 정신으로 생활했어야 했다.

병장 시절이었다.

군에 매인 몸이라 아버지의 선거운동을 돕지 못하는 점을 죄스럽게 생각하고 있을 때 비보를 접했다. 비보는 새벽에 전언통신에 의해 날아온 것이다. 당시에 병장이었던 페르세우스는 그게 현실이라고는 믿기지 않았고 침상에서 멍하게 한참이나 앉아 있었다.

설병장님 괜찮으세요?

얼굴이 창백하게 그대로 굳었던가? 후임들이 몸을 부축해서야 일어날 수가 있었다. 그리고 머리를 몇 번이나 흔들고서야 현실을 직시했다.

고속도로도 한산했다.

밤을 새워 달려온 화물차들이 납품 시간을 맞추기 위함인지 육중한 엉덩이를 흔들며 질주하고 있었지만, 승용차들은 눈에 띄게 줄어 있었다. 고속도로에도 옅은 안개가 여전했다. 옅은 안개였지만 강을 중심으로는 짙었다. 낙동강을 기준으로 해서 대교 전후에는 안개가 유독 심했다. 속도를 줄일 수밖에 없었다.

이별의 기술?

조금 전에 떠올린 말이 문득 뇌리에 스쳤다. 그걸 기술이라고 할까? 숙련도라고 할까? 스물일곱 살, 페르세우스가 체득하기에는 상당히 난해한 기술이다. 적어도 아버지의 죽음 앞에서는 그렇다. 그 기술은 난해했다. 어쩌면 영원히 숙련되지 않을 이별의 기술인지도 모른다.

아버지는, 아버지 자신도 페르세우스도 전혀, 준비가 되지 않은 상태에서 이별을 고했다. 준비가 되지 않기는 어머니 다나에도 마찬가지일 것이다. 그래서 어머니는 공황장애에서 벗어나지 못하는 것인지도 모른다.

"또 그 생각이군!"

페르세우스, 설민수는 고개를 흔들며 중얼거렸다.

대교를 건너자 휴게소가 눈에 들어왔다. 시간은 넉넉하다. 페르세우스는 시계를 다시 들여다보고 차를 휴게소로 꺾어 넣었다.

정신은 몸의 지배를 받는다.

몸이 망가지면 정신도 망가진다는 말이다. 강인한 정신을 위해서 일단 몸을 살려야 한다. 아침 대용으로 무언가로 빈속을 채워야 할 일이다. 점심은 어디서, 언제 먹을지 아직 알 수가 없는 상태다. 휴게소의 편의점이 문을 열고 있을 것이다. 초콜릿 우유와 간단하게 비스킷 한 봉지면 족하겠지.

*2.

    도경의 청사는 이른 아침인데도 부산했다.

    조용하면서도 부산스러운 데가 있었다.

    산자락으로 옮겨 지은 청사는 남향이었다. 주차장 부지도 넓고, 해평에 있는 경찰서와는 비교도 되지 않을 정도로 큰 건물로 위용을 자랑하며 또 다른 위압감으로 작용했다.

    정복 차림과 점퍼 차림의 사복경찰들이 정문을 지키는 의무경찰의 거수경례를 받으며 속속 출근하고 있었다. 페르세우스는 일찌감치 들어와 본관 청사 현관의 자판기에서 밀크커피를 빼서 입을 축이며 서성이고 있었다.

    강력계에 조사를 받으러 들어간다고 둘러대고 정문을 통과한 것이다.

    차는 크게 막히지 않았고 쉽게 찾을 수가 있었다.

    도경은 페르세우스도 처음 오는 곳이었다.

    적당한 시간에 도착한 것이다. 현관에 붙은 안내판을 보고 최경욱이 근무한다는 강력계는 이 층 끝에 위치한다는 걸 알고 있다. 페르세우스는 아직 최경욱의 얼굴도 모른다. 어쩌면 최경욱이 이 현관을 통과하면서 다른 직원들과 마찬가지로 페르세우스를 힐끔 보면서 이미 출근했을지도 모르는 일이다.

아버지는 구속 수사를 받은 게 아니었다.

국회의원 불체포특권에 의해서 구속을 할 수가 없었다. 현행범일 경우에만 구속이 가능한 신분이었다. 페르세우스의 아버지는 당시에 재선 국회의원의 신분이었고 삼선에 도전하는 중진 의원이었다. 비례가 아니라 해평갑이라는 지역구 국회의원을 지내셨다. 초를 다투는 선거기간에 매일 불려가 말도 안되는 수사를 받느라고 시간을 탕진했다.

페르세우스는 아버지가 제우스라고 생각한다. 그 생각에는 변함이 없다. 황금 소나기로 변한 아버지가 청동으로 된 탑에 갇힌 어머니 다나에를 연모했기에 태어난 인물이 바로 자신이라고 굳게 믿고 있다. 아무튼, 아버지께서 국회에 입성할 당시에는 여당의 국회의원이었는데, 거대야권의 세력에 밀려 탄핵이 촉발되고 졸지에 야당 국회의원으로 둔갑한 것이었다.

문제는 거기에 있다.

장기집권을 꿈꾸는 무리가 다수의 의석을 확보하기 위해 지난 총선에서는 혈안이 되었다. 무슨 짓이든, 표만 되면 서슴지 않았다. 공약도 남발했고 퍼주기식 포퓰리즘으로 생색내기를 했다. 누가 어떻게 갚아야 할 예산인지는 모르지만, 추경을 선거 전에 편승해서 막 뿌리고 있을 때였다. 뿌린다기보다는 살포였다. 그 사실을 지적하는 야당 의원에 대한 공세가 시작되었다. 선거 막바지에 가서는 그 정도가 심했다.

그때 페르세우스는 군에 있었다.

군에 있었지만, 아버지의 지지도와 이루어 놓은 업적으로 미루어 삼선에 당선될 것을 믿어 의심치 않았다. 군에서도 여론조사를 짬이 날 때마다 관심 있게 지켜보던 중이었다.

페르세우스는 대학을 삼학년까지 마치고 지원 입대하고 육군 말단, 보병으로 보직을 받아서 초병으로 근무하다가 만기 전역을 했다.

"어떻게 오셨어요?"

현관에 설치된 안내실에 있던 정복을 입은 여경 하나가 나와서 페르세우스에게 물었다. 그렇지 않아도 현관에서 서성이며 몇 번이고 눈이 마주친 여경이었다. 어깨의 계급장을 보니 잎사귀가 세 개 경장이었다. 페르세우스의 또래쯤 되어 보이는데 머리를 뒤로 묶어, 검은색 망에 넣은 단정한 미모였다.

"아, 강력계 최경욱 팀장님을 만나러 왔습니다."

"약속은 되셨나요?"

"예! 아직 출근 전이라고 하시더군요."

페르세우스는 입에서 나오는대로 둘러댔다. 약속한 바가 없을 뿐만 아니라 얼굴도 모르는 상태다.

"조금 전에 올라가셨는데 못 보셨나요?"

출근하는 경찰들이 삼삼오오 무리를 지어 현관에 얼쩡거리던 페르세우스를 무심하게 힐끔 바라보고 올라갔으니 누군지 모른다.

"아! 그래요? 올라가 보겠습니다."

페르세우스는 그 말을 흘리고 계단을 통해 이 층으로 올라갔다.

왼쪽 맨 끝에 있는 방이라고 알고 갔는데 강력 1팀과 2팀으로 방이 나뉘어 있었다. 난감했다. 1팀인지 2팀인지 미처 파악하지 못했다. 앞에 있는 1팀의 문이 삐죽이 열려 있어서 노크도 없이 밀고 들어갔다. 책상 앞에 앉아 잡무를 처리하던 점퍼 차림의 젊은 형사가 페르세우스를 보고 어떻게 왔느냐고 물었다. 페르세우스는 인사를 꾸벅하며 말했다.

"최경욱 팀장님을 뵈러 왔습니다"

젊은 형사는 페르세우스를 아래위로 훑어보고는 귀찮다는 투로 손가락을 구부려 옆 방을 가리켰다. 2팀인 모양이었다. 페르세우스는 그 방을 나와서 2팀으로 들어갔다. 2팀의 사무실에도 정복을 입은 경찰은 별로 없었다. 모두 사복 차림이었다. 들어가는 입구에 세 명의 형사, 아마도 형사이지 싶었다. 세 명이 서서 뭔가 의견을 나누다가 들어서는 페르세우스에게 눈길을 던졌다. 페르세우스는 그 무리에게 인사를 꾸벅하며 최경욱 팀장을 만나러 왔다고 명료하게 말했다. 그런데 대답은 등 뒤에서 날아왔다.

"뭐? 누군데, 나를 찾아와?"

소리가 나는 쪽으로 눈길을 던졌다. 그는 양복 차림이었다. 넥타이까지 단정히 매고 있었는데 사무실 한쪽에 외따로 놓인 커다란 책상 앞에 앉아 있었고 책상 위에 얹힌 명패에는 강력 2팀장 경정 최경욱이라고 씌어 있었다. 나이는 오십 대로 보였는데 예상과는 달리 풍만한 체격이 아니라 호리호리한 말라깽이였다. 목주름이 먼저 눈에 들어왔고 인상이 꽤 날카로워 보였다.

"누군지 모르지만, 무슨 일로 나를 찾아왔는가?"

반말이었다. 페르세우스는 그쪽으로 다가가 꾸벅 인사를 했다. 점퍼 차림의 형사들은 신경 쓰지 않고 자기들끼리 나누던 화제에 관해서 뭔가 이야기했다.

"예, 저는 해평갑 선거구의 국회의원 설강진의 아들 설민수라고 합니다. 아버지를 기억하시겠습니까?"

그 말을 하며 주머니의 명함 한 장을 꺼내 책상 귀퉁이에 올려 놓았다.

"설 의원? 설 의원의 아들이라?"

최경욱의 눈꺼풀에 가늘게 경련이 이는 것을 페르세우스는 보았다. 분명히 경련이었다. 최경욱은 명함을 건성으로 보고 명함을 만지작거리며 말을 이었다.

"당연히 기억하지. 내가 그분의 수사를 전담했으니까."

최경욱은 명함을 쥔 손등으로 떨리는 쪽의 눈자위를 비비며 말했다. 참 난처하다는 빛이 역력했다. 난처하다는 얼굴, 그의 얼굴을 직시하며 페르세우스는 이야기 속의 놋그릇 장수 아주머니의 얼굴을 떠올렸다. 그 아주머니의 난처했다는 얼굴이 저 얼굴처럼 난처했을까? 인간의 머리란 이상하게도 이런 긴박한 순간에 전혀 엉뚱한 상상을 하게 된다.

긴장감 속에 나타나는 안식의 틈이라고나 할까?

얘기인즉슨, 옛날에 전라도 어느 고을에 놋그릇을 광주리에 담아 머리에 이고 행상을 하는 아주머니가 있었다. 어느 날, 어느 고을 부잣집에 가서 놋그릇을 팔다가 날이 저물었다. 다음 마을까지 가기에는 너무 늦은 것이었다. 그 집에서 저녁을 얻어먹고 잘 곳을 구하니, 그 부잣집의 점잖은 주인이 말했다. 따로 드릴 방은 없고 아흔이 넘은 아버지가 홀로 쓰는 방이 있는데 거기에 주무시는 게 어때요? 놋그릇 장수 아주머니는 생각했다. 남녀유별이라지만 아흔이 넘은 노인인데 별일이야 있겠는가? 아주머니는 그러겠노라고 했다. 그런데 밤에 자다가 별일이 생긴 것이었다. 아흔이 넘은 노인이 복상사를 당한 것이었다. 놋그릇 장수 아주머니는 난처했다. 아흔이 넘었는데 설마, 했지요. 설마가 사람을 잡은 거예요. 아흔이 넘은 노인인데.

난처했을 아주머니의 얼굴.

그 아주머니의 난처한 얼굴이 최경욱의 지금 얼굴과 흡사했을까?

페르세우스는 그런 생각을 하며 최경욱을 쏘아보았다.

최경욱의 날카로운 눈빛도 예사롭지 않았다.

긴장을 완화하는 차원에서 그 이야기의 에필로그까지 하자면, 점잖은 부잣집 주인은 놋그릇 장수 아주머니를 나무라거나 화를 내지 않았고 장례를 치르고 나서 놋그릇 장수 아주머니에게 말했다. 남은 놋그릇은 다 살 터이니, 홀몸으로 힘들게 장사를 하지 말고 집에 눌러서 사는 게 어떠냐고 제의했다. 하여, 그 놋그릇 장수 아주머니는 그 집의 허드렛일을 거들며 눌러살았는데 놀랍게도 태기가 있었고 열 달 후에 아들을 낳았단다. 그 점잖은 부잣집 주인은 그 아기를 동생으로 여기고 정성을 다해 모자를 보살폈다는 내용인데, 난데없이 그 이야기가 왜 떠올랐을까? 페르세우스가 대학에 갓 입학하고 난생처음 술에 취해서, 외박하고 들어와서 꾸지람 대신 아버지께 들은 얘기인데 그 얘기가 왜 느닷없이 떠올랐을까.

그때 그 난처했을 아주머니의 얼굴, 아흔이 넘은 노인인데.

아흔이 넘은 노인인데. 페르세우스는 하마터면 그 말을 최경욱에게 뱉을 뻔했다.

최경욱의 떨리는 눈자위를 보고 순간적으로 그 아주머니의 상상 속의 얼굴과 또 겹쳐졌다.

"나를 찾아온 저의가 뭔가?"

저의? 분명히 저의라고 했다. 최경욱은 할 말이 궁했던 모양이다. 빤한 질문을 하다니? 여전히 눈 주위는 떨리고 있었다.

"몇 가지 여쭤볼 게 있어서 찾아왔습니다."

"그래? 그럼 저 방으로 들어가지."

굳은 표정의 최경욱이 가리킨 곳은 사무실 안에 딸린 작은 방이었다. 아마도 취조실인 모양이다. 그 말을 하고 최경욱이 일어서 앞장섰다. 취조실에는 빈 책상을 사이에 두고 철제 의자가 마주 놓여있었고 책상 위에는 빈 재떨이가 놓여있었다. 취조실은 금연구역이 아닌 모양이다. 하긴 담배를 피워가면서 피의자와 조사자가 심리전을 펼쳐야 하겠지. 사방은 흰색 페인트로 칠을 해서 단조로워 보였다. 단조로운 정도가 아니라 그 흔한 액자나 커튼조차도 없는 삭막한 방이었다.

최경욱은 앉자마자 주머니의 담배를 꺼내 물었다. 그리고는 일어서서 페르세우스의 뒤에 달린 조그마한 창을 조금 열었다.

"나도 자네 아버지의 자살에 심심한 조의를 표하네. 그런 일로 자살을 할 정도로, 정신적으로 연약하신 분인 줄은 몰랐지. 참으로 난감했다네."

자리로 돌아온 최경욱은 담배 연기를 길게 내뿜으며 말했다. 유독 자살이라는 말에 힘이 실렸다.

"분명히 말씀드리지만, 아버지께선 자살을 하신 게 아니라, 자살을 당하신 겁니다."

"자살을 당했다? 음! 유가족으로서는 그렇게 생각할 수도 있겠지. 그렇다고 치세. 자살을 당하신 날, 설 의원께선 술에 상당히 취해 있었다면서? 알고 있었는가?"

말꼬리를 이렇게 돌리는 걸 보니, 최경욱은 술기운에 극단적인 선택을 했다고 강조하고 싶은 게 분명하다. 페르세우스는 최경욱을 바라보면서 그 점은 인정한다는 듯이 고개를 끄덕였다. 강력계에서 굴러먹은 최경욱의 눈은 예리한 칼날처럼 날카로웠다. 그와 눈이 마주치면 불꽃이 튀었다.

"어때? 커피라도 한 모금 할 텐가?"

페르세우스는 무슨 말부터 꺼낼까, 생각하며 고개를 끄덕였다. 커피라고 했는지 차라고 했는지 건성으로 들었고 고개만 끄덕인 것이다. 그러자 최경욱은 앉은 자리에서 열린 문을 통해 소리쳤다. 김순경! 커피 두 잔만 부탁해! 그 말을 하고는 최경욱은 일어나서 취조실 문을 닫았다.

"혹시 아버지께 과잉수사를 하셨다고 생각하신 적은 없습니까?"

최경욱이 맞은 편에 다시 앉자 페르세우스가 본격적으로 다그치는, 입장이 되었다. 다그치는 게 아니라 묻는 태도였다.

"과잉수사? 수사면 수사지, 무슨, 과잉수사가 어디 있어? 수사에는 그런 용어 자체가 없다네. 처음 듣는 말일세. 사고 당시에 자네는 현장에 있었는가?"

과잉수사라는 말에 발을 빼며 최경욱이 되물었다.

"저는 군에 있었습니다. 제대를 앞둔 병장이었죠. 그런데 아버지의 사건을 어떻게 조사하게 되었습니까? 무슨 근거로, 어디에 혐의를 두고?"

페르세우스는 모르고 묻는 게 아니었다.

"그런 수사에서 혐의는 우리가 설정하는 게 아니야. 내가 알기로는 아마도 투서가 들어온 모양이야. 우리는 상부의 지시에 따라서 어디까지나 중립적인 입장에서 수사만 한다네. 사실이냐, 아니냐? 옥석만 가릴 뿐이지. 알고 있겠지만 처벌도 우리 몫이 아니라네. 수사기록을 그대로 검찰로 넘기는 거지."

"말씀하시는 그 상부라는 게 어디지요?"

페르세우스는 말꼬리를 잡고 늘어졌다. 최경욱은 좀 당황해하는 눈치였다.

"자네에게 좀 당돌한 점이 있다는 걸 알고 있는가? 우리에게 상부가 어디 있겠나? 뻔하지 않은가? 경찰청이 아니면 서장이지."

"누가 투서를 넣었는지도 조사하지 않나요?"

그때 누군가 방문을 건성으로 노크하고 들어와 종이컵에 담긴 커피를 두 잔을 내려놓았다. 처녀였다. 아마도 사복 차림의 여경인 모양이었다. 최경욱은 그녀를 올려다보며, 고마워! 하고 간단히 말했다. 그녀는 페르세우스의 얼굴을 힐끔 보고는 뒤로 두 걸음 물러나서 돌아나갔다.

"우리에게 바로 투서가 들어왔다면, 투서나 사건 진위에 대해 먼저 조사를 하고 수사에 착수하겠지만, 상부에서 내려온 지시이니 우리야 누구의 투서인지 알 수가 없지. 조사를 해봐서 알지만 자네 아버지 설 의원은 청렴도에 있어서 완벽한 분이었어. 그 점은 존경할 만하지. 누구의 모함인지 모르지만, 내가 판단하기에 투서는 최소한 엉터리였어. 허위였고 모함이었다는 말이지."

최경욱은 커피가 담긴 종이컵을 손으로 만지작거리며 말했다.

"수사를 전담하시면서 당선이 유력한 후보자라는 것은 알고 계셨나요?"

"알고 있었지. 그래서 우리로서는 더욱 민감한 사안이었지. 당시에 현역 국회의원 신분이었고."

"그렇다면 꼭 그 민감한 시기에, 민감한 수사를 했어야만 했나요?"

"우리로서는 당장 착수하지 않으면 직무유기에 해당하지. 자고로 공무원이란."

"그래서 수사상황을 언론에 그렇게 뿌리셨나요?"

페르세우스는 최경욱의 말을 자르고 그 점을 걸고넘어졌다. 최경욱의 종이컵을 잡은 손이 조금 떨리는 듯했다.

"자네가 뭘 곡해하고 있는 모양인데, 우리는 수사를 하면서 철저하게 중립이야. 언론에 뿌리다니? 그건 기자들이 하는 일이야. 해평서에도 신문 기자들이 만만찮게 있어. 지금 이 청사에는 기자실을 따로 두고 있다네. 모르긴 해도 대략, 잡다한 기자 나부랭이, 지방지까지 따지면 대략, 오십 명 정도가 특종을 기다리고 있을걸? 우리가 숨기려고 해도 숨겨지지 않아. 특히나 특종은, 현역의원이셨으니 오죽했겠어? 기자들이 얼마나 무책임한 짐승들인지, 가끔 놀랄 때가 있어. 정말 무책임한 집단이야. 독자들이 관심을 가질 만한 내용이면 대충 제 마음대로 기사를 써서 발표해 놓고 아니면 말고. 그런 무책임한 집단이 어디 있어? 순 잡놈들이야."

최경욱의 목소리가 조금 높아졌다.

그때마다 주름이 잡힌 목의 힘줄이 도드라졌다.

"수사하신 내용 중에서 아버지의 혐의가 무엇이었습니까?"

페르세우스는 모르는 것을 묻는 게 아니었다.

"대가성 청탁 의혹이었지. 말하자면 금품수수. 그런 투서는 가상의 시나리오지만 구체적인 정보를 바탕으로 하지. 해평대교 건설공사의 특정 업체 낙찰에 개입했다는 사실과 해평교통 시내버스 노선 변경에 황금노선을 알선했다는 의혹이 불거진 거지. 결과도 말을 해줄까? 무혐의로 종결되었다네. 깨끗한 분이었어."

"소정의 목적을 달성했으니 그런 수사결과가 나왔겠지요."

"소정의 목적? 아! 아침부터 피곤한 작자가 나타났구만, 이거."

최경욱은 귀찮다는 투로 손바닥을 털면서 말했다. 더 이야기하면 점점 미궁으로 빠지고 개인적인 감정이 개입된다. 최경욱의 얼굴을 알았고 표정을 보았고, 자신의 존재감을 인식시켰으니 오늘의 걸음은 소정의 목적을 달성한 셈이다. 페르세우스는 일어섰다. 그리고 책상을 짚고 물었다.

"한마디만 더 물을 게요. 혹시, 아버지께 미안하다는 감정을 가진 적은 없으세요? 예전이나, 지금이나."

이 질문은 사건을 해결하는데 실익이 없는 질문이라는 걸 페르세우스는 잘 안다. 그러나 인간성을 확인하기 위해 던진 질문이다.

"미안하다는 감정? 그런 게 있다면 강력계를 이끌고 가지를 못해, 절대로 이끌지 못한다네. 우리 수사팀 입장으로 따지면 공권력 낭비지. 투서를 넣은 작자가 미안해 해야지. 아마도 상대편 후보자 측의 모함이 아닐까, 생각하는 중이야. 순전히 혐의에 불과하지만."

그 말을 하고 최경욱도 따라 일어섰다.

"잘 알겠습니다. 실례했습니다."

"자네 부친께 명복을 빈다고 전해주시겠나?"

"그러죠. 꼭 전하죠."

"시원, 시원해서 좋구만!"

최경욱은 사람 좋게 페르세우스의 어깨를 툭 쳤다. 페르세우스는 다시 보자는 말은 하지 않았다. 최경욱은 뱀의 혀를 가진 작자가 분명했다. 그걸 확인한 것이다. 명함을 먼저 준 것이 후회되었다. 명함에는 사설탐정이라는 직함이 적혀있었다.

*3.

　어머니는 공황장애가 심했다.

　아! 청동의 탑에 갇힌 불쌍한 다나에.

　어머니를 보면 페르세우스는 피가 마를 지경이다. 어떻게 도울 방법이 없는 게 안타까웠다. 정신과 의사의 소견에 따르면 전형적인 공황장애인데 중증이라고 했다. 의사는 마음의 강단이 약한 사람일수록 큰일을 당하거나 놀라면 발생하는 정신질환의 한 증세라고 대수롭지 않게 말했지만, 어머니에게는 상당히 고통스러운 병이었다. 평소에 멀쩡하다가 발작 증세가 오면 숨이 멎을 지경이라고 했다. 공황장애는 병이 아니라 증상이라고 의사는 말했다. 그 점을 누누이 강조했다.

　페르세우스는 생각했다.

　그거나 저거나, 약이 필요로 하기는 마찬가지 아닌가.

　#

　페르세우스는 제우스의 아들이다.

　그의 외할아버지는 아르고스의 왕, 아크리시오스였는데, 다나에라는 딸만 있을 뿐 아들이 없었다. 절망에 빠진 왕은 아들을 하나라도 가질 수 있을지 예언자에게 묻지만, 외손자가 태어나면 자신을 죽일 것이라는 전혀 엉뚱한 예언을 듣는다. 왕은 그 끔찍한 예언을 피하고자 딸인 다나에를 청동으로 만든 탑에 가둔다.

하늘에서 지상을 관찰하던 제우스는 청동 탑에 갇혀 있는 다나에를 보고 그 미모에 반해 사랑을 느꼈다. 청동 탑에는 문이 없었다. 아크리시오스는 조그마한 구멍을 만들어 딸에게 굶어 죽지 않을 만큼 최소한의 음식만 넣어줬을 뿐이다. 궁리 끝에 제우스는 황금 소나기로 변신하여 청동 탑 지붕에 나 있는 조그마한 구멍으로 스며들어 다나에와 사랑을 나누었다. 열 달이 흘러 탑 안에서 페르세우스가 탄생하게 된다.

페르세우스는 태어나자마자 어머니 다나에와 함께 외할아버지에 의해 추방된다. 다나에는 왕인 아버지에게 페르세우스가 제우스 신의 핏줄이라며 살려달라고 울며 하소연했다. 아크리시오스는 약간 두렵기도 했지만 자기 목숨이 걸린 문제라 고민하다가 후환을 없애기 위해 딸과 외손자를 궤짝에 넣어 바다에 버렸다. 딸과 외손자를 차마 자기 손으로 직접 죽일 수는 없었다. 하지만 둘은 그대로 바다에 빠져 죽으리라는 예상을 뒤엎고 마음씨 착한 어부, 디틱스에게 구출되어 그의 세리포스 섬으로 따라가서 자란다.

다나에의 아름다움은 곧 세리포스 섬의 왕 폴리덱테스에게까지 알려지고, 왕은 다나에와 결혼하고 싶어 안달한다. 그는 우선 동생인 디틱스를 통해 청혼을 해보았지만 다나에는 별 관심을 보이지 않았다. 왕은 그녀를 강제로 데려오고 싶었지만, 그것도 간단해 보이지 않았다. 그녀 옆에 장년이 되어 건장한 페르세우스가 떡 버티고 있었기 때문이다.

#

페르세우스는 진료대기실 의자에 앉아 차례를 기다리고 있었다.

옆에 앉은 어머니는 페르세우스의 어깨에 머리를 기대고 생각에 잠겼는지 잠이 드셨는지 모르겠다.

"애야! 큰아버지 산소에 한번 갔다가 와야 하지 않겠니?"

어머니는 주무시는 게 아니었다. 페르세우스의 어깨에 기대고 조용한 목소리로 말씀하셨다. 갑자기 큰아버지가 생각나신 모양이었다.

"그래야겠지요. 시간을 내서 참배하고 올게요."

"꽃을 좀 사서 가고. 잊지 말아라."

어머니는 못 미더운 눈치다. 페르세우스의 큰아버지는 월남전 참전용사다. 물론 페르세우스는 그분을 뵙지 못했다. 월남전 참전용사로서 전사했다. 지금은 동작동 국립묘지 월남 참전용사 묘역에 잠들어 계신다. 페르세우스는 아버지를 따라 몇 번 다녀왔는데 전역을 하고는 한 번도 가지 못했다. 어머니는 그게 신경이 쓰이는 모양이고 불현듯 생각이 나신 모양이다.

"어머니 언제 같이 다녀올까요?"

대답이 없다. 잠이 드신 것인가?

다른 곳은 혼자 다녀도 어머니는 정신과는 혼자서 다니지 못했다. 꼭 페르세우스가 동행해야만 했다.

진료대기실은 앉을 자리가 없어 서서 기다리는 사람이 있을 정도로 붐볐다. 자상하게 상담을 하고 처방한다는 정평이 입소문으로 나 있는 병원이다. 대기자가 아무리 밀려도 원장은 아랑곳하지 않고, 느긋하게 물을 것은 다 묻고 정신상태를 파악하는 분이었다. 그 사실을 다 알고 왔기에 대기하는 시간이 길어져도 불평하는 이가 없었다.

애야! 너무 끔찍하구나. 내가 정신과에 오다니? 이걸 누가 알면 어쩌나.

어머니! 세상에는 더 끔찍한 일이 많아요.

페르세우스는 항상 달래지만 어머니는 정신과의 치료를 받는다는 사실을 매우 불쾌하고 수치스럽게 생각하시는 분이었다. 아버지가 돌아가시고 얼마 후에 발견한 증상이었다. 가슴이 답답하고 곧 숨이 멎을 것 같다고 호소하셨다. 공황장애란 발작 증세가 오면 사람을 한바탕 휘둘러놓고 사라졌다. 그건 매우 부정기적으로 일어났다. 발작 증세가 지나가고 나면 어머니는 한나절을 기진맥진하여 누워 계시곤 했다. 가장 불편한 것은 사람 만나는 것을 몹시 두려워하시는 것이다.

특히나 처음 만나는 사람은 우선 피하신다. 페르세우스의 친구들마저도 그렇다. 하여, 페르세우스는 친구를 절대 집으로 데려가지 않는다.

어머니는 아버지의 투신을 처음부터 끝까지 다 보셨다.

말씀은 하시지 않지만, 그 순간이 자꾸 떠오르는 모양이다. 11

층 베란다에서 몸을 날리던 아버지의 옷자락을 잡지 못하고 발만 동동 구르고 계셨을 것이다. 119에 신고를 하시고 도움을 요청한 것도 어머니였다.

선거판은 완전히 역전이 되었다.

아버지께선 그 점에 대해 상당히 괴로워하셨다. 선거운동을 나가서 인사를 하면 지나가며, 대놓고 야유를 보내는 유권자까지 생겼던 모양이다. 페르세우스는 당시에 군에 있어서 그 내막을 자세히 모르고 있었다.

아버지는 당선이 유력했다. 현직 지역구 국회의원이셨고, 지역에 살면서 지역 현안을 잘 챙기셨다. 그리고 아버지는 재정 특위 소속으로 지난해 정부 예산에 막대한 삭감을 시도해 이뤄냈고 여권에서 하는 정책에 대해 부작용을 헤아리고 목소리를 높여 제동을 걸었던 인물이었다. 당연히 여권에서는 눈엣가시였다.

비례가 아니라 지역구 출신이었기에 당의 눈치도 볼 필요가 없었다. 청렴도로 따지자면 대쪽이라는 별명으로 불릴 정도로, 자신의 명예와 지역민과의 공약을 철저하게 지키는 깐깐하신 분이었다. 아버지는 여당의 폭정에 대한 구국 정신이라며 삼선에 도전하셨다.

아버지의 정치 고향인 해평갑 지역구였다.

해평갑 지역구는 아버지의 인지도가 제법 높은 곳이었다. 야당의 공천은 당연히 아버지의 몫이었다. 공천까지는 별문제가 생기지 않았다. 당에서 막강한 입심을 행사하시던 인물이었으니 경선도 없이 단독 공천이었다. 차기에는 당을 이끌어갈 인물이라는 평도 자자했다. 페르세우스는 비록 군에 있었지만, 인터넷으로 아버지의 지지도를 살피며 당선을 믿어 의심치 않았다.

그런데 지난번 총선에서는 순조롭게 야당의 공천을 받고 출마해 선거운동을 하다가 결정적인 순간에 경찰 조사를 받게 되었다.

혐의는 이권 개입과 금품수수였다.

지극히 명예롭지 못한 혐의였는데 결정적인 순간이었다. 아버지는 그런 곳에 신경을 쓸 틈이 없었다. 하지만 선거운동에 한창 바쁜 순간에 발목이 잡힌 것이었다.

경찰에서 선거사무실과 아버지의 사무실을 압수 수색하고 연일 지방 신문을 통해 아버지 때리기에 나선 것이다. 결과적으로 여론조사에서도 압도적으로 앞서가던 유력한 후보였는데 흠집 내기에 지명이 되어 인품에 난도질을 당하셨다. 금품수수 의혹, 후보자로선 대단히 치명적인 혐의다. 선거에 혼선을 주기 위하여 조작된, 이른바 여권 유력인사의 찍어내기 청탁 수사였다.

어머니는 발만 동동 구르며 그 과정을 고스란히 지켜보고 있었다.

보통 간으로는 버티기가 힘들었을 것이다.

연일 매스컴에서는 아버지의 이름을 난도질했다. 아버지의 이름은 갈기갈기 부서져 헛바람에 날리고 아버지의 이름이 적힌 선거 홍보용 현수막에 붉은색 스프레이가 뿌려지는 상황에 이르렀고, 아버지가 선거운동이랍시고 나가서 인사를 하면 시내버스를 타고 가던 시민들이 창을 열고 야유를 보내는 지경에 이르렀다.

지방 언론도 그렇고, 그 언론매체를 접한 시민들도 그렇고 참으로 책임 못질 짓을 했다. 누구의 소행인지 혐의는 다분하지만, 물적 증거가 없었다. 그런 걸 찾아내 항변하고 조치하기에는 시간이 너무 촉박했다.

　페르세우스는 보지 않았기에 그 정도가 얼마나 심했는지 알지 못한다. 그래도 아버지는 진실을 믿고 선거운동에 전념하셨던 모양이다.

　사전 투표가 끝나고, 마지막으로 한 여론 기관의 조사에 의하면 역전이 될 것이라는 발표가 나왔다. 상황은 역전이 되었다. 그런 혐의로 조사를 받는 것을 치욕으로 생각하시던 아버지는 그 긴박하고 절박한 순간에 어디선가 낮술을 자시고 집으로 일찍 들어오셨단다. 페르세우스의 아버지는 술을 좋아하시는 분이 아니었다. 술을 좋아하신다면 갖가지 양주를 거실의 진열장에 진열해 놓고 그것을 보시는 것을 좋아하시는 정도였다.

　그날, 집에는 어머니가 계셨다.

　지역 정서를 살핀다고 국회의원이었지만 지역구를 떠나지 않고 집은 해평갑에 있었다. 페르세우스도 초 · 중 · 고를 해평에서 나왔다. 다른 국회의원처럼 서울에서 살았더라면, 극단적인 일이 일어나지 않았을 수도 있다.

　그까짓 국회의원 안 하면 그만이지.

　페르세우스는 그렇게 생각하지만, 아버지는 그게 아니었던 모양이다.

　그 날, 어머니는 퇴근 시간에 맞춰어 방송국 사거리로 선거운동 겸 인사를 나가시려고 채비를 하시던 중에, 술에 취한 아버지께서 들이닥치셨다고 했다.

투표를 불과 이틀 앞둔 날이었다.

"박송하님!"

간호사가 어머니의 이름을 불렀다.

어머니는 페르세우스의 어깨에 머리를 기대고 깜빡 잠이 드셨던 모양이다. 그런 가운데서도 이름을 부르는 것을 명확히 들었던 모양이다. 어머니는 후딱 대답하고 진료실로 들어갔다. 페르세우스도 어머니를 따랐다. 뒤를 따라 진료실로 들어가면서 어머니의 쇠잔한 어깨를 보고, 어머니가 이 정도로 연약한 여자라는 사실을 절감했다.

"아직도 혼자 오시기가 불편하신 가봐요?"

페르세우스를 힐끔 쳐다보고 원장이라는 정신과 의사가 어머니께 물었다. 정신과에는 진료실이라고 해봤자 다른 의료기기가 없고 단순히 책상에 컴퓨터를 한 대 놓고 마주 앉아 상담하는 게 고작이었다. 늘 의사가 묻는 쪽이고 환자는 대답하는 쪽이었다. 어머니는 의사의 맞은편 의자에 다소곳이 앉았고 페르세우스는 어머니 옆에 섰다. 어머니의 약에는 수면제가 첨가된 모양이다. 그래서 보름치 이상을 처방하지 않는다. 한꺼번에 다 털어먹더라도 치사량에 못 미치는 처방이다. 원장은 그게 정신과의 철칙이라고 못을 박았다. 하여, 페르세우스는 이 주에 한 번 정도는 정신과에 오게 되어있다. 싫어도 할 수 없는 일이다.

"다른 데는 다 잘 다니는데 여기만 그래요."

"사모님! 수치스럽다거나 불편한 병원이라고 생각하지 마세요. 밖에 대기하는 환자들 다 그렇거든요. 정신이 이상해서 오는 곳이 아닙니다. 잠을 못 잔다거나, 정신적으로 강한 충격을 받아 오는 환자들이 대부분이지요. 정신적인 충격에 정신이 멍들었다고 할까요. 그동안 불편하신 데는 없었고요?"

의사는 아이를 달래는 투로 말하고 나서 어머니에게 물었다.

"잠을 쉽게 들지 못하는 것 외에는 불편한 게 없었어요."

"마음을 편히 가지시고, 지난 주에는 공황 발작 증세는 없었구요?"

"지난 주에는 없었습니다."

"발작이 오면 절대로 이걸로는 죽지 않는다고 생각하세요. 죽을 것 같지만 절대로 죽지 않아요. 전조증을 이제는 느끼시겠나요?"

"알 수 있어요. 대충 미리 감이 옵니다."

"이번에도 필요시에 먹는 약을 처방해 드릴 테니까, 전조증이 온다 싶으면 미리 잡수세요. 그런데 요즘 경기 그렇게 안 좋다지요? 시장 물가도 상당히 올랐다면서요?"

페르세우스는 안다. 정신과 의사의 진료는 지금부터라는 것을. 환자를 앉혀놓고 이것저것 병과 관계가 없는 것을 한참이나 묻고 대답한다. 그 시간이 상당히 길다. 질병과는 다른 주제로 질문과 대답을 하며 환자의 상태를 면밀하게 살피는 것이다. 그 환자의 병과는 상관이 없는 질문을 하기 시작하면서 원장은 옆에 동반한 사람이 거들면 나가서 기다리라고 한다. 그 환자와 전혀 엉뚱한 애기를 하면 환자는 마음을 놓고 입을 열고 자신의 의견을 피력한다. 원장이 물가나, 다른 주제에 관해서 물으면 어느 환자나 진료가 끝났다고 긴장을 풀고 마음을 놓는다. 뭔지는 모르지만, 그 정신과에는 갔다가 의사와 상담을 하고 오면 마음이 푸근하고 편안해진다는 소문이 있다. 그게 입소문을 탄 것이다.

경기와 물가에 관한 이야기가 나오자 페르세우스는 열린 문을 통해 진료실을 나왔다. 그쯤에서 슬쩍 나오면 어머니는 아들이 옆에 없지만 불안해하지 않는다.

어머니는 학교에 관해 자꾸 걱정하시지만, 페르세우스는 복학할 생각이 전혀 없다.

중어중문학과를 진학해서 전공을 밥으로 연결하기가 상당히 힘이 들 것이다.

공부를 뛰어나게 잘 하지는 못했지만, 고등학교 때 학과보다는 학교를 우선시하는 폐해의 피해자가 바로 자신이라는 걸 페르세우스는 안다. 지방이지만 국립 명문대를 들어가느라고 학과는 따지지 않았다. 나중에 뭘 하겠다는 목적도 없었다. 그냥 담임께서 성적에 맞춰 원서를 써 주시는대로 넣은 것이 중문학과다. 중문학과, 돈을 벌기가 상당히 힘든 전공이다. 공부를 더 해서 박사학위를 취득하고 대학 강사 자리나 기웃거려야 하는 전공인데 학생 수가 급격하게 줄어들어 대학이 연일 문을 닫는 판국에 하면 할수록 손해나는 장사가 바로 중문학이다.

점수에 맞춰 원서를 써준 담임선생님이 못마땅하지만 그건 지나간 일이니 지금 따질 문제가 아니다. 어머니께서 심리적으로 불편하시겠지만, 다시 복학할 생각은 없고, 아버지 사건의 실체를 밝히고 악령 메두사의 목을 베는 게 우선이다. 그러고 난 다음에는 사설탐정 사무실을 차릴 생각이다.

이 땅에는 공권력의 손길이 미치지 못하는 곳에서 억울함을 당하는 사람들이 부지기수다. 신고가 들어와서 수사에 착수하고도 미결로 처리되는 사건이 상당한 실정이다. 뒤에서 나서는 변호사 나부랭이가 아니라 사건의 전면에 나서서 사건을 파헤치는 탐정이 되고 싶은 것이다.

그래서 전역을 하고 급하게 전공과는 전혀 관계가 없는 공부를 해서 사설탐정 면허를 취득했다.

국회의원을 재선이나 하셨지만, 아버지께서 남겨 놓은 건 빚뿐이다.

이문에 밝은 사람들에게 손가락질받기에 딱 좋을 재산이었다.

아버지는 의정활동을 하시면서 기부를 많이 하셨다. 무의탁 노인 요양병원이나 온정의 손길이 필요한 곳을 아버진 너무 잘 알고 계셨다. 그런 분에게 이권 개입이나 금품수수는 거듭 생각해도 당치도 않은 소리다.

선거를 한 번 치르면 그동안 받은 의정비가 다 들어간다는 말도 무리가 아니었다. 실제로 해보니 그랬다. 페르세우스가 대학에 갓 입학하고 아버지의 선거사무실에서 회계를 담당해 봐서 그 실체를 분명히 안다.

재선에 당선되던 선거였다.

초선을 현역으로 지내고 공천은 이미 받았고, 지역에서 인지도가 있어 유력하다고 했지만. 아무리 아껴도 그 정도의 금액은 들어간다. 경제력이 된다면 얼마든지 무한으로 들어갈 수가 있는게 선거다. 그 회계를 담당하고 정산을 해보니 알 수가 있었다.

오죽했으면 아버지가 현직 국회의원임에도 불구하고 페르세우스는 대학을 다닐 적에는, 아르바이트 자리를 알아봐야 했다. 그 정도로 팍팍한 살림이었다.

친구들은 말했다.

누구 염장 지르나? 부드러운 고기만 먹다가 질려서 억센 나물을 찾는 거야?

국회의원 아들이 생색내기로 그런 일을 한다고 빈정거렸지만, 사실은 절실했다. 그때마다 페르세우스는 대답한다.

야! 인마들아, 국회의원은 절대로 돈을 버는 자리가 아니야.

입대할 적에도 친구들은 말했다.

국회의원 아들이니 손을 써서 편한 보직을 받겠다고. 하지만, 페르세우스는 말단보병으로 가서 어렵게 군생활을 하고 만기 전역을 했다. 만기를 채워 전역하는 동안, 선임이나 후임 누구에게도 아버지께서 현역 국회의원이라는 말은 입도 뻥긋하지 않았다. 그러나 눈치가 빠른 중대장은 직접 말은 하지 않았지만 알고 있는 눈치였다. 아버지 장례를 치르고 귀대하자 중대장은 위로의 말을 전했다.

내가 평소에 존경하시던 분인데, 좋은 데 가실 거야.

아버지는 페르세우스에게 늘 말했다.

어디 가서 책 잡힐 짓을 하지 마라. 너도 남의 눈에 표적이 되는 공인이라고 생각하고 처신해라.

아버지의 입에 달린 말이었다.

그 말씀이 페르세우스의 어깨를 짓눌렀기에 군에서 입을 다문 것이다. 중대장을 제외한 선임이나 후임들은 페르세우스의 아버지가 국회의원이 아니라 회사에 다니는 영업직 사원인 줄 알고 있었다.

의사와 무슨 얘기를 나누는지 어머니는 좀처럼 나오시지 않았다. 가슴에 든 것을 확, 쏟아버리고 나왔으면 좋으련만.

*4.

법무법인 남일.

법원 앞 상가에는 그렇게 간판이 붙어 있었다. 변호사 네 명이 모여서 법인을 만든 사무실이라고 했다. 사무실은 법원 앞 새로 지은 건물 삼 층에 있었다. 삼 층짜리 건물인데 한 층을 통째로 쓰는 모양이었다. 관리하는 사람이 없는지 새로 지은 건물인데 복도는 지저분하기 짝이 없었다. 페르세우스는 지저분한 계단을 통해서 삼 층으로 올라갔다.

오후에 나한수에게 전화를 하니 상당히 반가워했고 보고 싶다는 말까지 했으며, 언제든지 사무실로 오라고 하며 비교적 상세하게 사무실 위치를 일러주었다. 사무실은 법원 앞에 있어 쉽게 찾을 수가 있었다.

나한수는 아버지의 보좌관을 팔 년이나 한 인물이다.

아버지가 돌아가시고 졸지에 갓끈이 떨어지자 정치판을 기웃거리지 않고 밥벌이를 찾아 변호사 사무실의 사무장으로 나가고 있다. 아버지의 장례식에서 보고는 처음이다.

페르세우스의 아버지는 현역 국회의원이었지만 국회장으로 치르지 않고 가족장으로 조출하게 장례식을 치렀다. 장례식날이 바로 총선 투표일이었고 국회에서는 경황이 없었을 것이다. 투표용지에조차 아버지의 이름을 지울 틈이 없어 그대로 투표를 했던 모양이다. 물론 기호 2번 아버지의 이름에 투표한 것은 다 무효가 되었지만, 그게 아버지의 마지막 출마였다.

장례식은 어수선했고 쓸쓸했다.

아버지의 장례식에는 국회의원 이름을 단 화환은 엄청 들어왔지만, 문상을 온 국회의원은 손에 꼽을 정도였다. 그때 장례식에서 모든 일을 나한수가 맡아서 했다. 이를테면, 장례집행 위원장을 한 셈이다. 아버지의 죽음에 나한수는 굉장히 비통해했다. 그 정도를 따지면 페르세우스보다 나한수가 더 처참하고 비통한 심정이었을지도 모른다.

아버지가 돌아가시자 나한수도 일생일대의 전환기를 맞을 수밖에 없었다. 국회의원 보좌관은 자리가 보전되는 게 아니다. 그 국회의원이 낙선하거나 공천을 받지 못하고 불출마를 선언하면 갓끈이 떨어지는 자리다.

나한수도 갓끈이 떨어지자 순발력 있게 밥벌이를 찾아 나선 것이다. 법무법인 남일의 사무장으로 들어간 것이다. 페르세우스가 알기로는 나한수가 있는 법무법인에는 변호사가 네 명이고 사무장을 두 명으로 두고 있다.

국회의원 보좌관을 하다가 그만두면 취업을 하기가 매우 어려운 상황인데도 불구하고 나한수는 용케도 적절한 곳에 발 빠르게 자리를 마련한 셈이다. 변호사 사무실의 사무장으로는 딱 어울리는 인물이다. 지역에서 폭넓은 인맥을 구축하고 있으니, 그 인맥으로 수임을 받는 사건이 많을 것이다. 생각하니 변호들로서는 나한수를 사무장으로 써서 손해나는 장사가 아닐 것이다. 최소한 남일이라는 법무법인의 변호사들보다는 나한수가 지역에서 폭넓은 인맥을 구축하고 있는 게 분명하다.

삼 층으로 올라가니 사무실 문이 두 개였다.

앞에 있는 사무실 문을 열고 들어가니 사람보다, 책상마다 산더미처럼 쌓인 서류뭉치들이 먼저 눈에 들어왔다. 변호사들은 사무실 안에 각기 다른 방을 만들어 그 안에 있는지 모르겠지만. 사무장이라는 명패를 두고 큰 책상을 차지하고 나한수가 앉아 있다가 들어서는 페르세우스를 보고 손을 번쩍 들어 보였다.

제대로 찾아 들어온 것이다.

사무장은 둘이 분명하다. 큰 사무실에 사무장의 책상은 하나는 이쪽 끝에, 또 하나는 저쪽 끝에 두고 마주 앉아 일을 보는 모양이다. 그 중간에 여러 개의 책상이 있고 서류가 산더미처럼 쌓인 곳에서 사무원 서너 명이 업무를 보고 있었다. 페르세우스가 다가가자 나한수는 벌떡 일어나 반갑다며, 악수부터 하고 페르세우스를 접객 테이블로 안내했다.

"오랜만이다. 민수야! 어떻게 지내냐? 마실 걸 뭐로 줄까? 어머니는 잘 계시고? 학교는 복학했고?"

"한가지씩 물어야 대답을 하죠. 어제 최경욱을 만났어요."

"최경욱이 누구지?"

"아버지를 수사했던 시경의 수사팀장. 지금 진급해서 도경 강력계로 갔어요."

페르세우스가 누구인지 일러주자 나한수의 얼굴은 금세 굳어졌다. 기억하기 싫은 인물이라는 티가 역력했다. 나한수도 그 인물에게 참고인 조사를 받으러 여러 번 경찰서에 들락거린 것으로 안다.

"아, 그 독종."

나한수는 자신도 모르게 그렇게 말을 흘리고는 굳은 표정으로 한참을 고민하더니 페르세우스를 불렀다. 최대한 부드러운 목소리로 다정하게 불렀다. 아니, 그게 침울하고 침통한 목소리인지도 모른다.

"민수야!"

페르세우스는 대답 없이 나한수의 얼굴을 바라보았다. 나한수는 아버지보다는 열 살 정도가 적고 페르세우스보다는 스무 살 정도가 많으니 지금은 오십 전후, 그 언저리가 될 것이다. 정확한 나이는 물어본 바가 없어 모르겠지만. 얼굴에 적힌 세월의 흔적으로 미루어도 그렇게는 보였다. 예전에 선거사무실에서 같이 일을 할 적에는 형이라고 부르라고 농을 했지만 그렇게 부를 수 있는 나이 차이가 아니었다.

나한수가 페르세우스를 한참 쳐다보고는 말을 이었다.

"그 사건은 더 들추지 않고 그대로 묻히는 게 좋을 것 같은데?"

나한수는 분명히 사건이라고 했다.

"아저씨! 왜 그렇게 생각하셔요? 진실은 밝히는 게 바람직하지 않을까요?"

"그게 자식이 된 도리로 마땅하다고 생각할 수도 있지만, 달걀로 바위를 치는 격이야. 힘을 쓴다고 되는 일이 아닌 것 같은데?"

나한수는 보기에 안쓰러운지 페르세우스를 달래는 격이었다. 나한수도 어머니와 같은 입장에 서서 페르세우스가 나서는 걸 못마땅해하는 눈치다. 어머니도 늘 그랬다. 그건 지나간 일이니 그만 들추고 복학하는 것이 마땅하다고.

"이 대명천지에 진실이야 묻히겠어요? 이거 너무 억울하잖아요."

"억울한 건 알아. 뒤에 사악한 음모론이 있다는 것도 알고. 그러나 그게 이 나라의 정치 번지수야. 우리나라 정치의 뿌리가 그래. 그런데 복학은 했냐?"

나한수는 격분하다가 말꼬리를 슬쩍 돌렸다. 아버지 문제에 대해서라면 나한수도 엄연히 피해자다. 문제를 만들고 싶지 않은 것이겠지. 말린다고 될 일이 아니다. 말릴수록 페르세우스의 마음은 더 기운다.

"아니 복학할 생각은 없어요. 저는 사설탐정 사무실을 낼 거예요."

"사설탐정? 홍신소 말이냐?"

"그래요."

"그거 쉽지 않아! 자격증이 있어야 하고, 시험이 굉장히 어렵다고 들었는데, 보통 공부해서는 안 돼. 거의 고시 수준이라고 들었는데, 법에 관해서 공부를 엄청 해야 하는 모양이야. 자신 있어? 차라리 다른 시험을 치지. 공인 회계사나, 세무사! 너 수학을 잘했잖아? 그것보다 어려우면 어렵지, 쉽지는 않을 거야."

"걱정하시지 마세요. 벌써 자격증을 냈어요."

페르세우스는 그 말로 나한수의 말을 잘랐다.

"그래? 대단하네! 축하할 일이구나."

나한수는 조금 놀라는 투로 손을 불쑥 내밀었다. 축하하는 뜻에서 악수를 다시 하자는 얘기였다. 페르세우스는 그의 손을 잡아주며 겸손을 표시했다.

"별 거 아니에요. 아버지 사건의 진상을 알아보려고 제대하고 바로 공부했어요. 앞으로 잘해야지요"

"그래서 그랬구나. 한번 찾아올 줄 알았는데 뜸하기에 뭐하나 했었지. 그동안 사설탐정 공부를 했었던 모양이구나. 그렇지? 어머니는 어쩌고 계시냐?"

"편안히 잘 계셔요. 이제 마음도 좀 추스른 것 같기도 하고."

페르세우스는 어머니가 공황장애 때문에 고생하신다는 말은 하지 않았다. 나한수의 애만 닳을 뿐이지 전혀 도움이 되는 말이 결코 아니다.

"어때 이사한 집은 마음에 들어?"

"소형 아파트가 그렇지요. 마음에 들고 말고 할 게 어디 있어요? 어머니가 좀 잊고 살면 그걸로 만족해야지요."

아버지가 돌아가시고 집을 팔았다. 서른네 평의 아파트였는데 어머니는 베란다 쪽으로 통하는 거실문도 열지 못할 정도로 불안해하셨다. 페르세우스도 그 어머니를 보니 불안했다.

이사가 당장에 급한 것이었다.

당시에 어머니께서 선택한 아파트였는데 그 아파트를 살 적에 주택자금 융자를 받은 게 있어서 그걸 팔아서 빚을 청산하고 변두리의 스물두 평의 오래된 아파트를 사니 딱 맞았다.

그 집을 파는데 나한수가 앞장섰다.

공인중개사에 알아보고 아파트를 시세보다 조금 싸게 팔았다. 아버지가 베란다를 통해서 투신한 집이라, 작은 소도시에서는 소문이 다 나 있었다. 그건 숨길 수가 없는 결함이었다. 공인중개사는 그래도 그런 걸 따지지 않는 매수자가 나타나서 그 정도의 가격을 받을 수가 있다고 했다. 서울처럼 아파트를 가지고 있으면 가격이 오르는 아파트가 아니었다. 해평이라는 소도시의 아파트는 오래되면 될수록 가격이 내려가는 것이다. 어머니 말로는 살 적의 가격에서 손해 보는 게 없다고 했지만, 인플레이션을 따진다면 손해가 분명했다.

다시 이사 갈 집을 알아보는 일도 나한수의 몫이었다.

어머니가 그를 전적으로 신뢰했기 때문이다.

페르세우스는 나서지 않고 어머니와 나한수가 집을 보러 다니고 결정을 했다. 어머니는 조용한 곳에 살고 싶다고 했다. 조용한 곳. 그 점을 몹시 강조하셨다. 그래서 대중교통이 불편한 변두리였다. 페르세우스는 아무래도 상관이 없다.

어머니의 마음만 편하다면 무조건 따르겠다고 했다.

다행히 변두리에 집을 사고 보니, 아파트 뒤편, 산 아래 공터가 있어 아파트 사람들이 그 공터에 조그마한 텃밭을 만들어 농사를 짓고 있었다. 고추나 상추, 오이 등속을 재배하는 서너 평 되는 땅인데 그것도 등기는 없지만 선점한 주인들이 다 따로 있었다. 전 주인에게 덤으로 그 텃밭도 물려받아서 어머니는 그곳에 재미 삼아 농사를 지으며 소일을 하신다.

오 불쌍한 다나에!

\#

다나에를 차지하기 위해 고민하던 폴리덱테스는 눈엣가시 페르세우스를 없애버릴 계책을 하나 마련했다. 그는 거짓으로 이웃 나라 피사의 왕인 오이노마오스의 딸 히포다메이아와 결혼한다고 온 나라에 발표했다. 이어 신하들을 불러 신부 아버지에게 줄 지참금 명목으로 모두 형편에 따라 말을 바치라고 명령했다. 남의 집에 얹혀사는 형편이라 페르세우스는 바칠 말이 없었다. 그는 왕을 알현할 차례가 되자 자신이 말은 없지만, 왕이 원하시면 메두사의 머리든 무엇이든지 갖다 바치겠다고 말했다. 다나에를 노리던 폴리덱테스는 페르세우스가 메두사의 머리를 거론하자 회심의 미소를 지었다. 메두사를 만나 지금까지 살아 돌아온 자는 아무도 없었기 때문이다. 그는 페르세우스가 말을 마치자마자, 그렇다면 메두사의 머리를 결혼 선물로 바치라고 명령했다. 최대한 빨리 바치라고 종용했다. 페르세우스는 그제야 비로소 자신이 큰 실수를 했다는 사실을 깨달았다. 하지만 약조를 되돌리기에는 때는 이미 늦었다. 메두사의 입은 수퇘지의 커다란 이빨처럼 툭 불거져 나와 있어 무시무시했고, 울음소리는 지옥 불에 던져진 저주받은 영혼들의 비명이라고 해도 좋을 만큼 소름이 끼치고 끔찍했다. 메두사는 원래 인간이었는데 네르바 여신의 분노를 사는 바람에 아름다운 머리카락이 그만 끔찍한 뱀으로 변하고 말았다. 게다가 누구든 그 뱀, 메두사의 머리를 보기만 해도 돌처럼 굳어버리는 저주까지 받았다.

#

"사모님께선 그 집을 만족해하시냐?"

나한수가 물었다.

"최소한 전번 집처럼 불안해하시지는 않아요. 그것도 이 층이니 고소공포증도 가라앉고요. 아파트 뒤에 있는 공터에 농사를 짓는데 재미를 붙이신 모양이어요."

어머니는 아버지의 사건이 일어난 후에 고층 아파트는 싫다고 했다. 맨바닥에 있는 단독주택을 원했지만, 그 가격으로 단독주택은 언감생심이었다. 그래서 페르세우스는 촌집을 생각했지만, 어머니는 촌집은 옆집의 간섭을 많이 받기에 싫다고 했다. 익명성을 요구하는 전직 국회의원의 집인 까닭이었다. 하여 나한수가 사방팔방 소문을 내서 구한 집이 지금 사는 변두리의 소형 아파트다.

"민수야!"

나한수의 눈이 반짝 빛을 발했다. 나한수는 무슨 말인가 하려다가 순간적으로 머뭇거리는 티가 역력했다.

"뭐 좀 마셔야 하지 않겠나?"

뭔가 말을 꺼내려다가 딴소리를 하는 것이다. 그건 페르세우스의 눈치로 단박에 알 수가 있었다.

"무슨 말씀을 하고 싶은 게예요? 괜찮아요. 말씀해 보셔요."

"네가 사설탐정이 되었다기에 불쑥 생각이 난 건데, 사모님께서 워낙에 너에게는 비밀로 하라고 하셔서."

나한수는 난처한 투로 뒷머리를 긁적였다. 아버지께서 제우스라면 나한수는 포세이돈에 해당한다. 아버지와는 성격이 전혀 다르다. 냉철한 현실감각과 탁월한 지도력은 기대할 수 없다. 그는 이것저것, 요모조모 따지는 타입이 아니다. 술수도 모르고 치밀한 전략이 없이 그냥 먼저 뱉거나 저지르는 인물이다. 그저 순간적인 감정과 느낌에 따라 행동할 뿐이다. 충동적이며 즉흥적이다. 나쁘게 말하면 성급하고 직선적이며 변덕스럽다. 좋게 보면 순진하고 감상적인 인물이 포세이돈인데 나한수가 꼭 그런 타입이다.

"뭔데요? 시간이 지났으니 상관없어요. 저도 어린애가 아니구요."

그 말을 해놓고 포세이돈은 조용히 기다리고 있었다. 뒤돌아앉아 사무를 보던 아가씨가 둘을 힐끔 보고는 다가왔다.

"차라도 한 잔 드릴까요?"

페르세우스는 커피를 달라고 했다. 나한수도 같은 것으로, 라고 짧게 대답했다.

"교통사곤데 좀 심상찮은 사고가 있었거든."

"교통사고? 누가 아버지가요?"

나한수가 말을 하기 전이었지만 페르세우스는 아버지의 교통사고라는 것을 직감했다. 그렇지 않고서는 이 자리에서 난데없이 교통사고 얘기가 나올 수가 없는 이치다. 나한수는 또 뜸을 들이고 있었다.

"담배를 한 대 피우고 싶은데 밖으로 나갈까?"

나한수가 제의했다. 아무래도 담배를 피워야 얘기가 제대로 나올 것만 같은 모양이었다. 페르세우스는 그러자고 했다. 흡연실이 따로 있는 것도 아니고 밖으로 나가야 하는 모양이다. 그러자고 하고 둘이 일어서자 종이컵 커피를 쟁반에 담아오던 여직원이 커피와 두 사람을 번갈아 보았다. 저기다 둬요, 나한수가 여직원에게 짧게 말하고 앞장을 서더니 돌아서서 여직원이 들고 있는 쟁반에서 종이컵 커피를 한잔 들고 페르세우스에게 내밀었다. 밖에 나가서 마시자는 투였다. 나머지 커피도 자신이 들고 나한수가 앞장을 섰다. 사무실을 나와 계단에서 위로 올라가 옥상으로 올라갔다.

옥상에서는 상가 뒤편 소방도로 하나를 사이에 두고 새로 지은 법원과 등기소 정원이 훤히 내려다보였다. 정원수와 잔디가 잘 가꾸어진 정원이다.

법원이 등을 지고 있는 산에서 해가 넘어가고 있었고 해거름 노을이 흘렀다.

옥상에는 가끔 담배를 피우러 올라오는 모양인지 철제로 된 테이블과 의자 두 개가 있었고 철제 테이블 위의 종이컵에는 꽁초가 수북했다.

나한수는 주머니의 담배를 한 대 물고 페르세우스에게도 권하는 투로 내밀었다. 페르세우스는 들고 있던 커피를 한 모금 홀짝이고는 고개를 저었다. 페르세우스가 담배를 피우지 않는 게 아니라 상대가 같이 담배를 피워서는 안 되는 어른이다. 최소한 나한수 앞에서는 그렇다.

"교통사고가 났거든. 그런데 그게 심상찮다는 말이야."

나한수는 담배 연기를 길게 내뿜으며 말했다.

"그게 언젠데요?"

경찰서에서 아버지의 의혹 사건에 대한, 수사를 착수하기 보름 전쯤이라고 했다. 그렇다면 페르세우스가 군에 있을 적이었다. 사건의 경위는 단순하지만, 짚어보면 불순한 의도가 다분한 교통사고라고 했다. 교통사고를 위장한 큰 음모의 사건일 수도 있다는 게 나한수의 생각이라고 했다.

선거가 있기 전 해평시의 시민체전이 있었다고 했다. 매년 열리는 체육대회라는 걸 페르세우스는 알고 있다. 아버지는 거기에 참석해 경축사를 마치고 돌아가던 길에 사고를 당했다고 했다. 보좌관 중에서 운전자는 승용차의 운전석에 타고 아버지는 뒷좌석에 앉았다고 했다.

아버지는 타고난 언변가였다.

어디를 가든 사전에 원고를 준비하는 법이 없다. 항상 즉흥적으로 연설을 하시는데 경축사를 멋지게 마치고 시장은 그 자리에 남고 아버지는 다른 일정이 있어서 경축사만 마치고 자리를 털었던 모양이다.

개막식은 광평동 체육관에서 했는데 차가 주차장을 빠져나와 수출탑을 돌아 직진 차로에 들어섰는데 맞은편에서 줄지어 오던 레미콘 트럭 중에서 중간에 선 놈이 그대로 중앙선을 넘어서 아버지의 차를 덮쳤다는 것이다. 도저히 사고가 일어날 자리가 아니라는 게 나한수의 말이었다. 대충 들었지만 위치가 어디쯤 되는지 페르세우스는 짐작할 수가 있었다.

"아저씨도 같이 탔었어요?"

페르세우스의 질문에 나한수는 고개를 저었다. 그때 나한수는 다른 데서 감사자료를 뒤적이고 있었다고 했다.

정면으로 돌진하는 레미콘을 피해서 앞바퀴 부분에 들이박고 전복은 되지 않고 승용차가 세 바퀴를 돌았는데, 뒤따라 오던 레미콘 트럭도 중앙선을 넘었는데 거기에 다시 들이박고, 그다음 반대편으로 밀려가서 인도의 경계석을 박고 멈추었다고 했다. 다행히 운전자인 보좌관과 아버지는 단순 찰과상만 입고 승용차는 폐차를 시킬 정도로 망가졌다고 했다.

"레미콘 두 대가 동시에 중앙선을 넘어오다니, 좀 이상하지 않아? 레미콘 운전자들은 졸음운전을 했다고 진술했지만 금방 신호를 받았는데 무슨 졸음운전을 해? 그것도 두 대씩이나 동시에?"

나한수는 그 점이 상당히 이상하다고 했다. 뭔가가 있다. 페르세우스는 그 점을 직감했다. 경찰서에서 사고조사를 하면서 운전자의 신원을 파악해 뒷조사를 해보았더니 그 두 대의 레미콘 트럭 운전자는 건설 노조의 간부들이었다는 것이다. 사고가 상당히 수상했지만, 더 조사할 겨를이 없었다고 했다. 국감과 선거가 코앞에 닥쳤기 때문이었다.

그 당시 아버지는 개정되는 노동법에 반대하는 일인 단식 투쟁을 한 직후라고 나한수가 부연설명을 해주었다.

"우연이라고 보기엔 굉장히 찜찜한 구석이 있네요."

페르세우스는 담담하게 말했다. 생각지도 않았는데 덤으로 하나를 알게 되었다.

"거기가 사고가 날 자리가 아니거든."

"그 점도 제가 파악을 해볼게요. 그런데 아저씨는 경찰서 강력계로 불려 다니며 최경욱에게 무슨 조사를 받았나요?"

페르세우스는 본격적인 걸 물었다.

"내용이 무엇이냐? 해평대교의 공사 수주 현황에 대해 얼마를 알고 있느냐는 거였지. 낙찰받은 업체와의 연결고리를 캐물은 거지. 물은 거 또 묻고, 다음날 가면 또 같은 걸 묻고 완전히 시간 끌기 작전이었지. 당시에 우리가 얼마나 촉박한 시간이었는데?"

그건 최경욱의 말과 일치했다.

"해평교통의 노선 변경과는 조사받은 게 없었나요?"

"그 의혹도 당연히 같이 받았지."

경찰서 조사를 몇 번이나 받았느냐는 질문에는 대여섯 번 갔었다고 했다.

"대여섯 번이나요?"

그렇다고 했다. 선거운동으로, 초를 다투는 그 바쁜 그 시간에 대여섯 번을 갔었다면 보통 시간이 빼앗긴 게 아니다.

"아저씨는 집이는 구석이 없어요? 어느 선인지?"

"민수야! 그만하자."

나한수도 지나간 일이라고 말을 아끼는 투가 역력했다.

그때 여직원이 옥상으로 올라와 나한수를 찾았다. 의뢰인이 와서 사무장을 찾는다는 전갈이었다.

뭔가 석연찮은 구석이 상당히 많은 사건과 사고였다. 경찰서 교통사고 조사계에 가면 그 사고의 기록은 남아있을 것이다. 그걸 열람하는 건 어렵지가 않을 것이다. 운전자 신원을 알아내 뒷조사를 하면 답이 금세 나온다. 페르세우스는 커피를 다 마신 종이컵을 힘을 주어 움켜쥐었다.

나한수가 금방이면 된다면서, 오랜만에 만났으니 조금 기다렸다가 같이 저녁이나 먹고 헤어지자고 했지만, 페르세우스는 친구와 이미 약속이 있다고 둘러댔다. 나한수가 내려가는 것을 보고 페르세우스는 담배를 물었다. 법원 뒷산에 걸려 있던 해는 완전히 넘어갔다. 해는 이미 일수 장부에 붉은 도장을 찍었다. 노을이 붉게 하늘가에 번지고 있었다.

어느 선일까?

캐면 캘수록 석연찮은 구석이 자꾸 생긴다. 그런데 가닥은 전혀 잡히지 않는다.

나한수는 밥벌이를 하느라 바쁜 모양이다. 아들이 고등학교에 다니고 딸이 중학에 다니는 것으로 알고 있다. 아직은 벌어야 할 나이가 분명하다. 옛날 일에 매달릴 시간이 없어 보인다.

"아! 가엾은 포세이돈이여! 그대가 시대를 잘못 만난 거야."

페르세우스는 나한수가 내려간 계단을 힐끔 보며 그 말을 되씹고 담배를 깊게 빨았다.

어느 선일까?

*5.

밥은 가능하면 어머니 혼자 드시게 해선 안 된다.

그건 철칙이다. 같이 이야기를 하면서 먹어주는 게 도움이 된다고 정신과 의사는 말했다. 꼭 의사의 말이 아니더라도 눈치를 보면 알 수가 있었다. 어머니 앞에서는 밥을 씩씩하게, 많이, 잘 먹어주는 것도 효도가 된다. 페르세우스는 가능하면 집에 들어가 밥을 먹는다. 세상에서 가장 보기 좋은 광경이, 마른 논에 물이 들어가는 것과 자식 입에 밥 들어가는 것을 보는 풍경이라는 옛 말이 있지 않았던가.

아! 가엾은 다나에.

페르세우스가 들어가지 않으면 다나에는 주전부리로 끼니를 때우기 일쑤다. 보지 않아도 뻔하다. 적막한 식욕에 알뜰하게 챙겨 자실리가 없다. 어머니는 자꾸만 수척해지고 있었다. 그게 페르세우스의 가슴을 훑어내리는 일이다.

사무실을 차렸다.

사설탐정 설민수 사무소.

간판에는 그렇게 적혀있었다. 고객과의 신뢰를 바탕으로 하기 위하여 자신의 이름을 넣었다. 적어도 대신 흥신소보다는 낫다. 대신 흥신소? 좀 천박하고 촌스럽지 않은가?

고등학교 친구인 진도는 이름을 짓는 과정에서, 어디서 주워왔는지 대신 흥신소라고 하라고 했지만, 페르세우스는 자신의 이름을 넣어야 한다고 우겼다.

흥신소라는 말은 왠지 어감이 좀 퇴폐적인 뉘앙스로 풍긴다는 게 페르세우스의 생각이었다. 흥신소? 좀 천박한 뉘앙스가 풍기지 않는가. 불륜관계에서 정의롭지 못한 아줌마의 뒷조사나 지저분하게 하고 다니고, 깨끗하지 못한 대가를 흥정하는 곳이라는 선입견이 들어 사설탐정이란 이름을 붙였다.

사설탐정 설민수 사무소.

얼마나 깔끔한가? 페르세우스는 드디어 자신의 이름으로 된 사무실이 생긴 것이다. 큰돈을 들이지 않고 사무실을 만들었다. 굳이 따지자면 돈이 들어간 곳은 간판뿐이다. 참 쉽게 차렸다. 해평시에는 심부름센터가 두어 곳 있지만, 사설탐정이라고 간판을 내건 곳은 페르세우스가 처음이지 싶다. 사무실은 변두리가 아니다. 버스터미널 부근의 상가 건물 사 층에 있다.

사무소를 낸 건물의 소유주는 바로 진도의 아버지다.

무상으로 빌린 것이다.

진도의 아버지는 이런 상가 건물을 네 개나 소유한 부동산 갑부다. 건물 외에도 자동차 정비공장 두 개를 소유하고 계시면서 세를 주고 있다.

비어있는 건물의 사 층에 있는 대여섯 평 되는 공간을 확보한 것이다. 세가 쉽게 나가지 않는 빌딩이었다. 일 층에는 가구점이 있고 이 층과 삼 층은 예전에 건설회사가 있었던 자리인데 지금은 비어있다. 도로가 보이는 쪽의 유리에 임대라는 큼직한 현수막을 붙여놓았지만, 임대가 쉽지 않을 것이다. 경기가 죽었다니 세를 놓기가 더 힘든 모양이다.

사 층도 통으로, 전체를 다 쓰는 게 아니다.

하긴 그렇게 큰 사무실이 필요한 것도 아니다.

사 층은 칸막이를 설치하여 세 개로 나누어져 있는데 그중에서 하나를 쓰기로 했다. 하나는 비어있고 하나는 수도공사 전문업체가 사무실로 쓰고 있는데 그 사무실은 주소만 옮겨놓고 입찰만 보는지, 사람들이 거의 출근을 하지 않고 있다. 이 도시의 입찰을 받기 위해서는 이 도시에 주소를 두어야 한다는 것으로 알고 있다. 그래서 들춰보면 한 회사지만 여러 곳에 다른 이름의 사무실을 두고 공사에 서류 입찰만 하는 회사인 모양이다.

진도가 제 아버지께 말씀드려 사무실을 무상으로 쓸 수 있는 승낙을 기어이 받아냈다. 진도가 누가 쓰는 사무실이라는 점을 설명하는 과정에서 페르세우스의 아버지 성함이 거론되었다.

"설 의원님 아들이라? 그래?"

진도 아버지는 쉽게 믿는 눈치였다.

조건은 전기료만 내고 복도와 계단, 현관을 청소하고 건물을 관리하는 것을 조건으로 달았다. 진도의 아버지는 사무실을 뭣에 쓰려는지 물었다. 사설탐정이라고 말씀드렸더니 그게 뭐냐고 구체적으로 설명하라고 다시 물었다. 하는 일과 성격을 설명하고 나자 힘이 빠지는 말씀을 하셨다.

"심부름센터구먼."

심부름센터? 웃음이 쿡 터져 나왔지만, 무상으로 빌려준다는 확답을 받았으니 아무래도 좋았다.

간판에 들어가는 자재만 새것으로 사고 나머지 사무실에 필요한 책상과 비품은 벼룩시장에 나온 중고를 샀다. 그것도 다 산 게 아니다. 테이블이나 소파는 친구들이 집에서 쓰지 않는다며 차로 실어온 것도 있었다. 돈이 들어간 것이라면 간판과 팩스가 되는 프린터 정도가 고작이었다.

다른 것은 거의 무상이나 다름이 없었다.

자질구레하지만, 꼭 필요한 사무용품들은 친구들이 개업선물이라며 사다 날랐다. 친구들도 대부분 아직은 학생 신분이니 주머니가 얄팍하기는 매일반이었다. 컴퓨터는 노트북을 들고 다니면 되는 문제고 간판도 큰 돈이 들어간 게 아니었다. 미대에서 조형을 전공하는 종수가 동아리 후배들을 데려와 직접 제작을 했으니 자재비만 들어갔고 사무실 내부 공사와 전기공사까지 직접 해주어서 현대의 예술적 감각이 담긴 사무실이 되었다. 비록 중고를 주워 모아 만든 사무실이지만, 실내 장식한다고 돈을 엄청 들인 사무실보다 단정한 느낌이었고 아늑했다.

탐정은 집중이 생명이다.

집중을 할 수 있는 구도에 초점을 맞춰 사무실을 꾸몄다.

아늑한 사무실이 완성되고 제일 먼저 페르세우스는 어머니를 모셔와서 보여 드렸더니 복학이나 하지, 무슨 장난을 치려고 이런 사무실을 만들었느냐며, 핀잔을 가장한 흐뭇한 미소를 지었다.

작금의 시대는 전문 분업화 시대라고 했어요. 어머니! 이 시대를 살아가려면 전문직종에 파고들어야 해요.

말은 안 했지만, 속으로 그렇게 대꾸를 하며, 돌아서는 어머니의 쇠잔한 어깨를 다독였다. 그날은 어머니와 함께 바로 앞의 설렁탕 집에 가서 설렁탕으로 점심을 먹었다. 오랜만에 한 외식인데 그게 개업식인 셈이다.

"비밀보장.

억울함을 고소함으로 전환.

민·형사 추적 전문.

사설탐정 설민수 사무소"

그 아래로 핸드폰 번호가 적힌 광고가 벼룩시장을 통해 나가고 있었다. 벼룩시장에서 현대적인 감각을 살려 편집디자인을 담당하는 후배가 빨간색 박스광고를 개업선물이라며 넣어주는 것이다.

억울함을 고소함으로 전환?

그 문구가 상당히 마음에 들었다.

사무실을 내자 바로 광고가 실렸다. 벼룩시장 일면에 나한수가 사무장으로 있는 법무법인 남일의 박스광고와 나란히 실린다. 페르세우스의 광고 옆에 다른 변호사 사무실 광고가 실렸다. 벼룩시장은 사흘에 한 번 나오는 지역 정보지다. 소도시에서 박스광고의 효력은 실로 대단했다. 그 광고를 보았는지 나한수가 페르세우스에게 전화해서, 사무실을 어디에 냈느냐고 물었다. 위치를 대충 설명했더니 한 번 오겠다면서 정보를 공유하고 사건을 서로 주고받자고 제의를 했다.

손해 볼 게 없는 장사다. 기꺼이 그러자고 했다.

그뿐만이 아니었다.

광고는 해평넷의 메인화면에도 나가고 있었다. 그곳에 그래픽디자이너로 근무하는 쓰나미라는 녀석이 메인화면에다 배너광고를 넣어주는 것이다. 해평넷은 지역의 인터넷 포털사이트다. 인구가 40만 조금 넘는 소도시에서 8만의 이용자를 가지고 있으니 장악하고 있다는 표현이 적절할 정도이며 지역의 정보를 담당하는 역할을 톡톡히 하는 사이트다. 부동산 매물부터 시작해서 중고물품까지 거래를 주선하는 소식통으로 지역 뉴스도 전하는 매체인데 지역의 젊은이들 사이에서는 엄청 유용하게 쓰이는 사이트다.

벼룩시장에 광고를 실어주는 후배 녀석은 떼돈을 왕창 벌면 광고비를 내라고 했고 해평넷의 쓰나미 녀석은 언제 마수를 하거든 술이나 한잔 사라고 했다.

두 녀석에게도 기꺼이 그러겠노라고 했다.

쓰나미라는 녀석은 고등학교를 졸업하고 일본으로 유학을 갔다가 쓰나미가 덮치는 긴박한 상황에서 어떻게 살아나왔는지 몰라도 구사일생으로 살아남아 유학이고 뭐고 집어치우고 황급히 돌아온 녀석이다. 쓰나미가 덮치는 가운데서 그 광경을 고스란히 눈에 담고 극심한 공포에 시달려, 정신 착란으로 잠을 제대로 못 자서 정신과 치료를 받으며 쓰나미라는 별명이 붙은 녀석인데 지금은 멀쩡하다. 녀석은 일본이라는 말은 꺼내지도 못하게 하는지라 쓰나미에 관해 물을 수도 없었다. 이 녀석은 이따금 그 쓰나미가 몰려오는 장면이 눈에 선명하게 보여 자다가도 비명을 지른다고 했다. 쓰나미가 얼마나 심했기에 멀쩡한 자식이 저렇게 되었는지 상상이 되지 않는다.

녀석은 한국에서 대학에 입학조차 하지 않았으니 귀국하고 바로 군에 갔다 와서 해평넷의 그래픽디자이너로 들어갔다. 컴퓨터에 관해서라면 녀석은 도사인데 녀석의 덕을 톡톡히 보고 있는 셈이다.

사무실을 차리고 나니 무엇보다 좋은 것은 아침마다 출근할 곳이 있다는 사실이다. 출근? 그게 적확한 표현인지는 몰라도 이런 메인 캠프나 GP가 없이 어떻게 살았나, 싶기도 하다.

계단과 현관의 청소는 매일 한다.

진도 아버지와의 약속이니 지켜야 하는 일이다. 하지만 그따위를 청소하는데 고작 십오 분이면 족하다. 아침에 운동 삼아 청소부터 하고 일을 시작한다. 혼자서 쓰는 사무실이니 간섭할 곳도 눈치 볼 일도 없다. 일요일도 없이 매일 출근해서 추리소설을 읽으며 사건과 심리에 대해 추적하고 사건이나 범죄자의 심리학에 관한 공부를 한다. 그나마 무료하면 낮잠을 잠깐 자기도 한다. 오는 손님은 아직 없지만, 준비한 응접 소파 뒤에는 군용 야전침대가 놓여있다. 군용 모포까지 준비되어 있다. 군용 모포를 덮고 가끔은 고립의 해방감을 맛보기도 한다.

사무실은 낸다고 밀린 의뢰인이 들이닥치는 것은 아니었다. 사무실을 꾸미는 동안은 광고가 먼저 나갔으니, 전화가 빗발쳤는데 정작 사무실을 완성하고 나니 전화가 조용해졌다.

첫 손님, 사건의 의뢰인이 언제 올지 모르지만, 마음은 편하다.

월세나 인건비 나갈 걱정이 없다.

사무실을 내고 좋은 점이라면 도립도서관이 가깝다는 점이다. 엊그제는 어머니에게 숙제를 내주었다. 그리스 로마신화를 만화로 그려진 책을 빌려다 주고 페르세우스가 어떤 인물인지. 다나에는 또 누구인지 파악하라고 일렀다. 어머니는 책에 빠져서 재미있게 읽고 있는 눈치다.

세상에는 아버지의 사건보다 더 억울하고 더 큰 일이 있다는 걸 어머니도 아셔야 한다. 어머니에겐 자꾸 일을 주어야 한다. 숙제도 좋고 일도 좋다. 무료한 시간이면 공황 발작 증세가 찾아오기에 신경을 다른 곳으로 분산시키는 방법이 좋다. 그래서 매일 점심을 먹으러 일부러 집까지 들어간다.

집에 들어가서는 가능하면 다나에와 많은 이야기를 한다. 그리스 로마신화에 대해 어디까지 읽었는지 물어보고 의견을 나누기도 하며 또 일부러 반찬 투정을 부리기도 한다. 그런 투정이 어머니를 마음을 분산시키고 편하게 돕는 방법이라는 걸 알고 있기 때문이다.

지식은 짧고 지혜는 영원하다.

지혜는 배우지 않은 것을 아는 것이라고 했다.

그래서 지혜롭게도 고약한 반찬 투정을 하는 것이다.

오늘은 도서관에서 빌려온 범죄자의 재범 심리를 읽고 있는 오전 시간에 전화가 왔다. 처음 들어오는 의뢰인의 전화였다.

"예 사설탐정 설민수입니다."

씩씩하게 전화를 받는 것까지는 좋았다.

내용은 내일부터 사흘간 충주에서 예비군 동원훈련이 있는데 대신 받아 줄 수 있느냐고 묻는 것이었다. 수고료는 얼마든지 지급하겠다는 말도 덧붙였다.

예비군 동원 훈련?

기가 막혔다.

이게 장난하나?

그런 생각이 문득 들었다. 잠깐 뜸을 들이고 페르세우스는 말했다.

"미안하지만 저희 업체에서는 법에 조금이라도 저촉이 되는 의뢰는 받지 않습니다. 어디까지나 합법적인 일만."

말이 끝나기도 전에 상대는 전화를 끊었다.

심부름센터에서는 예비군의 동원 훈련을, 대신 받아 주는 곳이 있는가?

모르겠다. 뭔지는 전화를 안 받은 것보다 기분이 껄끄러웠다. 혹시 진정으로 예비군 훈련을, 대신 받아 주기를 원하는 의뢰자가 아닐 수도 있다. 그냥 장난으로 시험 삼아. 어떤 일까지 해주는 곳인지 궁금해서 해보는 전화일 수도 있다.

잊어버리자.

앞으로 별 희한한 전화가 다 오겠지.

*6.

오후 늦은 시간에 한 의뢰인으로부터 전화가 왔다.

아가씨 목소리였는데 퇴근 시간이 임박해서였다.

억울함을 고소함으로 전환한다는 탐정의 사무실이냐고 물었다.

충분히, 그런 일을 한다고 했다. 그러고 보니 벼룩시장의 후배 녀석이 광고에 문건을 제대로 넣은 모양이다.

　상대는 분명히 목소리가 나긋나긋한 아가씨였다. 언뜻 들어도 목소리로 미루어 장난 전화는 아니었다. 조심스럽게, 어렵게 고민을 하다가 마음을 먹고 전화를 한 티가 역력했다. 그럴 땐 무슨 문제인가 독촉하지 말고 상대가 말을 하도록 기다릴 줄 아는 지혜가 필요하다. 의뢰인은 조금 뜸을 들이다가 전화로는 설명할 수가 없으니 찾아오겠다며 사무실 위치를 물었다. 해평시에 사시는 분이신가 물었더니 그렇다고 했다. 그렇다면 사무실은 찾기가 쉽다. 전화로 위치를 설명했더니 의외로 쉽게 알겠다며, 여직원이 근무하고 있느냐고 물었다. 여직원에게 설명해야 할 사안인가 물었더니 그게 아니라 여직원이 있으면 상담을 하기가 좀 껄끄러울 수도 있는 사안이기에 여직원이 퇴근하고 뵈었으면 좋겠다는 것이었다. 여직원은 없고 홀로 근무하고 있다고 했더니 그럼 금세 오겠다는 것이었다.

　여직원이 있으면 상담하기가 껄끄러운 사안이라?

　무슨 문제이기에 여직원을 운운하는가? 페르세우스는 호기심이 일며 직감적으로 성과 관계가 되는 사안일 거라고 예측을 했다. 여자들이 산부인과를 찾을 적에 여의사가 있는 곳을 일부러 회피하는 경우가 더러 있단다. 같은 여자로서 던지는 모멸감이 어린 눈빛, 그런 동류의식에서 파생되는 수치스러움을 피하고 싶은 심리가 작용하기 때문이라고 읽었다.

　같은 여자로서 못할 말이 없겠다는 생각이 일반적이겠지만, 심리학적으로 파고들면 전혀 아니다. 성에 대한 문제라면 여자보다는 오히려 남성에게 밝히는 게 심리적 부담이 덜할 수도 있다고 했다. 그게 오묘한 여자의 심리인 것이다.

아가씨는 금세 왔다.

아마도 부근에서 전화한 모양새였다.

조심스럽게 문을 노크하는데 페르세우스는 조금 전에 전화했던 의뢰인이라는 걸 알 수가 있었다.

"예! 들어오십시오."

페르세우스는 시원하게 대답했다.

들어서는데 보니 페르세우스 자신의 또래쯤으로 보이는 아가씨인데 흰색 계통의 점박이 원피스를 입고 있었다. 한눈에 봐도 태도가 양순하고 말수가 적은 아가씨임이 분명했다.

조금 전에 전화하신 분이냐고 물었더니 그렇다고 했다. 어울리지 않게 굽이 없는 하얀 운동화를 신었는데 신발을 벗고 실내화인 헝겊 슬리퍼로 갈아 신는데 페르세우스가 친절하게 도와주었다. 페르세우스는 응접 소파로 안내했다. 이런 아가씨에게는 용건이 무엇이냐고 성급하게 물어서는 안 된다. 무엇을 마시고 싶냐고 물었더니 커피란다. 페르세우스는 종이컵 커피를 두 잔 내와서 맞은 편에 앉았다.

"사무실이 참 깔끔하네요."

커피를 한 모금 홀짝거린 아가씨는 딴청을 부리고 있는 것이었다.

"여직원은 없나 봐요?"

"예 혼자서 근무하고 있습니다."

"탐정 사무실이라고 하기에 경찰서 조사계쯤으로, 위압감이 감돌고 삭막할 것이라고 짐작했는데 전혀 다르네요. 마치 찻집에 온 듯한."

아가씨는 또 말을 돌렸다. 말을 꺼내기가 상당히 민감한 사안이라는 걸 페르세우스는 눈치를 챘다.

이런 아가씨는 오늘 의뢰할 내용을 말하지 않고 커피만 마시고 돌아갈 수도 있다. 불현듯 페르세우스는 그런 생각이 들었다. 그래도 무방하다. 돌아가서 또 고민하다가 마음에 결정이 서면 다시 찾을 수도 있는 문제다.

무슨 사건인지, 아가씨가 말을 꺼내기 전에는 먼저 물으면 절대 안 된다는 생각이 들었다.

"정말 억울함을 고소함으로 전환 시켜줄 수 있나요?"

드디어 입을 열었다.

"무조건 다 되는 건 아니고 경우를 파악해서 가능합니다."

"저 액자는 누구 사진이죠?"

아가씨는 페르세우스의 뒤쪽 벽에 걸린 액자를 들먹였다. 역시 말을 꺼내기가 상당히 쑥스럽거나 껄끄러운 모양이다. 페르세우스는 앉은 자리에서 고개를 젖히고 뒤를 돌아다 보았다. 페르세우스가 원반을 던지는 모습의 그림이다. 저 원반에 맞아 외할아버지인 아크리시오스가 죽게 된다. 유명한 그림이지만 복사를 해서 흔한 싸구려 사진이다.

"저건 그리스 로마신화에 나오는 페르세우스의 모습입니다. 잘생겼죠? 제 별명이 페르세우스거든요. 페르세우스라고 불러도 좋습니다."

"그래요? 그럼, 제 별명은 안드로메다라고 할까요."

"그래요? 말이 통하는군요. 이거 반갑습니다. 페르세우스와 안드로메다가 무슨 사이인지 알고 계시죠?"

"그럼요."

안드로메다는 한 손으로 입을 가리고 깔깔 웃었다. 그 순간을 놓치지 않고 페르세우스는 얼른 손을 내밀어 악수를 청했다. 처녀는 수줍어하면서도 손을 잡아주었다. 일단 그렇게 하니 보이지 않던 벽, 비로소 의뢰인과의 사이를 가로막고 있던 무언가가 허물어지는 기분이 들었다. 그 기분은 페르세우스만 느낀 게 아닐 터였다.

"그럼 무슨 억울함이 있는지 알아볼까요?"

"저는 사진을 참 싫어해요."

"사진?"

무슨 뚱딴지같은 소리인지 모르겠다. 느닷없이 사진이라니? 페르세우스는 전혀 감이 오질 않는 것이었다. 안드로메다는 좀 냉랭한 분위기를 잡으며 말했다.

"그래요 갑자기 사진을 싫어하게 되었어요. 사진작가라면 치가 떨리고 소름이 끼쳐요."

"사진작가?"

"사진작가는 자격증이 있나요? 문학가처럼 등단절차를 거치는 것도 아니고, 도저히 사진작가는 예술가라는 게 이상해요. 무엇으로 검증을 하죠?"

"혹시 남편이 사진작가입니까?"

페르세우스는 슬쩍 넘겨짚었다.

안드로메다는 펄쩍 뛰듯이 부정을 했다.

"저 싱글이에요. 남의 혼삿길 망칠 일 있어요?"

"그게 아니고, 갑자기 사진작가를 혐오하는 발언을 하시기에 직접적인 피해가 있나 하고."

"직접적인 피해?"

거기까지 말을 하고 잠시 뜸을 들이더니 안드로메다는 결심한 듯 입을 열었다.

"직접적인 피해가 있지요. 암, 있고 말고요. 그래서 여기에 찾아온 거죠. 말하면 정말 억울함을 고소함으로 전환을 시켜줄 수 있죠?"

그녀는 다짐하듯 다시 물었다. 억울함에서 고소함으로의 전환, 이게 그렇게 효과가 있고 의뢰인을 감동하게 하는 광고용어인 줄은 미처 몰랐다.

잠시 뜸을 들이다가 아랫입술을 지그시 깨물며 안드로메다가 입을 열었다.

안드로메다는 간호사라고 했다. 그 말을 들으니 간호사로서 적합한 인물로 보였다. 종합병원에서 근무하다가 지금은, 아니 얼마 전까지는 야간이 필요 없는 개인병원에 근무했다고 했다. 안과였다고 했다.

어느 안과냐고 물었더니 시내에 있는, 재래시장 맞은편의 무슨 안과라고 했는데 대충 들어도 어디쯤 있는 병원인지 페르세우스는 알 수가 있었다.

"혹시 광명 안과 아니에요?"

"맞아요. 거기는 안과가 하나밖에 없지요."

그 안과는 다른 의사는 없이 안과의 원장이 혼자서 진료하는데 간호사가 넷이었다고 했다. 그 원장이 사진에 취미를 붙이고 사진작가라며 주말이면 야외로 사진찍기에 나선다고 했다. 무슨 사진대회에 출품하여 상이라도 타면 간호사들과 저녁에 회식하며 자랑을 하고, 어디에서 사진작가대회가 있다면 세미나를 핑계 대며 환자를 팽개치고 병원문을 닫고 카메라를 메고 나가는 위인이라고 했다.

가끔은 자신이 찍은 사진을 간호사들에게 보여주며 구도가 어떻고 빛이 어떻고 알아듣지 못할 소리를 늘어놓는 작자라는 것이다. 심지어 누드촬영대회에 나가 찍은 사진까지 간호사들에게 보여주며 자랑을 했노라고 했다.

거기까지는 별문제가 없어 보였다.

문제는 그다음에 있었다.

페르세우스는 거들지 않고 묵묵히 듣기만 했다.

그 원장이라는 작자는 누드 사진을 보며 늘 말을 했단다.

누드모델이 영업용이라서 청순함이나 순박함이 없다고. 안드로메다는 한국에서 누드모델협회라는 게 있다고 했다. 페르세우스는 처음 듣는 이야기다.

그런 협회도 있었나?

사진 촬영대회를 하면 모델들을 거기서 데려오는데 전부 몸매

가 늘씬하고 미인이라고 했다. 그런 모델의 사진을 보며 원장이
라는 작자는 몸매가 너무 좋은 영업용이라 진정성을 찾아볼 수가
없다며 가끔 간호사들에게 누드모델이 되어줄 생각이 없느냐고
물었다. 물론 농담으로 그런 사진을 보는 날 물었다는 것이다.
그런데 안드로메다는 누드모델이 되었다는 것이다.

거기까지 듣고 페르세우스는 깜짝 놀랐다.

"자진해서요?"

페르세우스는 말을 하고 나서 자신이 말을 중간에 끊었다는 사
실을 알았다.

"자진해서 했으면 내가 왜 여기를 찾아왔겠어요?"

미다졸람(Midazolam)때문이라고 했다.

미다졸람? 그게 무어냐고 물었다. 이건 안 물을 수가 없는 사
안이었다.

미다졸람이란 쉽게 말하면 위내시경을 할 때 쓰는 마취제라고
했다. 안과에서도 수술할 적에 쓰는 마취제인데, 마취제를 맞더
라도 어렴풋이 상대의 말을 들을 수가 있는 옅은 마취제라고 했
다. 더 독한 마취제는 프로포폴(Propofol)이라는 게 있는데 그것
은 말을 듣지 못하고 깊게 잠이 드는 수면 유도제라고 했다. 그
걸 맞으면 아무 기억도 못 하고 시체나 다를 바가 없다고 했다.
틀림없이 미다졸람이라고 했다.

안드로메다의 말에 의하면 어느 날 퇴근 시간이 다 되었는데
원장은 다른 간호사들은 퇴근을 시키고 안드로메다에게 얘기를
좀 하고 가라고 했단다. 평소에도 그런 일이 가끔 있어서 별 의

심 없이 간호사실에서 퇴근할 복장으로 옷을 갈아입고 기다렸는데 원장이 원장실에서 불러서 들어가니, 책상 앞에 앉아서 기분이 좋아지는 주사가 있다면서 임상시험을 하자고 했단다. 마약인가 싶어 싫다고 했지만, 잠깐이면 된다면서 내일부터 환자들에게 투약할 건데 몇 분 만에 깨어나는지 실험을 잠깐 하자고 했단다.

그래서 주사를 맞았노라고 했는데 그게 미다졸람이었던 모양이라고 했다. 미다졸람의 특징은 어렴풋이 말을 알아들을 수가 있는데 자신의 의지와는 무관하게 순종하는 특징을 지니고 본성에 따라 움직이기도 한다고 했다. 미다졸람을 맞으면 의사가, 자! 엎드립시다, 하고 뒤집으면 혼몽한 상태에서 따라서 움직여 주고, 일어납시다, 하고 일으키면 일어나는 마취제라고 했다.

그날 그 마취제를 맞고 아무래도 환자 치료용 침대에서 누드 모델이 된 것이라고 했다. 일단 그 주사를 맞으면 불쾌감이 없고 황홀하다고 했다. 옷을 벗기는데 의지와는 관계없이 몸이 저절로 도와주고 찰각, 셔터를 누르는 소리가 경쾌하게 들렸다고 했다. 아! 누드를 찍는구나, 생각했지만 저항심은 사라지는 약이라고 했다. 오히려 그 셔터를 누르는 소리가 경쾌하며 혼몽한 가운데 황홀하다는 생각이 들면서도 가끔은 정신이 깜빡, 한다고 했다. 다시 옷을 입히는데 몸이 도와주고, 이십 분 정도면 완전히 깨어나는데, 깨어나면 몸이 몽롱한 게 기분이 굉장히 좋은 것이 그 약의 특징이라는 것이었다. 안드로메다가 그 미다졸람의 특징을 그렇게 설명했다.

"그러니까, 성폭행은 당하시지 않은 거네요."

"잘은 모르지만 그런 것 같아요. 강간이라도 했더라면 몸이 반응했고 기억을 하겠죠? 그런데 그런 흔적은 없었어요. 그 천박한 예술가가, 자신은 투철한 작가 정신을 가진 작가라고 믿고 있는 인간입니다. 누드촬영의 예술과 외설 그 경계점을 저는 모르겠어요. 그걸 확실하게 구분을 하시겠어요?"

"저도 잘 모릅니다만 다행이라면 다행입니다. 그래서 집으로 바로 갔나요?"

아니라고 했다. 원장이 저녁을 먹고 가자고 해서 몽롱한 상태에서 식당에 따라갔고 밥과 같이 나온 술을 황홀한 기분으로 주는 대로 마시고 이젠 술에 취해서 몸도 가누지 못할 정도로 취해서 들어가 바로 쓰러졌다고 했다.

"다음날 생각하니 엎질러진 물이었고, 아마도 미다졸람이 확실하다는 생각을 했죠. 그 병원은 간호사들이 자주 바뀌기로 시내에서 유명한 병원이거든요. 그렇게 바뀌는 데는 무슨 이유나 원인이 있지 않겠어요? 감이 잡히세요?"

"어떻게 해드리길 원하시나요?"

페르세우스의 목소리가 사무적으로 바뀌었다.

안드로메다는 그 원장은 병원의 넓은 원장실 안에 사진을 현상하기 위한 작은 암실을 만들어두고 있었고 암실 벽에는 갖가지 사진이 붙어 있으며 사진이 담긴 USB와 업무용 컴퓨터, 그리고 카메라가 두 대가 있을 것이다. 환자가 없을 때는 업무용 모니터에 사진을 띄워놓고 감상하는 천박한 예술가라고 했다.

천박한 예술가?

그것도 언어의 조화는 가능하다고 페르세우스는 생각했다.

어떤 방법을 쓰든 그걸 전부 없애달라는 것이었다. 원장이 사진이나 카메라를 집으로 가져가지는 않는다고 확신한다. USB는 항상 컴퓨터에 꽂혀 있다. 그건 유심히 보아서 알고 있다. 사진을 하드디스크에 저장할 것이니, USB와 하드디스크, 카메라만 없애면 완벽하다는 것이다. 원장을 협박해서 받아내도 좋고, 훔쳐와서 없애도 상관이 없다는 것이었다.

"한 가지 조건을 덧붙이자면 컴퓨터의 사진은 절대로 열어보시면 안 돼요. 그냥 마구 없애는 거예요. 불에 태워서 영원한 소멸."

안드로메다의 얼굴이 조금 붉어졌다.

페르세우스는 전혀 부끄러워할 일이 아니라고 달래며 원장의 나이를 물었다.

마흔이 갓 넘었을 거라고 했다.

그 말을 하고 그녀는 메모지를 달라고 하더니 여섯 자리, 아라비아 숫자를 메모지에 적었다. 그리고 아직 바뀌지 않았다면 그 숫자가 병원에 달린 디지털 자물쇠의 비밀번호라고 했다. 병원은 이 층에 있는데, 이 층을 통째로 쓰고 있으니 그 문으로 들어가면 내부는 다 통한다고 했다. 그리곤 바로 일어섰다.

"저는 김천의 다른 안과에 취직했거든요. 내일이 첫 출근이에요. 이건 착수금이고요. 일을 깨끗이 하고 나서 나머지를 청구하세요. 절대로 사건을 만들면 안 돼요. 그런 일로 경찰서에 얼굴을 디밀고 싶지 않거든요."

안드로메다는 들고 있던 작은 자주색 핸드백에서 봉투를 하나 꺼내서 테이블 위에 올려놓았다. 봉투를 보니 ATM에서 급하게 빼 온 티가 역력했는데 봉투는 제법 두툼했다.

"전화번호와 이름은 알려주시고 가야죠?"

"전화번호가 핸드폰에 찍히지 않았나요? 아, 참! 아까 공중전화를 이용했지. 못 미더워서 그랬어요. 가면서 생각해보고 전화를 드릴게요. 그러면 전화번호가 찍히겠죠. 이름은 그냥 안드로메다로 알고 계셔요. 우리끼리만 통하면 되잖아요?"

안드로메다가 신발을 갈아신고 종종걸음으로 나갔다.

#

페르세우스는 메두사의 목을 자르는 임무를 완수했지만, 곧바로 세리포스의 폴리덱테스 왕에게 돌아가지 않았다. 영웅으로서 강한 모험심과 호기심 때문에 어머니 다나에를 잠시 잊고, 그는 자신의 선조였던 다나오스(Danaos)와 링케우스(Lynkeus)의 고향인 이집트의 켐니스(Chemnis)를 거쳐 동쪽으로 날아가다가 케페우스(Kepheus)가 다스리는 에티오피아라는 나라에 이르렀다.

에티오피아의 왕 케페우스의 아내 카시오페이아(Kassiopeia)는 허영심이 많았다. 그녀는 자신이 바다의 요정들인 네레이데스(Nereides)보다 더 예쁘다고 공공연하게 자랑하고 돌아다녔다.

모욕을 당한 바다의 요정들은 포세이돈에게 케페우스를 혼내 달라고 간청하자 포세이돈은 괴물 한 마리를 보내 케페우스의 나라를 쑥대밭으로 만들었다. 케페우스가 리비아의 암몬(Ammon) 신에게 이런 재앙을 피할 방도를 물었다. 그러자 암몬은 그의 딸 안드로메다(Andromeda)를 그 괴물에게 희생 제물로 바치라는 주문을 내렸다. 처녀를 제물로 바친다? 심청전과 흡사한 얘기지만, 케페우스는 나라를 구할 것인가, 딸을 지킬 것인가, 진지하게 고민하지 않을 수 없는 일이었다. 어쩔 수 없이 딸 안드로메다를 해안에서 가까운 바다에 솟아 있는 암초에 묶어놓고 괴물이 데려가기를 기다리고 있었다. 이윽고 저 멀리서 괴물이 포효하며 안드로메다를 향해 다가오고 있었다.

바로 그 순간, 페르세우스는 에티오피아 상공을 비행하다가 이 이상한 광경을 목격하고 비행을 멈춰 아래로 내려갔다. 케페우스 왕과 왕비 카시오페이아는 신하들과 함께 사색이 되어 해안에서 딸의 비극적 종말을 기다리며 발만 동동 구르고 있었다. 무슨 일인가? 영문을 묻는 페르세우스에게 케페우스는 사건의 앞과 뒤를 간략하게 이야기해 주었다.

그사이 괴물은 안드로메다에게 점점 더 가까이 다가왔다.

페르세우스는 우선 그들로부터 괴물을 물리치면 안드로메다와 왕국을 주겠다는, 생각지도 않은 약속을 받아냈다. 그 말이 아니더라도 사연을 알고 난 이상 그냥 지나칠 페르세우스가 아니었다. 페르세우스는 공중으로 날아올라서 아래로 돌진하여 메두사의 목을 들이밀어 그것을 본 괴물들이 돌로 굳게 만들어 메두사의 목을 자른 커다란 낫으로 느긋하게 해치우고 안드로메다를 구했다. 메두사의 흉측한 얼굴이 무기가 된 셈이었다. 페르세우스는 안드로메다를 구한 것에 만족했다.

#

아무리 생각해도 이상한 일이다.

기분이, 기분이 나쁘기는커녕 그 순간 셔터 소리를 들으며 황홀했다?

그건 정말 이상한 일이다. 도저히 이해할 수가 없었다. 본성? 안드로메다는 분명히 본성이라고 했다. 그렇게 나체를 보여주는 게 여자의 본성이었던가?

미다졸람이라?

간호사가 자주 바뀌는데 이유가 있을 것이다. 어쩌면 들어오는 간호사마다 다 그런 사악한 방법으로 누드모델 대상으로 삼았을지도 모르는 일이다.

그 점을 곰곰이 생각하고 있는데 핸드폰이 울렸다. 정신을 놓고 있던 페르세우스는 벨 소리에 깜짝 놀랐다. 모르는 번호였다.

"예, 사설탐정 설민수 사무소입니다."

오늘은 의뢰인이 많은 모양이구나 생각하고 씩씩하게 전화를 받았다.

"호호호. 저예요. 안드로메다! 전화번호가 찍혔죠? 저장해두세요. 제가 수시로 확인할 거예요."

"기간은 언제까지 할까요?"

"빠르면 빠를수록 좋지요. 그 인간이 그날 찍은 사진을 다른 데 출품할지도 모르겠다는 생각이 지금 막 들었어요."

조금 전보다는 확실히 발랄해진 목소리였다.

아! 안드로메다! 그대 이름의 상큼함이여!

*7.

아버지의 보좌관, 아니다.

버릇처럼 입에 배어 있는 그 직함은 이제 잊어야 한다.

이제는 잊어야 한다.

보좌관이 아니라 법무법인 남일의 사무장으로 있는 나한수에게서 전화가 왔다.

페르세우스는 오전에 사무실에 있다가 집으로 들어가서 다나에와 함께 점심을 먹고 다시 사무실로 나가던 점심나절이었다. 운전 중에 전화를 받은 것이다. 혹시 미궁에 빠진 사건이라도 한 건 넘겨주려는가 싶었는데 전혀 엉뚱한 이름이 불쑥 나왔다.

"김재필을 한 번 만나보지 않을래?"

김재필이 누구더라? 많이 들었던 이름인데 갑자기 기억이 나지 않는 것이었다.

"김재필이 누구지요?"

"현역 국회의원! 아버지와 붙었던 놈!"

나한수가 신경질적으로 말해서 그를 떠올렸다. 정서상 결코,

아름답게 들리는 이름은 아니었다.

"민수야, 너는 그 자식의 이름을 잊으면 안 돼!"

"잠시 착각했어요."

김재필이 보좌관을 통해 연락을 해왔다고 했다. 김재필의 보좌관이 나한수의 고등학교 후배라면서 지금 김재필이 사무실에 있으니 그리로 오라는 것이었다. 바닥이 좁은 소도시니 보좌관들끼리도 그렇게 연줄이 닿는 모양이다. 김재필의 사무실이 어디에 있는지 페르세우스는 모른다. 그렇다고 하자 지산삼거리 하이마트 뒤에 보면 크게 간판이 걸려 있다면서 거기서 만나자는 것이었다. 김재필이 오후에 서울로 올라가기로 예정이 되어있기에 시간이 없다면서 당장 출발하라는 것이었다.

내가 왜 그자를 만나지?

페르세우스는 회의적인 생각이 문득 들었다.

지방에 지역구를 둔 국회의원이 지역구에 머무는 건 흔하지 않은 일이다. 그것도 그렇고 그 국회의원이 자신의 사무실에 있다는 건 더 드문 일이다.

아버지가 그랬듯이 여직원 하나가 사무실을 지키며 앉아 있다가 민원이나 만나고 싶은 사람이 있다면 시간과 일정을 파악하고 연락을 해주는 정도가 고작이다.

선거기간이 아니면 들르지 않는 곳이 지역구에 있는 국회의원 사무실이다. 철 지난 원두막이라고나 할까? 여의도 국회에 자신의 사무실이 있기에 지역구에 있는 사무실은 보잘것없이 허름한 경우가 대부분이고 그나마도 없는 이들도 있다. 지역에 꼭 참석

해야 할 행사나 현안이 있으면 그 행사장에만 들렀다가 바로 올라가는 게 지역구 국회의원이다.

흥미로운 건 김재필 측에서 먼저 연락이 왔다는 점이다.

그자가 왜 만나자고 했을까?

오후에는 안드로메다가 얘기했던 안과에 진료를 가장하여 탐색전을 할 예정이었는데 아무래도 미뤄야 하겠다. 지산삼거리라고 했으니 사무실까지 갔다가 다시 나오는 것보다 시간이 이르지만 바로 가는 게 덜 번거로울 것이다. 다음 신호등 앞에서 페르세우스는 지산동 쪽으로 우회전했다.

방송으로 봐서 안 사실이지만 김재필은 군 병역문제를 가지고 징병제에서 모병제로 전환하는 방안을 피력하며 꾸준히 모색하는 중이다. 페르세우스가 알기에도 그건, 남발한 그의 선거 공약 사항 중 하나였다.

아버지의 공약인데 그것마저도 따라서 모방한 것이다.

그 문제는 국가적 차원에서 시급하다.

지난해에 국내에서 출산된 신생아가 남녀 합쳐서 겨우 20만이라는 통계가 나왔다. 고령의 인구는 엄청 늘어나면서 낮은 연령층의 감소에 출산을 회피하는 경우가 많아 신생아는 줄고 초고령화 사회가 되고 있다. 그게 사회적인 문제로 대두되는 실정이다. 출산율이 이렇게 저조해서는 앞으로 징병제를 유지할 경우 60만 대군을 구성할 수가 없다. 60만 대군을 구성할 수 있는 획기적인 방법을 채택해야 하는 일이다. 인력의 부족, 그건 분단국가로서 첨예한 문제로 대두된다. 거기에 김재필이 끼어든 모양이다. 언제가 될지는 모르지만, 조치가 필요한 사안이다. 아버지는 군 생활을 삼 년을 꽉 채웠다고 하셨다. 그러나 지금은 복무 기한이 딱 반절이다.

아버지는 그 점을 일찍이 내다보셨다.

도로가 가로수로 심어놓은 벚나무에는 벚꽃이 만개해 있었다.

그 가로수 길 끝에 매달린 김재필의 사무실은 쉽게 찾을 수 있었다.

지산삼거리 하이마트 뒤에 가니 눈에 띄게 간판이 걸려 있었다. 자동차 부품가게의 이 층에 있는 사무실인 모양인데 밖에서 한눈에 보아도 작고 허름해 보였다. 부품가게 앞에 차를 세우고 이 층으로 올라갔다. 이 층으로 오르는 시멘트로 된 계단은 좁고 가파른 계단이라 두 사람이 교행하기 어려울 지경이었다. 국회의원 사무실이 아니면 도저히 세가 나가지 않을 그런 위치였고 조잡한 사무실이었다.

계단과 사무실 입구에는 떨어진 벚꽃이 날리고 있었다. 주위를 둘러보니 건물 뒤에 커다란 벚나무가 있어 낙화가 날리고 있었다. 아무 생각 없이 올라온 페르세우스는 김재필의 사무실 앞에 서서 잠시 망설였다.

아버지의 얼굴이 떠올라 발목을 잡은 것이다.

아버지께서 이 사실을 알면 무어라고 하실까?

자문하니 대답이 실로 궁했다.

아버지는 과연 김재필을 건전한, 선의의 경쟁상대였다고 생각하셨을까?

페르세우스는 자신이 없다는 투로 고개를 갸웃했다.

추측하는데, 경찰서에서 그 난리를 떨고 지역 언론에 뿌린 것은 김재필이 아닐 것이다. 그보다는 훨씬 윗선일 것이다. 김재필은 그런 짓거리를 할 작자가 못 된다. 그런 정도의 힘을 지닌 자가 결코, 아니다. 아버지를 제거하고자 했던 무리는 보이지 않는 곳에 있다. 아버지께선 여권에서 추진하는 개헌과 선거법 개정에 굉장히 분노하시고 반대하셨던 의원이었다. 김재필은 적어도 아버지의 적수가 되지 못한다. 김재필과 내통이 되었는지는 모르지만, 아버지를 정계에서 제거하고자 투서를 넣고 수사를 종용했던 무리는 훨씬 윗선일 거다. 적어도 여권에서는 눈엣가시였기에 눈엣 가시를 제거한 것이리라. 어부지리로 김재필이 수혜를 입은 것일 것이다. 어쩌면 김재필조차도 수사를 지시했던 무리가 누구인지도 모르는 경우가 있을 것이다.

그런데 김재필이 왜 보자고 했지? 과연 김재필의 부름에 쫓아오는 게 현명한 처사인가? 여기까지 와서 내가 왜 이런 생각을 해? 김재필의 의중도 파악하기 전에?

페르세우스는 좀 혼란스러웠다.

"안 들어가고 거기서 뭐 하냐?"

돌아보니 나한수가 급하게 계단을 올라오고 있었다.

"아저씨를 기다리던 참이었어요."

페르세우스는 그렇게 둘러댔다.

"그래? 들어가자."

나한수가 앞장섰다. 노크하고 들어가니 여직원은 없었다. 사무실이라고는 하지만 평소에는 비워 두는 모양이다. 신발도 벗지 않고 신고 들어가는 사무실이었다. 사무실은 삭막했다. 싸구려 화분도 하나 없는 사무실이었다. 나한수가 앞장을 서고 페르세우스가 뒤를 따랐다. 김재필은 보좌관으로 보이는 사람과 싸구려 응접 소파에 마주 앉아 있다가 들어서는 모습을 보고 일어섰다.

"아이쿠, 의원님 의정활동으로 바쁘실 텐데 이렇게 불러주시고, 고맙습니다."

나한수는 김재필과 악수를 하며 머리를 숙여 인사를 했다. 페르세우스는 못 볼 것을 본 것 마냥, 얼굴이 화끈거렸다. 저렇게 굽신거리려고 왔나?

"아무리 바빠도 지역 유명인사인 자네를 안 보고 가면 사람으로서 도리가 아니지. 그렇지 않은가?"

김재필은 담담하게 말했다. 이긴 자의 여유가 보였다.

"자네도 오랜만이네."

나한수는 보좌관과 또 악수했다.

"자네가 설 의원님의 아들인가?"

김재필이 페르세우스를 보고 물었다. 김재필은 아버지보다 대여섯 살 적다. 풍채는 풍만한 게 얼굴에 윤기가 좔좔 흐르고 있었다. 그 깔끔한 모습이 페르세우스에겐 오히려 적의로 다가왔다.

"그렇습니다. 설민수라고 합니다."

페르세우스는 가볍게 인사를 했다.

"아, 잘 생겼구만. 어떻게 보면 아버지를 좀 닮은 것 같기도 하고, 반갑네."

김재필은 과장되게 손을 내밀어 악수를 청했다. 마지못해 악수하고 김재필의 맞은편에 나한수와 나란히 앉았다.

"형제가 몇인가?"

김재필은 페르세우스를 보고 물었다.

"저 혼자입니다."

"오, 독자이구먼!"

"올해 몇 살이신가?"

"스물일곱입니다."

다 알아보고 불렀을 터인데? 페르세우스는 뭔가 취조받는 기분이 들어 못마땅했지만, 순순히 대답했다.

보좌관은 앉았던 자리를 비켜주고 접이식 철제 의자를 당겨서 응접 소파 귀퉁이에 앉았다. 그리고 그가 먼저 입을 열었다.

"의원님께서, 항상 두 분이 어떻게 사시나 궁금하게 여기셨습니다."

보좌관의 언질이 끝나자 김재필이 입을 열었다.

"민생을 돌본다는 게 궁극적으로 말하면 가까운 사람부터 챙기는 게 아니겠나? 요즘 경기가 그렇게 안 좋다면서? 취직자리 구하기도 어렵고?"

이 작자가 말을 꺼내는 걸 보니 취직자리를 알아봐 주려는 게 아닌가? 페르세우스는 순간적으로 그런 생각이 들었다. 아니나 다를까, 옆에 앉은 보좌관이 예상했던 말을 꺼냈다.

"의원님께서 두 분의 취직자리를 알선해주시려는 것입니다. 몇

군데 괜찮은 자리 찍어둔 곳이 있습니다."

그럼, 그렇지! 페르세우스의 짐작이 정확했다. 싸구려, 졸렬한 생색내기가 분명했다. 심리적으로 빚진 게 있는 모양이다. 그렇지 않고는 이런 걸 선심이라고 꺼낼 리가 없다. 심리적 채무의식을 만회하려는 심보가 분명할 터이다.

"생각 없습니다. 아저씨는 어떤지 몰라도 저는 제가 하는 일이 있습니다."

페르세우스가 단호하게 사양했다.

"저도 지금 하는 일이 있긴 합니다만."

나한수는 말을 조금 흐리고 있었다. 어떻게 들으면 명확한 사절이 아니다. 무슨 일인지. 경우와 때에 따라서는 응할 수도 있다는 말로 들렸다. 나한수와 자리를 같이하기가 몹시 불편했다.

"그 말씀 하시려고 불렀다면, 볼일이 끝났네요. 가보겠습니다."

페르세우스는 일어섰다. 김재필이 좀 당황해하는 눈치였다. 그 눈치를 물고 페르세우스는 선 채로 김재필을 향해 물었다.

"누구의 모함으로 아버지께서 결정적인 순간에 명예스럽지 못하게 경찰의 조사를 받았는지, 누구의 모함인지 그게 궁금합니다."

"어? 나를 의심하지 말게. 나는 전혀 관계가 없는 일이었어. 사실이야."

김재필이 매우 당황해하는 눈치였다.

"다 지나간 일인데, 민수야! 지금 그걸 들춰서 뭣 하겠냐?"

페르세우스여 안녕 **85**

옆에 앉은 나한수의 말이었다. 갑자기 나한수에 대한 적개심이 일었다. 게걸스럽게 권력에 아부하는 작자. 페르세우스는 나한수를 그대로 쥐어박고 싶은 충동을 느꼈다.

"그냥 놔두시게! 자식으로서는 당연한 도리가 아니겠나? 나로서도 해명할 기회가 있어야 하고."

김재필이 나한수에게 그렇게 일축하고는 페르세우스를 올려다 보면서 말을 이었다.

"내가 후보자로서 그렇게 현역의원 조사를 좌지우지할 힘이 당시에는 없었네. 솔직한 말이라네. 우연히 불어준, 적벽대전에서 제갈공명의 동남풍 같은 바람이었지. 사실이지 낙선 위기에 처했었는데 바람이 술술 불어준 것이었지. 고인에겐 참 미안하지만 내게는 숨통을 트일 수 있는 바람이었는데 그분께서 그런 선택을 하시다니, 전혀 예측하지 못했지. 맞붙어도 좋았을 상황이었지. 이를 테면, 위기와 기회의 법칙이 작용한 거야. 내가 낙선하는 한이 있어도 그분의 그런 선택을 바라지 않는다네. 솔직한 심정이네."

역시 이긴 자의 담담한 여유가 엿보였다.

"아버지께서 돌아가시고 나자 그 수사는 무혐의로 종결되었답니다. 그 사실도 아시죠?"

페르세우스가 물었다.

"당연히 알고 있지."

"그럼 그 조사에서 가장 큰 수혜자는 누구입니까? 합리적인 의심을 받지 않을 수가 있겠습니까?"

"자네 말이 맞네. 합리적인 의심이 돌아오겠지. 그래서 몸에 맞지 않은 옷을 입은 것 마냥 항상 부자연스러웠다네. 그러나 그런 일은 당시의 내 힘으로 할 수가 없는 일이야. 내 짐작으로 미루어 설 의원님을 못마땅하게 여긴 당 차원의 소행으로 간주하는데 그걸 모색하고 추진했던 당의 고위층 들은 자신들도 선출되지 못하고 낙선해서 뿔뿔이 흩어져 초야에 묻혀 지내고 있다네. 정치인에게 선거란 참으로 냉정한 것이야."

그 말을 끝으로 김재필은 담배를 물었다. 잠시 정적이 흘렀다. 담배를 한 모금 빨아서 뱉으며 김재필이 다시 입을 열었다.

"나는 자네 아버지, 설 의원님을 존경한다네. 해보니 쉬운 일이 아니야. 설 의원님은 참 대단한 분이셨어. 내가 대적할 인물이 아니었어. 그 정도로 큰 인물이셨지. 국회에 들어가 보고서야 실감했다네. 이게 초선의 한계인 모양이야."

"그것 말고, 선거 과정에서 도덕적으로 아버지께 미안한 일은 없었다는 말씀인가요?"

"민수야!"

나한수가 말리려 들었다. 페르세우스는 나한수를 돌아보지 않고 김재필을 쏘아보았다. 그러자 김재필이 손을 내저었다.

"아닐세. 궁금한 게 많을 거야. 풀고 가게 그냥 두시게."

김재필은 다시 담배를 한 모금 빨았다. 아마도 숨을 고르는 모양새였다.

"내가 당선되었다는 결과를 놓고 이야기하자면 미안하고 죄스러운 일이 되었지만, 선거 과정에서 도덕적으로 미안할 일은 없었네. 선거법이라는 게 엄연히 있는데 그런 일을 할 수가 있겠나? 설 의원님께서 성격이 너무 격하셨던 거야. 그리고 국회에서 원수를 너무 많이 만드셨어. 그 결과로 추리가 되네만, 거듭된 이야기지만 나는 도덕적으로 미안해할 짓을 하지 않았다네."

"알겠습니다. 그럼 먼저 실례하겠습니다."

페르세우스는 그 말을 뱉어놓고 사무실을 나와 좁은 층계를 내려왔다. 더 이야기하면 김재필에게 핑계를 댈 수 있는 시간과 기회를 제공하는 셈이다. 나한수가 그 자리에 앉아 있는 것을 보고 혼자서 나왔다. 김재필이 왜 찾았는지는 자명해졌다. 날리는 벚꽃의 꽃잎이 페르세우스의 어깨에 떨어지고 있었다.

광명 안과.

김재필의 사무실을 나와 바로 광명 안과를 찾았다.

환자들이 대기실에서 대여섯 명이 대기하고 있었다. 대기실에 앉아 기다리고 있는데 자꾸만 김재필의 얼굴이 떠올라 곤혹스러웠다. 대기실에는 앞에 대기하는 환자가 있었다. 아주머니 한 분과 노인들이었다. 페르세우스는 접수하면서 눈이 침침하고 자주 충혈된다는 이유를 둘러댔다. 사실 치료가 목적이 아니라 원장이라는 사진작가의 얼굴과 병원구조를 파악하려고 들른 것이다.

얼른 봐도 간호사는 넷이었다.

안드로메다가 나가자 간호사를 한 명 다시 채용한 것이 분명했다. 입구의 접수부에 한 명, 한 명은 자외선 열등으로 한 노인을 치료하고 있었고, 다른 한 명은 시력검사를 하고, 또 한 명은 원장실에서 보조로 일하는 것이 분명했다.

페르세우스는 간호사의 몸매부터 하나하나 살폈다.

과연 작품으로 승화될 수 있는 몸매인가?

하나같이 늘씬하고 출중한 몸매의 소유자들이었다. 아마도 원장은 간호사를 채용할 적에 몸매부터 보는 것이 아닌가? 의심이 들 정도였다. 저 간호사 중에 자신도 모르게 이미 누드모델이 된 간호사도 있을 것이다. 아니, 그 사실을 알고 있는 간호사가 있을지도 모르는 일이다. 병원은 이 층을 통째로 쓰고 있었다. 삼층은 계단으로 올라가는 입구에 텅스텐으로 된 철문이 달린 것으로 미루어 가정집으로 쓰고 있는 모양이다.

화장실은 밖의 계단 있는 곳에 있었고 들어가는 출입문에는 방화문 외에 나무문이 달린 이중으로 된 문이었는데 자물쇠는 없었다. 자물쇠는 방화문인 철문에만 달려 있었다. 들어서면 오른편에 접수하는 테이블이 있고 쭉 이어지는 대기실이고, 대기실에서 가장 오른쪽에 있는 방은 자외선 치료실이다. 그리고 정면에 수술실이라는 작은 푯말이 붙어 있었고 옆이 간호사실이다. 전원 스위치는 접수부 뒤쪽 벽에 붙어 있었다. 어디를 봐도 CCTV는 없었다. 하긴 이런 작은 병원에 뭐 훔칠 게 있어 도둑이 들겠는가? 퇴근하면서 디지털 자물쇠만 잠그면 끝이지, 보안 시스템은 전혀 없었다.

마음만 먹으면 얼마든지 들어올 수가 있겠다.

페르세우스는 대기실에 앉아 매의 눈으로 간호들과 병원 내부구조를 살폈다. 구조가 단순한 병원이었다. 도로 쪽으로 보이는 창은 모두 안쪽에서 석고보드를 붙이고 도배를 해놓아 불을 켜더라도 밖에서 보이지 않는 구조다. 그 가운데 환기를 위해서인지 두 곳에 창을 다시 만들어 놓았지만 닫혀 있었다. 바로 도로 건너에 재래시장이 있어서 소음을 차단하려고 창문을 닫은 모양이다.

진료를 받은 사람이 처방전을 받아서 나가고 또 다른 환자가 들어와 접수하곤 했다. 대충 미루어 잘 되는 병원인 셈이다. 위치가 좋고 대중교통의 중심지라 노인들이 많이 찾는 병원인 모양이다.

페르세우스 차례가 되어 시력검사를 했다.

그리고는 원장실로 안내되었다.

의료용 흰 가운을 입은 원장은 키가 훤칠한 사십 대였는데 곱슬곱슬한 파마머리를 하고 있었다. 눈빛이 좀 강렬하다는 것 외에는 평범한 원장처럼 보이는 인상이었다. 원장실 진료 의자에 앉으며 페르세우스는 주위를 살폈다.

진료실에서 남쪽으로 창이 나 있고 철로가 훤히 보이며 흰색 시트를 입힌 진료용 침대가 있었고, 벽에는 액자가 몇 개 걸려 있었다. 풍경을 찍은 사진인데 눈을 끌 만한 작품은 아니었다. 모른다. 페르세우스가 작품을 보는 안목이 없어 그런지도. 원장은 확대경으로 페르세우스의 눈을 검사했다.

"눈이 침침하다는 기분이 드나요?"

"눈이 자주 충혈되구요."

책상 밑의 컴퓨터는 한 대다. 데스크톱인데, 의료 실무와 작품에 함께 쓰는 모양이다. 책상 위의 모니터는 큰 데 반해 하드디스크가 들어있을 몸체는 작은 것으로 최근에 구매한 모양이다. 날이 갈수록 모니터는 커지고 몸체는 작아지는 게 컴퓨터의 진화 과정이다. 원장이 앉은 뒤쪽은 벽이었고 진료실에서 수술실 쪽으로 작은 문이 있었다. 암실인 모양이었다.

구조는 더 훑어볼 게 없다. 단순한 안과다.

"특별한 이상을 없어 보입니다. 눈을 자주 씻고 눈에 넣는 안약을 처방해 줄 테니 불편하다 싶으면 자주 넣으세요."

이 작자가 명의네. 진료는 정확하게 한 것이다.

이상이 있을 리가 없다.

진료실을 나와 접수부에서 진료비를 계산하고 처방전을 받고 계단을 내려오면서 처방전을 잘게 찢어 계단에 버렸다. 전혀, 필요 없는 처방전이었다. 유명약국, 올라갈 적에는 대수롭지 않게 봤는데 일 층은 약국이었다. 페르세우스는 도로에서 건물의 이 층을 올려다보았다. 시내에서 흔하게 볼 수 있는 상가 건물이었다.

*8.

"차가 상당히 높네요. 이런 차를 끌고 다니면 겁나는 게 없겠어요? 최소한 충돌사고에서는."

밖에서 보기보다는 레미콘 트럭의 조수석에 올라앉으니 엄청 높았다.

"그래도 조심해야지. 지하차도를 지나가다가 다리 교각이나 더 큰 차에 박으면 박살이 나지. 특히나 버스. 버스는 앞에 강판을 넣어서 이런 화물차 대가리보다는 단단하거든. 그러나 정면충돌을 하더라도 버스보다는 운전석이 높아서 크게 다치지는 않겠지."

우영구는 운전대를 잡고 전방을 주시하며 말했다. 우영구는 마흔하나인데 얼굴은 더 늙어 보였다.

"버스만 피하면 승용차와 박는 데는 문제가 없겠네요."

페르세우스는 자꾸 유도 질문을 했다. 우영구의 레미콘에 타기까지는 많은 공을 들였다.

"승용차와 박아서는 다치거나 죽을 일은 없겠지. 그러나 승용차라도 피할 수 있으면 피해야지. 사고는 아무리 잘 나도 덕 보는 일은 없어, 서로 덕이 없는 게 교통사고야."

"레미콘 면허가 따로 있나요?"

"레미콘 면허는 따로 없고 일종 대형면허를 내면 운전이 가능하지만, 노하우가 필요하지. 뭐든지 짬밥이 필요하겠지만."

"일종 대형이면 버스로 시험을 치죠. 저도 일종 대형면허를 내서 레미콘을 하면 어떨까요?"

페르세우스는 말도 안 되는 소리지만, 자꾸 말을 걸고 있었다.

"청춘이 구만리 같은 젊은 사람이 무슨 레미콘이야? 건축 기사가 되어 나중에 현장소장을 하다가 건축업을 하면 바로 사장인데."

"아저씨, 레미콘을 운전하면 월급이 어느 정도 되나요?"

"이 차는 내 차여. 자가영업을 하는 거지. 레미콘 기사는 월급이 얼마 안 될 거야. 대충 시내버스 운전사와 엇비슷하겠지?"

"아, 그럼 사장님이시네요."

"사장은 무슨 사장, 개인택시보다 못한데."

"성함이 어떻게 되세요?"

"갑자기 남의 이름은 왜?"

"그냥 사장님이고 부르긴 그렇고, 김 사장님이나, 장 사장님이라고 불러야죠."

"아, 우영구라고 해."

"아, 우 사장님. 거봐요. 어감이 매끄럽잖아요?"

우영구가 확실하다. 차를 제대로 탄 것이다.

우영구의 레미콘 트럭이 자기 소유이고 자가영업이라는 걸 이미 알고 있다. 그러나 잠시도 쉬지 않고 물었다. 우영구의 인상은, 표면적으로 보기에는 순박해 보였고 악의는 없어 보였다.

본질과는 상관없는 질문이었다. 에둘러가야 의심을 하지 않는다.

우영구는 아버지 선거, 얼마 전에 레미콘 트럭으로 아버지 차를 덮친 위인이다. 그게 의도적이라면 살인미수다.

오늘 이 차를 타기 위해 뒷조사를 엄청나게 했다. 자연스럽게 우영구의 의중을 파악하기 위해 이 차에 차는 데까지는 그 방법에 대해 상당한 고민을 했고 성공을 한 셈이다.

살인미수자.

양의 탈을 쓴 악마.

페르세우스는 우영구를 힐끔 보며 그렇게 되뇌었다.

경찰서 교통사고 조사계에 가서 그날의 사고 경위를 열람하고 이름과 주민등록번호를 알아냈다. 단순 중앙선 침범으로 벌금을 낸 사고였다. 피해물건은 자동차보험으로 처리되어 사고는 종결되어 있었다. 가해 차량의 등록번호도 알아내고 운전자가 누구인지, 화물노조에서 어떤 일을 하는지, 가족 몇인지, 어디에 살고 있는지, 어느 현장에서 일하는지 모두 파악을 했다.

"우 사장님! 개인택시랑 비교하면 안 되죠? 택시를 운전하다가 사고가 나면 죽을 수도 있지만, 레미콘은 그런 걱정 없이 평생 할 수가 있잖아요?"

"그 점은 인정하지, 이건 정년이 없어. 힘이 되면 평생 할 수가 있지?"

우영구는 분명히 반말이었다.

건축기사가 아니라 갓 입사한 보조로 알고 있기 때문일 것이다.

그래서 반말을 하는 것일 터이다. 건축 기사라고 했으면 갑과 을의 관계가 형성되는 것이니 최소한 반말을 하지 않을 것이다. 우영구는 별다른 의심을 하지 않는 게 분명했다. 페르세우스를 아파트 건설현장의 건축기사 보조로 알고 있는 것이 분명했다.

우영구가 어느 아파트 현장에 콘크리트를 납품하는지 알고 그 아파트 현장에서 안전모를 쓰고 입구에서 기다렸다. 입구에는 현장에 들어갔다가 나오는 차량에 대해 바퀴를 씻는 세륜기가 설치

되어 있다. 거기서 일을 돕는 척하다가 우영구의 차가 나오자 물어보지도 않고, 양해를 구하지도 않고 바퀴를 씻는 동안 조수석 문을 열고 자연스럽게 올라앉은 것이다.

그러면서 한마디를 했다.

"아이쿠, 쉬워 보여도 일이 장난이 아니네요. 한탕은 쉬어야 하겠네요."

레미콘 조수석에 올라, 한 손으로 이마를 훔치며 능청스럽게 우영구가 들으라고 페르세우스가 뱉은 말이었다.

"쉬었다 하시우. 처음 보는 얼굴인데, 건축 기사님이오?"

"건축기사는 아니고 아직은 보조입니다. 엊그제부터 이 현장으로 발령받았는데 오늘 일이라곤 세륜기 감독을 맡으라고 하네요."

그 말에 우영구는 의심하지 않고 건축기사의 보조로 알고 있는 표정이었다.

레미콘회사에 가서 콘크리트 재료를 받아서 싣고 현장에 다시 오려면 대충 삼사십 분은 걸릴 것이다. 어느 레미콘회사에서 재료를 싣는지 그것도 알고 있다. 그 시간이면 자연스럽게 우영구의 의중과 사고의 진상을 파악하기에 충분하리라.

페르세우스가 탄 레미콘 트럭의 전면 유리 가장자리에 건설 노조 가입 차량이라는 스티커가 붙어 있었다. 차 안에서 보아도 큼직하게 거꾸로 박힌 글씨가 무엇인지 알 수가 있었다. 페르세우스는 그걸 가리키며 물었다.

"왜 건설 노조예요? 레미콘 노조는 없나요?"

"있지. 요즘 노조 없는 단체가 있나? 건설 노조 산하의 레미콘 노조라는 말이지. 화물연대 산하의 노조가 아니라."

"아, 그렇군요. 우리는 노조가 없어요. 건축기사 보조원 노조? 이게 말이 되나요?"

"하하, 나중에 회사의 중간 간부가 되면 노조가 자연스럽게 형성이 되겠지."

"아저씨 노조에서 무슨 일을 하시나요? 혹시 간부예요?"

"청년부장이라고는 하지만 하는 일은 없어. 그저, 파업하느냐, 마느냐에 찬반 투표에 참석하고 또 언제 하느냐에 투표를 하고, 단가를 인상할 적에 얼마로 인상하느냐에 의견을 제시할 뿐이지."

나한수의 말이 맞았다. 청년부장이 확실하다. 어쩌면 이 자가 고의로 사고를 가장하여 아버지를 죽이려고 했을지도 모른다. 누구의 사주를 받았을까?

"청년부장이면 노조 사무실에서 놀면서 노조원들에게서 회비를 받아서 생활하지 않나요?"

"레미콘에서는 딱 한 사람만 그렇지 나머지는 다 일을 해. 명의만 청년부장이지. 다른 사람들과 차이는 없어."

"아무튼, 큰 차를 타니 기분이 굉장히 좋네요. 콘크리트가 실렸을 때와 빈 차를 운전하는데 차이가 나나요?"

페르세우스는 전혀 엉뚱한 방면으로 이야기를 끌고 갔다.

"짐을 실었을 때는 확실히 핸들이 무겁지. 가속에도 차이가 있고, 확실히 달라. 빈 차는 이렇게 핸들이고 브레이크고 가볍지."

"하루에 콘크리트를 몇 차나 실어다 나르시나요?"

그건 대중이 없단다. 거리가 가까운 곳도 있고 먼 곳도 있으며, 한 차를 타설하는데 펌프카를 이용할 때에는 오 분이면 짐을 다 부릴 수가 있지만, 현장 조건이 여의치 않아 굴착기나 더 심하면 인력으로 콘크리트를 쳐야 하는 경우가 생기면 두 시간은 고사하고 한나절이 더 걸리는 곳도 있단다.

"그럼 그런 곳에는 가격을 어떻게 정산해서 받나요?"

회사에서는 물량 기준으로 정산한단다. 그런 곳에는 주기적으로 차를 변경하면서 배차를 하기에, 적은 물량이 필요한 곳과 먼 거리나 인력으로 콘크리트를 옮기는 현장을 사전에 파악해서 적절하게 배차를 하기에 운임을 더 받는 일은 없다고 했다. 레미콘 가격이 정해졌는데 더 받는다면 거래처가 다 끊어진다는 게 우영구의 말이었다. 그런 점은 노조에서도 인정하는 부분이라고 덧붙였다.

"우 사장님! 자제분은 몇이나 되나요?"

최대한 먼 거리부터 접근해야만 한다. 진실을 알아내려면 시간이 걸리지만 그렇게 에둘러 가는 길이 필요하다. 물론 아이가 몇 인지, 어느 학교에 다니는지 페르세우스는 다 파악했다.

"자식이야, 아들 하나에 딸 하나가 있지. 지금이 가장 힘든 시기야. 둘 다 고등학생이거든."

"저는 자식이 많은 집이 보기가 좋아요. 저는 독자라서 그런지 몰라도 동생이 있는 친구들이 부러워요."

운전대를 잡은 우영구가 페르세우스를 힐끔 보았다.

"독자들이야 당연히 그런 생각을 하겠지. 솔직히 많아도 좋을 건 없어. 나는 형제가 많아. 내 위로 형 둘과 누나가 둘이고 여동생이 하나 있지. 육 남매의 중간에 끼어 있었으니 공부를 할 살림이 안 되었어. 배운 게 없어 이 모양으로 살고 있지."

우영구는 자기 이야기를 하고 있다.

전혀 경계하지 않는 눈치다.

아버지는 항상 페르세우스를 보고 나중에 아이를 많이 낳으라고 했다. 입버릇처럼 그 말씀을 하셨다. 페르세우스도 결혼하면 그럴 생각이다. 신부의 첫째 조건은 바로 그것이다. 아이를 몇이나 낳을 거냐고 물어보고 결정할 참이다. 아버지도 페르세우스의 동생을 낳고 싶어 했지만, 이상하게도 아이가 생기지 않았다고 했다. 그렇다고 그 당시에 시험관아기를 가질 입장도 아니었다고 했다. 아버지도 독자다. 아니 형이 있었다. 페르세우스에게는 큰아버지인 셈인데 월남전에 참전했다가 전사해서 동작동 국립현충원에 안장되어 있다. 철이 들면서부터 아버지를 따라서 국립현충원에 여러 번 갔었다. 항상 어머니와 나들이 삼아서 셋이 갔었는데 그 덕에 서울 구경을 하는 게 즐거웠다.

가만히 생각하니 큰아버지를 한참이나 잊고 있었다.

그 점을 어머니는 못마땅하게 생각하시는 듯했다.

군에 입대하기 전에 아버지와 큰아버지 묘역을 둘러보고는 아직 한 번도 가보지 못했다. 울컥, 갑자기 그 점이 죄스럽게 여겨졌다. 아버지는 큰아버지를 엄청 따랐단다. 지금 해평시가 당시에는 시골 마을이었단다. 농촌이었던 이곳에서 공부하려면 다른 형제의 헌신적인 노력이 있어야 하는데, 그 역할을 큰아버지께서 담당했다고 하셨다. 큰아버지께서 월남전에 참전하셔서 보내오는 돈으로 아버지는 공부할 수가 있었다고 했다. 그 시절 살림으로는 대학이 언감생심이었는데 그게 다 큰아버지의 덕이라고 했는데 전사하셨단다. 전사하시고 국가로부터 나온 위로금으로 대학을 다니셨다고 했다. 할아버지의 입장에서 헤아리면 큰아들을 잃고 그 돈으로 작은아들 공부를 시킨 셈인데 얼마나 가슴이 시렸을까? 페르세우스는 할아버지도 보지 못했다. 페르세우스가 태어나는 해에 돌아가셨다고 들었다.

레미콘은 어느새 형곡동 고개를 넘어섰다.

이런 생각을 할 때가 아니다. 정신을 바짝 차려야 한다. 우영구에게 사고에 대해 입을 열게 해야 한다.

"차가 커서 그런지 겁이 나는 게 없네요. 승용차를 끌고 다니면 아찔하고 위협을 느낄 때가 많은데."

"하하. 그래도 조심해야 해. 요즘 운전을 형편없이 하는 여편네들이 많으니 항상 방어운전을 해야지. 방어운전이 최고야. 십 년 잘하다가 한번 사고가 나면 말짱 헛일이야. 아이고, 지금 생각해도 아찔하네. 천운이었어. 하늘이 도운 거지."

"뭐가요? 뭐가 아찔해요?"

페르세우스가 물었다. 무슨 말이든 연결고리를 만들어 자꾸 하게 만들어야 한다.

"재작년에 사고가 났었지. 사고가 날 자리가 아닌데, 멍하니 운전을 하다가 사고가 난 거야. 자네 해평시 사람인가? 지난번 국회의원을 했던. 설강진을 아나?"

어라? 묻지도 않았는데 아버지의 이야기가 나올 모양이다. 이런 횡재가 없다. 우영구의 입에서 아버지 얘기가 먼저 나오다니?

"설강진? 들어본 거 같기도 하네요."

페르세우스는 능청스럽게 대답했다. 하지만 속으로는 적잖이 놀라고 있었다.

"국회의원을 두 번이나 하신 분이야. 내가 그 유명한 양반을 죽일 뻔했다니까."

"어쩌다가요?"

"자네 해평시민인가?"

"예. 학교는 여기서 다녔어요. 고등학교 때까지요."

"그런데 그 유명한 설강진 의원을 몰라?"

"정치에는 워낙 관심이 없어서요. 대학을 타지로 나갔고 또 군에 있었으니, 들어보기는 했어요."

"글쎄, 내가 그 양반을 죽일 뻔했다니까. 자네 수출탑 알지?"

"예. 공단 입구에 있는 탑 말이지요."

페르세우스는 대답에 고리를 만들었다. 뒷말이 이어지도록 만들어야 한다. 그래야 진정 어린 이야기가 나올 수도 있다.

"그래. 바로 거기, 롯데마트 앞에 있는 탑. 그 큰 대로는 사고가 날 곳이 아니었어. 그래서 방심했는지도 모르지."

"졸음운전을 했나요?"

"아니야. 단거리에서는 졸음운전을 안 해. 졸 사이가 없는 거지. 그날 공단의 어느 공장, 지하실 콘크리트를 치는데 물량이 상당히 많았어. 자칫하면 야간까지 해야 하는 실정이었지. 그래서 회사에서 다른 현장의 일은 미루고 거기에 모든 레미콘이 전격 투입된 거지. 레미콘이 줄을 지어 공단으로 가고 있는데 내가 세 번짼가 네 번째에 섰지. 그러니 전방은 보이지 않고 앞의 레미콘 꽁무니를 따라가고 있었던 거야. 그런데 그 큰 도로에서 개가 나올 줄 누가 알았겠어? 검둥개 한 마리가 갑자기 그 큰길에 뛰어든 거야. 그리고 내 차 앞으로 건너가려는지 뛰어들었어. 브레이크를 잡을 사이도 없이 순간적으로 핸들을 살짝 꺾었는데 중앙선을 침범한 거야. 앞에 선 레미콘 때문에 앞이 보이지 않으니 맞은 편에 차가 오는 줄을 몰랐지. 순간적인 충돌사고가 일어났어. 검은색 승용차였는데 내 차 운전석 앞바퀴에 박고 승용차가 돌았는데 오던 방향을 보고 완전히 돌았지. 그런데 뒤에 따라오던 레미콘이 놀라서 핸들을 반대 방향으로 꺾지 못하고 돌아서 뒤로 중앙선을 넘는 그 차의 꽁무니를 또 들이박은 거야. 이차사고까지 난 셈인데 그 차는 도로에서 세 바퀴를 돌고 밀려나서 반대편 인도를 들이박고 멈춰선 거야. 정신이 하나도 없더라구. 죽었다 싶었는데 다 찌그러진 승용차, 문을 억지로 열고 사람이 나오더라구. 그게 얼마나, 반갑고 고맙든지.”

“전복되지는 않았네요?”

“승용차? 그렇지 전복되지는 않고 수평으로, 그대로 두 대의 레미콘에 두 번이나 박고 도로에서 세 바퀴를 돌고 인도를 박고, 오던 방향을 보고 멈춰선 거지. 그게 국회의원이 탄 차량인 줄 누가 알았겠나?”

"일단 사람이 죽지는 않았네요?"

"국회의원이 운전자와 같이 탔는데 다행히 사람은 다치지 않았어. 국회의원 차의 운전자도 보좌관이라는 걸 처음 알았어. 국회의원 차를 운전하는 자도 그렇게 높은 사람이라는 걸 몰랐지. 이건 중앙선을 침범했으니 100% 내 과실이다, 하고 119를 불러서 병원으로 싣고 갔지만 단순 찰과상이었어. 천만다행이었지."

"이 큰 차에 두 번이나 박았으니 승용차는 완전히 박살이 났겠네요? 아! 재미있다. 영화의 한 장면 같았겠네요?"

"재미? 그런 소리 말아. 사고 조사하는데, 정말 애를 먹었어. 내 뒤에 따라오다가 꽁무니를 박은 차도 노조 회원이었거든."

"그게 무슨 상관이에요? 노조원이 사고 내면 불이익을 당하나요?"

전혀 엉뚱한 질문을 던졌다.

그런 건 아니란다. 노조원이 사고 내서 당하는 불이익이 아니라, 아버지가 당시에 노조의 반대편에 서서 노동법 개정안을 반대했기에 고의적인 표적 사고라고 뒤집어썼다는 것이다. 일도 못하고 사흘간 그 점에 대해서 조사를 받았노라고 했다. 말을 들어보니 고의로 낸 사고는 아닌 것 같았다. 일단 차를 타보니 앞에 레미콘이 있어 줄을 지어 갔다면 맞은 편에 오는 차가 보이지 않는다. 어떤 차인지 알지 못한다. 그리고 뒤따라오던 차는 앞차에 박고 승용차가 돌면서 꽁무니가 중앙선을 넘었기에 피하지 못하고 박은 것이 분명하다. 레미콘을 직접 타보니 그 점을 이해하겠다.

"그래서 어떻게 되었어요?"

"조사를 세 번이나 받고 우리는 노동법 개정안 자체를 몰랐다고 했지. 사실 모르고 있었거든. 오비이락이지. 까마귀 날자 배가 떨어진 거야. 그런 법을 개정하고 그 반대편에서 설 의원이 쌍수를 들고 반대했다는 걸 전혀 몰랐거든."

"아니 그 차는 어떻게 되었느냐구요?"

"그 차? 그 차는 폐차를 시켰지. 고칠 수가 없을 정도로 망가졌거든. 덕분에 내 차 보험료만 잔뜩 올랐어. 벌금도 중앙선 침범에 사고라 왕창 내고. 개새끼 한 마리 때문에 엄청 손해를 본 거지. 그대로 개를 깔아뭉개야 했는데 순간적으로 놀라면 그게 안되거든. 그래도 다행이야. 차가 부서진 걸 보면 다 사람이 죽었다고 할 정도로 처참하게 부서졌거든. 천운이었지. 사고는 아무리 잘 나도 덕을 보는 건 없어. 당하는 사람도 마찬가지야. 사고를 당하고 덕을 본다고 생각하면 꼭 그만큼 언젠가는 물려주게 되어있어. 사고는 자고로 피하는 게 가장 좋아."

"벌금만 내고 말았나요?"

"그렇지만, 벌점도 있고 보험료는 왕창 올랐고, 조사받느라고 일 못 한 거하고 따지면 손해가 이만저만이 아니야. 그래도 그만하길 다행이야. 만약 상대가 죽었다면 물어낼 거 다 물어내고 또 교도소에서. 그만하자. 생각만 해도 끔찍하네. 사고는 아무리 잘 나도 손해야. 아우, 치가 떨린다."

"뒤에 따라오던 레미콘은 책임이 없나요?"

"그 차는 과실이 10%밖에 안 돼. 일차사고가 나고 중앙선은 넘은 차를 들이박은 거니까, 자기 차선을 지킨 것이고 전방주시 태만 정도로 약한 것이지. 설령 사람이 그 차에서 받은 충격으로 죽었다고 해도 내가 다 뒤집어쓰는 거야. 교통법이 그래."

들어보니 고의로 낸 사고는 분명 아니었다.

나한수는 과잉 의심을 하는 것이 분명하다. 페르세우스는 우영구의 아이들 신원까지 모조리 파악했는데 들어보지 않고 실행했다면 죄 없는 아이들이 당할 뻔했다. 그래서 사고는 확실히 검토하고 또 검토해야 하는 모양이다.

며칠간 공을 들였는데 헛일했다.

아니다. 헛일이 아니라 하나를 배웠다.

냉정한 시각으로 사건을 다시 인식하고 재검토에 재검토를 거듭해야 한다는 걸.

빨리 짬을 내서 국립현충원에 가서 큰아버지를 뵈어야겠다. 아버지가 없으니 그것도 페르세우스의 몫으로 굳어진 일이다.

*9.

사무실에 젊은 아줌마가 찾아왔다.

귀가 훤히 보이도록 짧게 커트를 한 머리에 노랑물을 들인 아줌마라 상당히 발랄해 보였다. 저런 아줌마는 말도 시원하게 거침없이 할 스타일인데 문을 잡고 서서 망설이고 있었다.

전화해서 뜸을 들이다가 위치를 묻고는 오지 않는 사람이 비일비재한데 사전에 전화도 없이 불쑥 사무실 문을 두드린 아줌마다. 페르세우스는 그 시간 인터넷으로 뉴스를 보며 여유를 부리던 아침나절이었다. 페르세우스보다 네댓 살 많아 보이는데 한눈에 보아도 집에서 살림만 하는 아줌마는 아니었다. 출입문을 빼꼼히 열고 머리통만 디밀고 물었다.

"여기가 사설탐정 사무실 맞지요?"

"예! 절대 비밀을 보장하는 탐정 사무소입니다."

한눈에 보아도 뭔가를 상담하러 온 의뢰인이다. 더 깊숙이 말하면 비밀보장을 요구하는 의뢰인으로 보인다. 하여 페르세우스는 비밀보장을 들먹였다.

"상담하러 오셨나요? 마음 놓고 들어오세요. 상담만 하시고 가셔도 돼요."

문에 머리만 디밀고 묻는 것이 꼭 장난하는 것처럼 보이지만 뭔가 망설이고 있는 눈치다. 마음을 굳히고 있지 못한 게 분명하다. 한참이나 머뭇거리던 아줌마가 사무실로 들어섰다. 삼십 대로 보였다. 페르세우스는 신발장에서 실내화를 꺼내주는 친절을 보였다. 일단 입을 열기까지는 상당히 조심스러운 스타일이다. 이런 스타일은 입을 열기 시작하면 거침이 없을 것이라는 걸 알고 있다.

페르세우스는 아줌마가 자리에 앉자 묻지도 않고 종이컵 커피를 두 잔 준비했다. 말을 꺼낼 마음의 준비를 하라고 시간을 주는 것이었다.

"사설탐정이라, 무시무시한 곳인 줄 알았더니 잘 생긴 총각이네? 혼자 근무해요?"

"예, 아직은 혼자 근무합니다."

"이런 얘기를 총각에게 하면 성추행으로 걸리지 않나 모르겠네? 아이를 가지려면 어떤 체위로 성교를 해야 하지? 호호호."

페르세우스는 그 말에 대답하지 않았다. 농담으로부터 무슨 말을 꺼내는 성격인 모양이다. 그렇게 생겼다. 이런 농담 뒤에는 진지한 이야기가 나오는 법이다. 일단 마음을 풀고 무슨 일인지 털어놓기만을 기다리고 있었다.

"아이고 얼굴 빨개지는 거 좀 봐라. 탐정이라면서 왜 그리 순진해?"

주객이 전도되고 있었다.

"참 잘 생기고 귀엽네! 이 누나가 왜 왔게?"

잘 사귀면 진짜 누나 구실을 제대로 할 아줌마가 분명한데 이제 본격적으로 말을 하려는 모양이다.

발랄한 아줌마는 서른다섯 살, 결혼생활 칠 년이 되었지만, 아기가 생기지 않았다고 했다. 지금 미용실을 운영하고 있단다.

"결혼생활 칠 년간 아기가 없다면 두 분이 병원에서 검사를 해봐야 하는 거 아닌가요? 누구에게 문제가 있는지? 아주머니는 해보셨어요?"

페르세우스가 물었다.

"당연히 그래야만 하는 일이겠지? 나에게 누나라고 부르면 안 돼? 아주머니라는 소리를 안 들어봐서 그런지 어색하네. 호호호."

"그게 편하시다면 그러죠. 누나! 그럼 매형이라고 불러야 하나요? 남편은 뭐하시는 분이에요? 누나!"

의뢰인 편에 서서 무조건 친근감으로 다가서야 신뢰가 생기는 법이다.

"동생! 심부름센터하고 사설탐정은 뭐가 달라?"

페르세우스가 묻는 말에는 대답 없이 그것을 먼저 물었다. 여자는 논리적인 면에서 항상 조금 차이가 난다. 범죄 심리학에 그렇게 기술되어 있다. 심부름센터는 시키는 일만 하고, 사설탐정은 시키지 않은 일까지 해서 문제를 해결하는 것이라고 대답했다.

"아, 그렇구나! 그럼 내가 제대로 찾아왔네. 동생! 남편은 이삿짐센터를 하고 있어."

"미용실과 이삿짐센터라, 표면적으로는 별문제가 없어 보이는데요. 누나!"

유도 질문을 하기 위해서 그렇게 던졌다.

그게 아니란다.

병원에 가보라고 했더니 죽어도 싫다고 하면서 아이는 간절히 바라고 있다고 했다. 그리곤 뒤로는 모르긴 해도 거액의 생명보험을 들었을 거라는 추측이란다. 계좌에서 보험료가 빠져나가는 걸 우연히 보고 알았다고 했다. 대략 짐작이 간다. 무슨 음모가 숨어 있는지. 이런 일은 흔하게 있는 일반적인 유형이다.

그때 책상 위에 던져둔 핸드폰의 벨이 울렸다.

페르세우스는 아줌마에게 잠깐만이라는 뜻으로 손을 들어 보이고는 전화를 받았다. 어라? 이게 누구야? 안드로메다였다. 아마도 의뢰한 일이 어느 정도 진행되어가고 있는지 알아보려는 전화일 것이다. 페르세우스는 그녀가 입을 열기 전에 먼저 현장 답사는 했다고 했으며, 지금 일을 계획하고, 진행하는 중이며, 지금 손님이 기다리고 있으니 다시 연락하겠노라고 했다. 안드로메다는 내일이 쉬는 날이니 들르겠노라고 했다. 그러라고 하고는 후딱 전화를 끊었다.

"일이 바쁜 모양이네. 동생?"

"아닙니다. 혼자서 처리할 수 있을 정도죠."

다시 소파에 앉자 아줌마, 아니 누나는 말을 이었다. 보험을 어느 정도 들었는지도 모르고, 혹시 추리소설에 나오는 것처럼 청부살인을 당할까봐 겁이 난다고 했다. 그 겁이 도를 넘어서 남에게 말도 못 하고 혼자서 끙끙 앓고 있다는 것이다. 누군가 기회를 노리고 있다. 어쩌면 어디서 몰래카메라가 작동 중일지도 모른다고 생각하니 행동이 부자연스러울 지경이라고 하소연했다.

그럴 수도 있는 문제다.

행동이 부자연스러울 수도 있다. 하루에 일어난 일들을 남편은 낱낱이 다 알고 있다고 했다.

누나는 제안했다. 오후쯤 손님으로 가장해 미용실에 들르라는 것이었다. 그러면 머리를 예쁘고 깔끔하게 잘라주겠다고 했다.

미용실에 와서 몰래카메라가 있는지 한 번 파악을 해보고 또 보험이 어느 회사에 얼마나 들어 있는지 확인을 해달라는 것이었다. 그러면서 페르세우스를 보고 말했다.

"잘 생긴 동생! 머리를 자를 때가 되었으니 내가 멋지게 공짜로 잘라줄게."

그건 어려운 일이 아니다. 그런데 문제는 남편이라는 작자의 심리상태를 확인하는 것이다. 남편이라는 작자는 누나보다 두 살이 더하다고 했다. 페르세우스는 일단 책상 위의 다이어리를 가져와서 펴고 누나의 이름과 주민등록번호, 남편의 이름과 주민등록번호를 적었다. 그리고 둘의 전화번호도 적어서 핸드폰에 입력했다.

누나의 이름은 주선미, 남편의 이름은 김종칠이었다.

미용실이 어디에 있느냐고 물었더니 형곡동 시립 아파트 상가에 있다고 했으며, 그곳에 미용실이 두 군데인데, 이름을 따서 주선미 헤어살롱이라고 했다. 대충 어디쯤인지 알겠다. 주목할 점은 남편은 누나가 피임을 하고 있다고 의심하고 있지 싶다고 했다. 누나도 아이를 절실히 원하는데 그런 일은 없었노라고 했다.

"누나는 병원에서 검사를 해봤나요?"

"내가 아까 말 안 했나? 해봤지. 전혀 이상이 없어."

아무튼, 오후에 머리를 자르러 미용실에 들르겠노라고 했다. 누나는 착수금이라며 백을 열어 봉투 하나를 탁자 위에 올려놓고 오후에 보자며 일어섰다.

아줌마, 아니 누나가 돌아가고 나서 봉투를 열어본 페르세우스는 깜짝 놀랐다. 착수금이라고 해서 대수롭지 않게 생각했는데 거액의 현금이 들어있었다. 사설탐정의 수임료란 사건이 완전히 해결되면 받는 것이 원칙인데 착수금이 이 정도면 나중에는 얼마를 받을까? 고민이 될 정도였다.

누나가 돌아가고 전화가 왔다. 최경욱이라고 이름만 이야기를 해서 누군지 한참을 생각했다.

"탐정님! 사건 하나를 수임해보지 않으시겠어요?"

어떻게 들으면 놀리는 어투였지만 자세히 들어보니 최경욱이었다. 최경욱은 도경의 강력계장으로 해평시에 근무할 적에 아버지 사건의 수사를 전담했던 팀장이 아닌가? 목소리를 들으니 확실했다.

"무슨 사건인데요?"

최경욱이 던지는 사건이라 마음에 없지만, 최경욱의 내심을 파악하기 위해 페르세우스는 물었다. 페르세우스는 개가 아니다. 아무나 던져주는 먹이를 덥석덥석 무는 개가 결코, 아니란 말이다.

"자살 사건인데, 자네가 언젠가 자살을 당했다고 하지 않았나? 그런 종류의 사건이야. 우리 공권력을 투입하기는 곤란한 사건이야."

"관심 없습니다. 저는 지금 아버지의 사건으로 마음이 바쁩니다. 투서를 넣었거나 사건을 조작한 무리를 응징하기 위해 찾느라 바쁩니다."

"그 혐의를 조작한 무리는 모두 선거에서 낙선하여, 뿔뿔이 흩어져 초야에 묻혀 지낼 걸. 소용없는 짓이야. 내가 충고하는데 소용없는 짓 그만두게."

"충고는 고맙지만, 꼭 찾아내 응징할 겁니다. 제가 바빠서 전화 먼저 끊습니다."

페르세우스는 그 말을 하고 전화를 먼저 끊어버렸다. 약이 올라 눈꺼풀을 떨고 있을 최경욱을 떠올리니 고소했다. 이렇게 약을 올리면 앞으로도 전화가 계속 올 것이다. 그러다가 실수로 투서가 어디서 들어왔는지, 주범이 누군지 뱉을지도 모른다. 이렇게 약을 올리는 방법이 최선이다.

오후에는 주선미 누나의 미용실에 갔다.

시립 아파트 상가라고 했으니 찾는 데는 어려움이 없었다. 차는, 아니 날개 달린 신발은 멀찍이 아파트 마당 주차장에 세우고 걸어서 미용실로 들어갔다. 낮이라 다들 출근을 했는지 주차장은 빈자리가 많았다.

"호호. 잘 생긴 동생이 정말 왔네."

누나는 혼자서 패션잡지를 뒤적이다가 페르세우스를 맞이했다. 상당히 반가워하는 눈치였다.

"조용하네요. 장사가 잘 안되나 봐요?"

"아니야! 낮에는 원래 그래. 이리 앉아! 내가 최신스타일로 만들어 줄게."

페르세우스는 의자에 앉으면서 미용실 내부를 살폈다. 천장을 석고보드나 합판으로 따로 하지 않고 시멘트 콘크리트에 미장

해 그대로 페인트를 칠해 몰래카메라를 설치할 수가 없는 구조
다.

"동생, 참 잘 생겼다. 여태 우리 집에 온 손님 중에서 가장 훈
남이지 싶다."

"비행기 태우지 마세요."

"애인은 있어?"

"아직 없어요."

"요즘 가시나들 눈이 삐었다. 이런 훈남을 두고 어디 가서 찾
아? 내가 처녀라면 한번 작업 들어가 볼 텐데. 아쉽네. 호호호."

"비행기 그만 태우세요. 쑥스럽게."

페르세우스는 그 말을 하면서도 앞면의 전신 거울에 비치는 내
부를 살폈다. 천장에는 원형으로 된, 장식용 형광등이 두 개 달
려있는데 몰래카메라를 설치한다면 저곳이 가장 유력하다는 생
각으로 유심히 살폈다.

"여기서 미용실 하신 지 얼마나 되었나요?"

"나 처녀 적부터 미용실을 했어."

"아니, 결혼하시고 이 자리에서 하신 지가 얼마나 되었느냐고
묻는 거예요."

"재작년에 이리로 옮겼지. 그 전에는 오태동에 있었거든."

"미용실 옮길 적에 실내를 꾸미는 내장 공사는 누가 했나요?"

"정확히는 모르겠지만, 남편이 업자를 불러서 둘이서 했지 싶
은데."

"그래요? 머리나 예쁘게 잘 잘라주세요."

"동생은 너무 잘 생겨서 아무렇게나 잘라도 예쁘겠다."

오른쪽 형광등은 의심이 가지 않는데, 머리를 자르는 의자가 있는 곳과 머리를 감는 쪽에 설치된 형광등이 의심스러웠다. 그 형광등을 유심히 살폈다. 형광등 외에 다른 조명도 두 개나 달려 있었다. 굳이 형광등을 달지 않아도 조명에는 지장이 없을 정도라 낮이라 그런지 몰라도 형광등은 켜지도 않고 있었다. 일단 저 형광등부터 수색해 봐야겠다고 마음을 먹고 누나에게 머리를 맡겼다.

솜씨가 좋은지 머리가 깔끔하게 나왔다.

머리 스타일이 마음에 들었다. 이제 씻으면 된다.

"매형은 어디 갔어요?"

"매일 놀다가 오늘 손 없는 날이라고 이사할 집이 세 곳이나 된다며 새벽에 나갔어. 아이고 살결도 엄청 매끄럽네."

이발소에는 의자에 앉아 머리를 숙이고 감는 시스템인데 미용실은 거꾸로 누워서 머리를 감겨주는 스타일이다. 세면 시트에 누우니 머리를 감겨주고 있는 누나에게서 화장품 냄새가 났다. 정말 이런 누나라도 하나 있었으면.

머리를 감으면서 누워서 가만히 보니 둥근 형광등의 우윳빛 플라스틱 커버에 작은 구멍이 나 있는 듯했다. 머리를 다 감아서 툴툴 털고 형광등 스위치를 찾아서 올렸다. 몇 번 껌뻑거리다가 불이 들어오는데 가만히 보니 한쪽에는 작은 벌레들이 들어가서 죽은 모양으로 시커먼데 왼쪽은 그런 해충들이 있고 중간에 물체가 있는 듯했다. 우윳빛이라 그런지 선명하지도 않고 정확하지도 않았다. 의심이 간다. 페르세우스는 눈으로 형광등 사진을 찍었다.

그리고 간다고 하며 미용실을 나왔다.

누나는 이발할 때가 되면 또 오라고 했다. 공으로 깎아주겠다는 것이었다. 누나는 무슨 이유로, 왜 페르세우스를 불렀는지 잊은 듯했다. 여자들이란 항상 저런 구석이 있다.

페르세우스는 차를 끌고 도산동에 있는 조명백화점으로 갔다. 그곳에 가면 해평시에서 가장 크다는 조명백화점이 있다는 걸 알고 있었다. 거기에는 갖가지 장식 조명이 불을 밝히고 있다. 미용실에서 보았던 형광등과 흡사한 스타일의 둥근 형광등 두 개를 샀다. 그리고 전선용 테이프도 샀다.

미용실로 다시 가니 누나가 왜 왔느냐고 물었다.

"왜? 머리 스타일이 마음에 들지 않아? 잘생긴 동생!"

페르세우스는 씽긋 웃어 보이고는 미용실에 있는 플라스틱 의자를 당겨서 순식간에 형광등 두 개를 갈았다. 공구는 차에 준비하고 있던 것을 꺼내서 썼다. 누나는 비켜서서 지켜보고만 있었다. 형광등을 교체하고 떼어낸 형광등을 미용실 바닥에 놓고 분해하니 과연 안에 엄지손가락 한 마디 크기의 카메라가 형광등 커버에 붙어 있었다. 허술하기 짝이 없다. 그걸 누나에게 보여주었더니 입에 담을 수 없는 쌍소리가 나왔다.

"이런 개 같은, 쌍."

"그냥 형광등이 갑자기 툭, 떨어지기에 전기공사하는 사람을 불러서 갈았다고 하세요. 공사업체 연락처를 알려달라고 하면 제 전화번호를 가르쳐주고요. 나머지는 제가 알아서 할게요."

"아, 정말 동생을 찾아가길 잘했네. 이젠 마음대로 숨을 쉬겠구만."

누나는 커피나, 한잔 마시고 가라고 했지만 사양하고 떼어낸 형광등을 비닐봉지에 담아 사무실로 들고 왔다.

카메라를 떼어 책상 서랍에 넣고 나머지 형광등은 쓰레기통에 버렸다. 카메라는 나중에 어떤 증거로 쓰일지도 모른다. 아무래도 누나가 그 인간과 평생 동반자로 살기는 어려울 것 같다. 보험을 어떻게 넣었는지 그걸 빨리 알아봐야 하겠다.

몰래카메라는 분석할 필요도 없다.

그냥 누나의 일상이 찍힌 것뿐일 것이다.

추측하는데 아이를 갖지 못하는 원인은 아무래도 남자에게 있지 싶다. 그걸 자신은 이미 알고 있는지도 모른다. 남자가 자기 구실을 못 하면 여자를 의심하는 일이 발생하며, 심하면 의처증으로 발전하기까지 한다고 알고 있다. 아무리 봐도 그런 경우이지 싶다. 자칫하면, 과대망상이 작용해 큰 사고로 이어질 우려도 있다. 찬찬히 시간을 두고 관찰해야 할 일이다. 보험은 얼마나 넣어 두었을까?

왜 하필 보험일까?

그게 심리적으로 보상 작용을 할까?

*10.

안드로메다가 왔다.

예상하지 못한, 기습적인 방문이었다.

아침에 출근했다가 페르세우스는 열 일을 제쳐두고 마음의 짐부터 풀어야 한다고 마음을 먹고 사무실 문을 단속하고 계단을 내려오는데 계단을 거슬러 올라오는 그녀와 마주친 것이다.

"사람이 뭐 그래요?"

누구인지 알아보는 순간, 페르세우스를 보자 힐책부터 날렸다.

"뭐가요?"

"어제 전화를 해준다고 했으면 전화를 해줘야지, 종일 기다렸잖아요."

"내가 어제 전화해준다고 했나요?"

페르세우스는 좀 머쓱했다. 어제 전화를 받은 건 알겠는데 해준다고 했는지는 모르겠다. 기억에 없다.

"손님과 대화 중이라면서 끝나면 전화해준다고 했잖아요?"

"아, 그랬었나요? 미안, 미안해요."

안드로메다는 페르세우스에게 눈을 흘겼다. 그것조차도 예뻤다. 순간적으로 생각하기에 광명 안과의 살짝 맛이 간 원장이 누드모델로 찍은 것도 무리가 아니다 싶었다. 하늘하늘한 원피스를 입은 안드로메다는 청순하고 예뻤다.

"오늘 출근 안 하세요?"

"그것도 내가 어제 얘기했잖아요. 오늘 쉬는 날이라고. 남의 얘기는 어디로 들어요? 전화로 먹고사는 사람이, 직업정신이 정말 투철하지 못하네."

그랬던가? 페르세우스는 머쓱해졌다.

"어디 가시는 길이에요?"

안드로메다는 좀 쌀쌀맞게 굴었다.

"글쎄요. 내가 어디 가는 길이었지? 아무튼, 따라오세요."

그 말을 던져놓고 페르세우스는 먼저 계단을 내려갔다. 안드로메다도 어쩔 수 없이 따라오면서 투덜거렸다. 조금만 늦었으면 헛걸음을 할 뻔했노라고 했다. 그러네? 어제 미용실 누나에게 정신이 팔려서 전화를 받은 기억은 나는데, 무슨 소리를 들었는지 무슨 말을 했는지 정말 기억에 없다.

이 아가씨가, 출근한 지 며칠 되지도 않았는데 병원을 그만둔 것인가? 평일인데 오늘 왜 병원이 쉬는지 묻자, 안드로메다는 원장이 세미나에 참석하느라 문을 닫았다고 했다. 그 원장도 세미나를 빙자하고 누드 촬영대회에 간 건 아닌가? 페르세우스는 상가 앞에 서 있는 승용차의 조수석 문을 열어주고는 허리를 굽혔다.

"안드로메다여! 타시죠."

어디를 가느냐고 묻지도 않고 안드로메다는 차에 올랐다. 문을 닫고 얼른 차 앞쪽으로 돌아가 운전석에 올라앉았다.

"오늘 잘 모시겠나이다. 안드로메다여!"

페르세우스는 그렇게 말하고 시동을 걸었다. 안드로메다는 대답 없이 살짝 눈을 흘겼다. 그것도 역시 예뻤다.

차는 유연하게 대로로 들어서 다른 차들과 합류했다. 아무래도 혼자 가는 것보다는 덜 무료할 것이다. 페르세우스는 속으로 쾌재를 불렀다.

서울행.

새마을호 열차의 객실 좌석에 안드로메다와 페르세우스는 나란히 앉았다.

창가 쪽에 자리 잡은 안드로메다는 차창 밖으로 눈길을 주고 있었다. 여태 한마디도 안 하고 페르세우스를 따라온 것이다. 어딜 가느냐고, 묻지도 따지지도 않았다. 희한한 아가씨다. 페르세우스는 창밖을 보는 척하며 안드로메다의 표정을 살폈다. 기분이 나쁜 인상은 아니었다. 아니, 오히려 살짝 고무된 얼굴인지도 모른다.

페르세우스는 대전을 지날 즈음에 어머니를 떠올렸다.

아무래도 점심을 차리려 준비하실지도 모른다. 일찌감치 전화를 해주어야 기다리시지 않겠다 싶었다.

해평역에서 기차를 타기 전에 전화한다는 것을 깜빡했다.

페르세우스는 어머니에게 전화를 걸었다. 신호가 서너 번 가자, 어머니는 냉큼 받았다. 페르세우스는 급한 일로 서울에 간다고 하며 점심은 차리지 말라고 하고는 가는 김에 큰아버지를 뵙고 오겠노라고 했다. 지금 대전을 지나고 있다고 했다. 어머니께선 그러라며, 마음을 잘 먹었다고 했다. 어머니와 통화하는 내용을 안드로메다는 다 들었음이 분명하다. 그러나 미동도 하지 않았다.

큰아버지를 찾아뵙지 못하는 건 마음의 짐이었다. 선산에 묻힌 할아버지 산소와 아버지 산소는 가끔 가지만 큰아버지의 묘역을 찾아뵙는 건 여간 큰마음을 먹어서 되지 않는다.

늘 아버지를 따라서 어머니와 셋이서 나들이 삼아서 갔던 곳인데, 혼자 간다는 게 숙제처럼 여겨졌기에 차일피일 미루고 있었다. 마침, 예기치 않게 안드로메다가 동행하게 되었으니 그나마 다행이다.

안드로메다는 여전히 아무 말도 하지 않고 있다.

해평시는 KTX로 따지면 교통이 나쁜 곳이다. 역사가 없다. KTX를 타려면 김천까지 올라가야 한다. 요금도 비싸지만 그게 번거로워 새마을호를 이용한다. 군에서 휴가를 나올 때도 늘 새마을호를 이용했었다.

안드로메다는 하염없이 창밖을 주시하고 있었다.

서울에 닿는 동안 그녀는 한마디도 하지 않았다. 서울에 도착하기까지 페르세우스는 전화를 세 통 받았다. 하나는 아주머니였고, 하나는 아저씨였다. 나머지 하나는 친구의 안부 전화였다. 아주머니는 돈이 떼일 지경이라 재산 조사를 부탁하면 어떻게 하면 되느냐는 전화였고, 아저씨는 아내에게 정부가 생긴 것 같다면서 뒷조사를 부탁하는 방법에 관해서 물었다. 페르세우스는 둘 다 사무실 위치를 일러주고 언제 짬을 내서 들르라고 했다. 직접 상담을 하는 게 순서다. 전화로 될 일이 아니다. 그 말을 안드로메다가 다 들었을 터인데 말이 없었다. 친구의 안부 전화는 언제 만나서 한잔하자는 말로 마무리했다.

서울역에 내려서 바로 역사에 있는 식당으로 들어갔다.

점심시간이 훌쩍 넘어 있었다. 뭘 먹고 싶냐는 질문에 식탁에 마주 앉은 안드로메다는 짧게 대답했다.

"같은 것으로,"

이 처녀가 말을 하지 않겠다는 뜻인지 숫제 입을 다물고 있었다. 페르세우스는 간단하게 때우는 게 좋겠다 싶어 돈가스 둘을 시켰다. 음식이 나오자 안드로메다의 돈가스를 페르세우스가 먹기 좋게 잘라주었다. 말은 안 했지만 그래야 할 것 같았다. 안드로메다는 싫은 내색은 아니었다.

그리스 로마신화에서는 안드로메다는 결국 페르세우스의 아내가 되어 자식을 많이 낳고 왕국을 지배하고 사는 것으로 결말이 난다. 페르세우스는 그 생각을 하며 그렇게 되었으면 좋겠다는 생각을 하며, 마주 앉은 대상에게 그대도 누구와 결혼하면 아이를 많이 낳을 것인가 물으려다가 포크와 나이프를 보고 그만두었다.

지하철을 두 번이나 갈아타고 동작동 국립현충원에 당도했다. 그동안 안드로메다는 군소리 없이 따라왔다. 현충원 입구에서 국화를 한 다발 샀다. 월남 참전용사 묘역은 이제 잔디가 싹을 틔우고 있었다.

육군상사 설효진의 묘.

큰아버지의 묘비는 그렇게 씌어 있었고 옆에 작은 글씨로 생년

월일과 돌아가신 날을 적어두고 있었다. 국화를 묘비 앞에 두고 페르세우스는 절을 두 번 했다.

"큰아버지, 페르세우스, 아니 민수가 왔습니다. 편히 쉬십시오."

절을 하고 나서 페르세우스는 큰 소리로 말했다.

큰아버지는 중사로 전사했다. 아버지에게 그렇게 들었다. 전사하고 나서 일 계급 특진이 되어 상사로 묘비에 적혀있다. 비록 뵙지는 못했지만, 여기에 오면 핏줄이라는 의식이 강하게 나타난다. 뭔지는 모르지만 애틋하다. 페르세우스가 절을 마치고 묵념을 하고 있자 다소곳이 서 있던 안드로메다가 페르세우스를 살짝 밀쳤다. 뭐야? 그리곤 앞으로 다가서서 절을 다소곳이 두 번 하는 게 아닌가?

이 아가씨가 미쳤나? 누구 산소인지 알고 절을 해?

페르세우스는 말릴 틈이 없었다. 그렇다고 절을 하는 여자를 잡을 일도 아니었다.

"누구 산소인지나 알고 절을 해요?"

절을 마친 안드로메다에게 투박하게 물었다.

"설강진의 형님 설효진 상사!"

페르세우스는 순간적으로 전율을 느껴야 했다. 안드로메다의 입에서 아버지 이름이 튀어나오다니,

"인류의 자유를 수호하다 돌아가신 분에게 이 나라에서 편하게 사는 후손이 절을 올리는 게 뭐가 잘못되었나요?"

"아니요. 전혀 그렇지는 않아요."

페르세우스는 속으로 적잖이 놀라고 있었다. 안드로메다가 뒷조사를 다 했던가? 하여튼, 두고 볼 일이다. 페르세우스는 다시 묵념을 한 번 더 하고 돌아섰다.

"충성, 육군 중사 김지현 참배를 마치고 돌아갑니다. 영면하소서, 충성."

이게 무슨 소리야? 돌아보니 안드로메다는 큰아버지의 묘비를 보고 거수경례를 하고 복창을 하고 있었다. 어디서 배운 것일까? 순간적으로 참 예뻤다. 안아주고 싶을 정도로 예쁘게 보였다. 큰아버지는 분명 웃을 것이다. 그리고 보니 오늘 참배가 참으로 뜻이 깊다고 생각을 했다.

"왜 육군 중사예요?"

페르세우스가 따지듯이 물었다.

"저? 육군에 가서 중사로 예편했다구요. 국군 간호학교 출신이거든요."

"그래요? 그럼 김지현이 본명이에요?"

"관심이 없기는?"

그 말을 하며 안드로메다가 또 눈을 흘겼다. 여태 그녀의 본명을 모르고 있었다. 김지현, 그게 안드로메다의 본명인 모양이다. 놀랍다. 페르세우스는 병장 출신인데 안드로메다는 중사 출신이란다. 만날 때마다 거수경례를 붙여야 하는 거 아닌가?

"생각하니 오늘 참배는 참으로 뜻이 깊네요."

"첫 데이트치고는 참으로 추억에 남을 데이트네요."

"데이트라 생각하셨나요?"

"데이트가 아니면 내가 미쳤다고 여기까지 따라와요?"

안드로메다는 또 눈을 흘겼다. 예뻤다.

"데이트라면 팔짱이라도 끼어야지요."

페르세우스의 말에 안드로메다는 냉큼 팔짱을 끼었다. 봄날 아지랑이가 현충원 잔디밭에 내려앉고 있었다. 현충원 정문을 나올 때까지 안드로메다는 팔짱을 풀지 않았다. 야릇한 기분이었다. 이런 기분은 처음이었다.

"아버지 이름을 어떻게 알았어요? 혹시 내 뒷조사를 한 거 아니야?"

"그 유명한 국회의원을 모르는 사람이 해평시에 있나요?"

그런가?

예뻤다.

무지하게 청순하고 예뻤다.

*11.

어제 전화했던 의뢰인이 다녀갔다.

오십 대의 몸집이 풍만한 아줌마였는데 악성 채권 문제로 찾아온 것이다.

아줌마의 남편이 작은 건설회사에 나가면서 이사로 등재되었다고 했다. 회사가 잘 돌아가면 이사로 등재되더라도 문제가 발생하지 않는다. 중소 건설회사에는 그런 일이 비일비재하다. 가족들이 이사로 등재되거나, 직원이 이사로 등재되는 경우가 태반이다. 주식회사를 만들기 위해, 주식회사로 만들어 관공서의 공사를 입찰하기 위해 그렇게 이름을 올리는 것이다.

한데, 이 경우는 좀 특별하다.

건설회사의 이사가 된 남편 명의의 집을 회사의 자산으로 잡았다는 것이다. 회사가 잘 돌아가면 그것도 문제가 되지 않는다. 작지만 종합건설, 그것도 주식회사로 등재되려면 일정한 회사의 자본이 확정되어야 하기에 회사를 만들면서부터 집이 회사 자산으로 등재된 것이라고 했다.

남편은 그 회사의 상무이사라는 직함을 달고 건설은 전문지식이 없어 도면도 제대로 볼 줄 모르고, 그저 봉고차로 건축 자재나 날라주면서 십이 년을 근무했다는 것이다. 거기까지만 들어도 뒷이야기는 감이 잡힌다. 이건 민사로서 페르세우스가 의뢰받을 사건이 아니다. 채권 추심을 전문으로 하는 업체가 따로 있다.

거기까지 듣고 페르세우스는 남편 되시는 분과 대표이사로 있는 사람이 어떤 관계인지부터 물었다.

일단 의뢰인이 찾아온 이상 이야기를 끝까지 다 들어주는 게 예의다.

고등학교 동기인데 남편은 전자회사에 다니다가 조기 명퇴를 하고 퇴직금을 투자하면서 이사가 되었다고 했다. 그렇다면 건설회사가 돌아가는 사정을 전혀 모르는 것이다. 그런데 재작년부터 일감이 줄더니 작년에 관급으로 발주 받은 교량을 건설하면서 엄청난 적자를 감당하지 못하고 건설회사가 부도가 났다고 했다. 회사가 부도가 나자 집이 경매 물건으로 넘어갔다고 했다.

이해가 가능한 부분이다.

회사 재산으로 잡혀있었으니 당연히 나머지 자산과 묶여 경매로 넘어가는 것이 마땅한 일이다.

구평동의 단독주택인데 경매로 넘어가고 소형임대아파트에 살고 있는데 대표이사가 되는 그 친구는 형곡동의 고급 빌라에 살면서 따로 건설회사를 냈다는 것인데 남편은 거들떠보지도 않는다는 것이다. 페르세우스는 아마도 그 건설회사가 차명일 거라고 했다. 남편은 지금 뭐하시냐고 묻자 청소용역업체에 임시직으로 나가고 있다고 했다.

안됐다.

아줌마는 그 대표이사라는 친구의 숨은 재산을 찾아내 구상권을 청구하면 좋겠다는 내용이었다.

그건 가능하다.

그러나 그런 일은 사설탐정의 몫이 아니다.

아줌마에게 커피를 대접하고 채권 추심업체의 연락처를 알려주고 거기에 가서 상담하고 일부라도 받을 방도를 상의하라고 돌려보냈다. 아줌마는 그런 일을 전문으로 하는 업체가 있다는 사실에 조금 놀라워하면서 고맙다는 말을 여러 번 하고 돌아갔다.

세상에는 이렇게 억울한 일을 당하는 경우가 많다. 그 대표이사라는 친구는 회사가 잘 돌아갔으면 그런 일이 없었을 것이다.

친구가 처음부터 그렇게 악용하려는 의도는 아니었을 것이다. 하다 보니 자금줄이 꼬이고 그렇게 상황이 나빠져서 일어난 일일 것이다. 건설경기가 정말 좋지 않은 모양이다.

아줌마를 보내고 인터넷을 켜는데 전화가 왔다.

국정원이라고 했다.

국정원에서 전화가 올 일이 뭐가 있어?

누구의 장난 전화인가 싶어, 페르세우스는 국정원이 어디에 있는 고아들의 위탁시설이냐고, 왜 희망원이 아니고 국정원이냐고 빈정거리는 투로 물었다. 그랬더니 국가정보원이라고 확실하게 말했다. 상대는 목소리로 미루어 삼십 대의 사내였다. 장난 전화가 아니었다. 아차, 아버지에 대한 무슨 문제인가 싶어, 죄송하다는 말을 먼저 하고 무슨 문제로 전화를 했느냐고 물었다.

"아버지가 설강진 전 국회의원이 맞지요?"

"예, 그런데 무슨 일입니까?"

"전화를 받으시는 분, 이름이 어떻게 되세요. 주민등록번호랑 좀 불러주세요."

페르세우스는 이름과 주민등록번호를 불러주었다. 그리고 물었다.

"아버지에게 무슨 문제가 있었나요?"

"그게 아니고, 큰아버지 되시는 분에 대해 아시나요?"

"큰아버지는 월남 참전용사로 전사하셨는데 성함은 설효진으로 국립묘지에 안장되어 있습니다. 부사관이었는데 중사로 전사하셨답니다."

"혹시 할아버지 성함은요?"

"할아버지는 설용규입니다. 무슨 문제입니까?"

"알겠습니다. 다시 전화드리지요."

그 말을 하고는 전화를 끊었다. 굉장히 딱딱한 목소리였다. 전화를 끊고 핸드폰에 찍힌 전화번호를 보았더니 핸드폰 번호가 아니라 지역 번호가 서울인 일반전화였다.

국정원에서 왜 갑자기 큰아버지를 들먹이고 할아버지 성함을 물어?

궁금해서 그 번호로 통화 버튼을 눌렀다.

'이 전화는 발신 전용 전화입니다. 수신이 가능한 연락처로 연락을 해주시면 감사하겠습니다.'

여자 목소리로 된 기계음이 나왔다.

국정원이 맞기는 맞는 모양인데 무슨 일일까? 혹시 할아버지께서 수급하신 전사자 수당에 잘못이 있는 것일까? 그런데 내 전화번호는 어떻게 알았을까? 페르세우스는 머리가 복잡해졌다. 다시 연락하겠다고 했으니 또 연락이 오겠지.

미용실 누나는 어떻게 지내고 있을까?

김종칠은 왜 연락이 오지 않을까?

몰래카메라가 없어졌다는 사실을 모르는 게 아닐까? 분명히 몰래카메라가 없어졌다는 걸 알았다면 형광등을 교체한 페르세우스에게 연락이 올 것인데 무소식이다.

보험은 얼마나 들었을까?

그 사실을 어떻게 파악을 해볼까, 궁리하고 있는데 전화가 왔다. 고등학교 동기인 형석이었다. 녀석은 어디서 들었는지 사설 탐정 사무소 일은 잘 되어가느냐고 물었다. 대충 아직은 그렇다고 대답하고 언제 만나서 한잔하자고 했다. 군에 있을 적에 휴가를 나와서 만나고는 만나지 못한 친구였다. 그러자고 했더니 당장에 약속을 잡자고 했다.

페르세우스는 하는 일이 오 분 대기조라 미리 약속을 잡을 수가 없고 저녁때 연락을 하겠다고 했다.

녀석은 미대를 나와서 중등학교 교사가 되려는 놈인데, 지금 미대 지원생들을 모아 미술학원을 운영하고 있다고 들었는데 참 오랜만에 통화를 하는 놈이다.

짬이 나면 안드로메다의 얼굴이 자꾸 떠오른다.

이상하고도, 희한한 일이다.

국립현충원에 가서 큰아버지를 뵙고부터 안드로메다의 얼굴이 자꾸 떠오르는 것이었다.

내려오는 기차 안에서는 옆에 앉은 안드로메다가 데이트의 본전을 뽑는다며 팔짱을 풀지 않고 페르세우스의 어깨에 머리를 기대고 잠이 들었었다. 잠든 그녀의 볼을 쓰다듬고 싶은 충동을 느꼈다. 처음 느끼는 기분이었다. 기차가 해평역에 도착하여 내릴 동안 한순간도 팔짱을 풀지 않았다.

그렇게 하면 데이트의 본전을 뽑는 것인가?

국군 간호학교를 나와서 왜 전역을 했을까?

그걸 물어보지 못했다.

페르세우스와 안드로메다의 사이가 되었으면 좋겠다.

언제 기회가 되면 아이를 몇이나 낳아줄는지 그것부터 먼저 물어볼까? 그러다가 따귀부터 맞는 게 아닌지 모르겠다. 사설탐정을 하니 공중전화를 이용해야 할 일이 자주 생긴다. 전화를 받는 상대가 핸드폰 전화번호를 알면 곤란한 경우인데, 핸드폰이 일반화되고 대중들에게 널리 보급되면서 공중전화가 점차 사라지고 있는 점이 어떤 경우에는 상당히 불편하다.

그래도 페르세우스의 사무실은 버스터미널과 도립도서관 입구에 공중전화 부스가 있어서 비교적 이용하기 가까운 편이다. 집 주위에는 공중전화가 어디에 있는지조차 모른다.

오늘도 공중전화를 사용해야 할 일이 생겼다.

광명 안과.

원장과 통화를 해야 하는 일이었다.

안과를 하루 쉬도록 만들어야 한다. 일을 진행하려면 편의상 안과는 무조건 쉬어야 한다. 일요일이 있지만, 조사한 바에 의하면 일요일은 병원이 있는 건물의 삼 층에 대구에서 대학에 다니고 있는 아이들이 들락거린다. 친구들이 찾아올 수도 있고 중국집 배달원이 들락거릴 수도 있다. 그 가정집이 상당히 껄끄럽다. 평일은 삼 층 가정집이 비어있다. 해서 안과는 무조건 평일에 하루를 쉬어야 한다.

작전상 그렇다.

핸드폰으로 일을 진행할 수가 없어 도서관에 책도 반납할 겸 나갔다. 도서관 앞 공중전화에서 안과로 전화를 걸었다. 물론 접수부에 있는 간호사가 받았다. 어느 간호사인지 대충 짐작이 간다. 오전에 진료를 갔었던 환자라고 둘러대고 잠깐 물어볼 게 있으니 원장을 바꾸어 달라고 했다. 의심할 여지가 없었던 모양이다.

원장이 굵직한 목소리로 전화를 받았다.

원장이 전화를 받자 이젠 사진작가협회라고 사칭을 했다. 새로 온 협회의 총무인데, 다음 주에 누드촬영대회가 있는데, 참석 여부를 확인차 전화를 했다고 하니 원장이 반색하는 눈치였다.

성공이었다.

언제 어디서, 하느냐고 물었다.

앞에 진료하던 환자가 있지 싶은데 태연한 목소리였다.

주관은 한국사진작가협회이고 주체는 도지부 사진작가협회라고 했다. 협찬은 미소화장품 회사라고 둘러대며 여유를 부렸다.

날짜가 언제인지 그것부터 물었다.

그게 가장 궁금하겠지? 가려운 부분을 긁었으니.

다음 주 수요일, 그러니까 12일 오전 아홉 시부터 오후 네 시까지라고 했다.

입에서 나오는대로 둘러댔지만, 그날을 작전 개시일로 잡아야 한다.

페르세우스는 전화에 대고 사무적인 언어를 사용하면서도 그 생각을 했다. 작전 개시일이라? 다음 주 수요일, 12일?

원장은 장소가 어디냐고 물었다.

아차, 그걸 말하지 않았구나.

문경새재에 있는 조각공원인데 일반인은 출입을 통제한다고 덧붙였다. 원장은 참석하겠다고 했다. 문경까지 가서 허탕을 치고 돌아오려면 오전은 걸릴 것이다. 그렇다고 닫은 병원 문을 오후에 열지는 않을 것이다. 참석할 것이냐고 페르세우스가 물었다. 원장은 흔쾌히 참석하겠노라고 했다. 그럼 참가번호를 31번으로 부여하겠노라고 했다. 말을 하면서도 페르세우스는 야릇한 승리감을 느꼈다.

"너는 전쟁에 관심이 없지만, 전쟁은 너에게 관심이 있다."

누구의 말인지는 모르지만, 갑자기 생각나서 페르세우스는 무작정 내질렀다.

원장은 그게 무슨 소리냐고 물었다.

당연한 질문인지도 모른다.

누드촬영대회와는 전혀 관계가 없는 말이다. 페르세우스와 원장의 사이에 관계가 성립되는 말이다.

그게 이번 누드촬영대회의 팸플릿에 실릴 표제 문구라고 둘러댔다. 천박한 예술가는 그런 구호에는 관심이 없는지 누드모델협회의 회원들이 모델로 나오느냐고 물었다.

그것이 제일 궁금하겠지?

물론 누드모델협회에 초청했는데 이번에는 모델들이 상당수가 바뀌어서 어느 때보다 참신할 거라고 덧붙였다.

참가번호 31번으로, 전산에 입력 처리를 했고 참가자 목걸이 명찰은 준비할 것이니 그날 행사장에 와서 받으라고 했다. 원장은 지금 꽃이 좋아서 사진이 잘 나올 거라며 무엇보다 장소가 마음에 든다고 했다.

거듭 참석을 부탁한다고 사무적인 목소리로 말하며 의중을 다시 확인했다.

원장은 분명히 참석한다고 못을 박았다. 이번 촬영대회는 전문성을 기하기 위해 홈페이지에는 공고하지 않을 거라고 했다. 대회를 마치고 홈페이지에서 결과를 보면 된다고 덧붙였다.

그 말에 원장은 그것, 참 기발한 생각이라고 맞장구를 쳤다.

페르세우스는 좋은 작품을 기대한다는 말을 하고 전화를 끊었다. 그리고 유유히 도서관으로 들어가 책을 반납하고 사무실로 돌아왔다.

다음 주 화요일쯤에 전화해서 내일 진료를 예약한다고 하면 원장이 세미나 참석으로 휴진이라고 하겠지.

일단 성공이다.

안과의 디지털 자물쇠 번호는 페르세우스의 핸드폰에 들어있다. 이름은, 천박한 예술가, 전화번호 대신에 자물쇠 비밀번호를 입력시켜 놓았다. 그동안 자물쇠 비밀번호를 바꾸지 않았다면 이 번호가 확실하다. 숫자를 저장하기에는 핸드폰만큼 좋은 기록장치가 없다.

구체적인 계획은 다음에 찬찬히 세우고, 오늘은 여기까지.

*12.

형석을 만난 건 저녁 여덟 시가 넘어서였다.

"내가 사무실에서 출발하면서 전화를 할게."

시간은 그렇게 잡았다. 페르세우스의 퇴근 시간은 정해져 있지 않다.

중앙시장의 할머니가 운영하는 뒷고기 집이었다. 재래시장의 허름한 가게이지만 쫄깃한 고기가 맛있다고 소문이 난 집이다. 시간이 늦었는지 손님은 별로 없었다. 형석이 학원에서 가깝다고 거기로 약속을 잡았는데 퇴근하고 바로 온다고 온 것이 그 시간이었다.

퇴근하려는 무렵, 의뢰인으로부터 전화가 와서 늦었다.

남편의 뒷조사를 부탁한다는 아줌마를 기다리느라고 시간을 보내고, 그 아줌마가 와서 얘기를 들어주느라고 시간을 보내다 보니 그랬다. 그 아줌마는 사십 대로 보였는데 남편과 바로 자기의 절친한 친구 사이를 의심하고 있었다. 정확한 물증은 없지만, 의심이 간다는 것이었다. 그런 이야기를 들으면 이야기를 하는 사람의 입장만 생각해서 곧이곧대로 들으면 안 된다. 객관적인 입장에서 여러 가지 증상과 상황을 주시하고 파악해야 하는 법이다. 흥분해서 이야기하는 의뢰인의 표정까지도 면밀하게 인지해야 하는 일이다. 끼어들기 껄끄러운 사건이라 착수금 얘기를 먼저 했더니, 착수금? 아줌마의 표정이 금세 굳어졌다. 내일 다시 오겠다고 했지만 나타나지 않을 확률이 지극히 높은 아줌마였다.

사무실에서 나서면서 이제 출발한다고 전화를 하고 왔는데 형석이 먼저 와서 자리를 잡고 있었다. 형석은 정말 오랜만에 만난다.

형석이 앉은 자리에서 페르세우스에게 손을 내밀며 물었다.

"학교에 들어가기가 그렇게 어렵냐?"

형석은 교사로 들어가고 싶어서 중등교사 임용고시를 쳤다는 걸 다른 친구들에게 들어서 알고 있었다. 그러나 도 교육청에서 일 년에 한두 명 모집하는 게 고작이다. 국어, 영어, 수학 등 흔한 과목은 형편이 좀 낫지만, 미술은 일 년에 고작 한두 명인데 지원자는 매년 오십 명이 넘는다고 했다. 다른 곳에도 취업이 힘들다. 어디든 다 그렇다.

"학원은 좀 어떠냐?"

형석은 임용고시에 합격하는 동안 미대 지원생들의 실기시험을 지도하고 있다. 유명 미대를 나왔다고 소문이 나니 지역에서 미대를 지망하는 아이들이 몰린 것이다.

"학원이랄 것도 없고 아이들은 고작 열댓 명, 겨우 용돈벌이나 하는 정도지."

"전부 미대 지망생들이야?"

페르세우스의 물음에 형석은 그렇다고 했다. 일 인당 얼마를 받는지 모르지만 어렵겠다.

뒷고기가 노릇하게 구워지고 있었다. 이 집은 손이 많이 가지만 참숯을 쓴다. 참나무 향기가 고기에 배어 맛이 그만이라 항상 손님이 북적댄다. 석쇠 위의 고기를 뒤적이며 형석이 물었다.

"사설탐정은 좀 어떠냐?"

"바람난 아줌마들이 들어간 모텔이나 덮치는 정도다."

"모텔을 덮쳐? 하하! 그것 보통 투철한 직업정신으로는 못하겠네?"

"어떤 일이든 투철함을 요구하는 게 전문직 아니냐?"

뒷고기에는 막걸리가 어울린다며 형석은 막걸리를 시켰다.

"아이들 실기 실습시켜놓고 왔어. 또 들어가 봐야 해."

양은으로 된 술잔에 페르세우스가 따라주는 막걸리를 받으며 한 형석의 말이었다. 적게 마셔야 한다는 말일 터이다.

"너희 아버지, 아버지, 아버지의 사건은 완전히 종결되었나? 신문을 보고 너무 놀랐다. 너희 아버지 이야기를 꺼내니 말이 다 더듬거려지네."

술이 몇 순배 돌고 나서 형석이 아버지를 들고 나섰다.

"내가 다시 나서서 찬찬히 조사하는 중이야. 진실은 언젠가 밝혀지겠지. 진실은 밝혀진다! 이 말이 사건 심리학 서두에 나오는 말이다. 너하고 술 마시기 정말 오랜만이다."

페르세우스는 화제를 다른 곳으로 돌렸다. 아버지의 이야기는 술좌석에서 하면 안 된다. 절대로 안줏거리가 될 수 없는 얘기다.

"진도는 자주 만나냐? 진도는 어떻게 지낸다니?"

형석은 진도를 들먹였다.

"내가 지금 사무실을 얻은 곳이 진도 아버지 건물이다. 네댓 평

되는 작은 공간인데 공으로 쓰고 있지."

페르세우스는 공으로 쓴다는 말을 강조했다.

"진도 아버지는 부동산 갑부잖아. 비어있던 사무실이라면 귀한 자식 친구에게 그런 정도는 선심을 써도 되지."

진도는 대학원에 적을 두고 있다. 경영학인데 박사과정이다. 그 친구와 비교하면 페르세우스는 많이 늦다. 페르세우스는 대학 일학년에서 한 학기를 하고 아버지 선거가 있어서 한 학기를 휴학했는데 아버지께서 당선이 되고 바로 복학하지 않고 일 년을 쉬게 되었다. 다시 복학해서 이 년을 다니다가 군에 간다고 또 휴학하고 거의 일 년을 놀다가 군에 갔다. 군에 갔다가 오니 진도는 석사과정에 들어가 있었다. 미국의 석사였다. 이 년간 뉴저지에 있다가 돌아온 것이다. 주립대학의 석사였다. 진도는 군 복무를 육 개월 공익근무로 마쳤다. 친구 중에서 상당히 빠르게 자기의 길을 개척하며 움직이는 녀석이다.

진도에 대해서라면 할 이야기가 많다.

아무래도 박사과정을 마치면 강단에 남을 녀석이다.

이 뒷고기 집의 특징은 막걸리를 노란색 양은주전자에 담아서 내온다. 그래야 막걸리가 제맛이 난다고 주인 할머니는 말했다.

막걸리를 양은주전자로 세 통이나 비울 동안 진도와 진도의 여자친구에 관해서 얘기했다. 형석은 중간중간 시계를 보았다. 들어가서 아이들을 돌려보내고 화실 문을 닫아야 할 시간이라고 했다.

"학원이 아니고 왜 자꾸 화실이야?"

시 교육청에 학원으로 등록하지 않았단다. 그냥 낮에는 형석이 공부하며, 심심풀이로 작업하고, 밤이면 학교를 마치고 오는 아이들을 가르치는 개인 화실이라고 했다. 자리가 길어지자 형석은 잠깐 가서 아이들을 보내고 문을 닫고 오겠노라고 했다. 그러더니 마음이 바뀌었는지 전화로 아이들에게 지시했다.

"효민아. 오늘 그만하고 아이들 돌려보내고 문 닫고 열쇠는 여기로 가져와!"

그 말을 하고는 뒷고기 집의 위치를 설명해 주었다. 화실은 뒷고기 집에서 가까운 곳에 있었다. 중앙시장 부근이라 재개발 지구로 묶여서 세도 싸고, 무엇보다 대중교통이 좋은 곳으로 자리를 잡는다고, 이곳에 세를 얻은 모양이다. 해평시내로 출발하는 모든 시내버스의 시발점은 바로 중앙시장 부근이다. 여기서는 광명 안과도 가깝다. 시장 골목을 빠져나가 큰길을 건너면 유명약국이 있고 바로 위가 광명 안과다. 광명 안과도 노인들을 상대로 하기에 그런 점을 염두에 두었을 것이다.

12일, 다음 주 수요일!

페르세우스는 속으로 날짜를 또 한 번 곱씹었다. 허름한 뒷고기 집이지만 담배는 뒷문으로 나가서 피워야 한다. 흡연실이 따로 있는 게 아니고 뒷문으로 나가면 플라스틱 의자가 두 개 놓여 있고 헌 탁자에 재떨이가 놓여있다. 시장 뒷길로 통하는 곳이고 공동화장실을 가는 지름길이다. 술을 마시면 담배가 더 당기는 건 당연한 이치, 벌써 형석과 교대로 서너 번 나갔다가 들어왔다.

고등학생으로 보이는 두 녀석이 화실 열쇠를 가지고 왔다.

두 녀석은 집에 갔다가 왔는지 교복이 아닌 사복을 입고 있었다. 녀석들은 형석과 마주 앉은 페르세우스를 보자 꾸벅 인사를 했다.

"너희들 출출하겠네. 고기 좀 먹을래?"

페르세우스가 물었다.

녀석들은 이구동성으로 예! 하고 큰소리로 대답했다. 안 물었으면 서운해할 뻔했다. 페르세우스는 의자를 내주고 형석 옆으로 앉으며 맞은 편에 앉으라고 하고는 주인 할머니에게 고기를 큰 것으로 한 접시 달라고 했다.

이 할머니는 이 자리에서 사십 년이 넘도록 뒷고기 장사를 해서 중앙시장에서는 나름대로 유명한 할머니다. 뒷고기 할머니라고 하면 모르는 사람이 없을 정도다. 그리고 무엇보다 할머니의 인심이 후덕하고 손이 커서 양이 푸짐하다. 그게 가장 마음에 드는 항목이다.

페르세우스가 고기를 뒤적이며 굽자, 녀석 둘은 설익었지 싶은데 거침없이 집어 먹었다.

"막걸리 한 잔씩 할래?"

페르세우스가 녀석들을 보고 물었다.

형석이 아이들한테 그러지 말라고 하며 사이다를 주문했다.

"확실히 선생은 다르네!"

페르세우스가 빈정거리는 투로 말하며 녀석들에게 사이다를 따라주었다.

"대학은 어디를 가고 싶냐?"

"홍대 미대요."

고기를 마구 쑤셔 넣어 우물거리던 두 녀석은 똑같이 대답했다. 가고 싶겠지. 미술에 관심이 있는 놈이라면 당연히 가고 싶겠지. 그렇다고 다 되는 건 아니다. 형석은 홍대 미대 출신이다. 단번에 합격한 것이 아니라 재수해서 어렵게 들어갔다. 들어가서는 생각이 달라져서 미술로 먹고 살길을 찾는다고 교육학을 이수하고 정교사 자격을 취득한 경우다. 녀석들은 형석의 눈치를 보며 또렷하게 홍대 미대를 들먹였다.

"홍대 미대? 좋지! 그럼 선생님 직속 후배가 되는데? 꼭 가도록 노력해라. 재수하지 말고."

재수라는 말은 들먹이지 않아도 좋았을 말이다. 재수, 그 말을 듣기가 거북했던지 형석은 탁자에 놓인 담배를 챙겨 들고 일어서 뒷문으로 나갔다. 그때 페르세우스의 머릿속에 언뜻 스쳐 지나가는 게 있었다.

"너희 둘이, 형 심부름 하나 할래?"

"뭔데요?"

석쇠 위의 고기가 어지간히 비었다.

"여기 나가서 큰길 건너가면, 유명약국 있지?"

녀석들은 안다고 했다.

페르세우스는 유명약국 위에 있는 광명 안과의 사무장이라고 하면서 핸드폰을 열어 비밀번호를 알려주었다. 한 녀석이 비밀번호를 볼펜으로 손바닥에 받아적었다.

페르세우스는 장난삼아 태연하게 말했다.

거기 문을 열고 들어가면 접수부 뒤에 메인 스위치가 있다. 그걸 올리면 병원 전체에 불이 다 들어온다. 원장실에 들어가서 컴퓨터 몸체를, 내일 아침에 수리 맡겨야 하니 몸체를 떼오고, 거기에 꽂힌 USB를 잘 챙기고, 원장실에 달린 작은 문으로 들어가면, 이 형이 쓰던 디지털카메라가 두 대 벽에 걸려 있는데 그것을 좀 가져오라고 했다. 저녁에 집에 들어가서 작업할 게 있노라고 하면서 컴퓨터가 고장이 나서 작업을 못 했는데 다시 가지러 가야 하는데, 술을 먹으니 그것조차 귀찮다고 능청스럽게 말했다.

과연 가져올 수 있을까? 안되면 본전이지 뭐.

녀석들은 알았다고 하면서 일어서서 석쇠 위에 남은 두 점의 고기를 얼른 집어서 입에 넣었다.

"고기 한 판 더 구울까?"

페르세우스는 일어서는 녀석들을 향해 물었다.

"예. 고맙습니다. 고기 굽히는 사이에 후딱 갔다가 올게요."

그렇게 말하고 나가는 녀석들 뒤통수에 대고 페르세우스는 메인 스위치를 꼭 내리고 문단속을 잘하고 오라고 소리를 질렀다. 영양가가 없는 소리지만 녀석들은 알겠다고 했다.

공부도 좋지만 한창 먹을 나이다.

모양새를 보니 이 시간까지 저녁을 먹지 않은 모양인데 얼마나 출출할까?

페르세우스는 할머니를 불러 뒷고기를 한 판 더 준비하라고 주문했다. 옆자리에 앉아서 정치 얘기로 각을 세우며 떠들던, 회사원으로 보이던 사십 대 무리도 사라진 다음이었다. 이제 뒷고기집의 손님이라곤 페르세우스의 일행뿐이었다. 재래시장은 일찍 문을 닫는 모양이다. 골목이 어두컴컴했다.

녀석들이 최소한 성공은 못 하더라도 디지털 자물쇠 비밀번호가 바뀌었는지, 아닌지 그건 알 수가 있다. 그것도 작전상 소득이라면 소득이겠지.

뒷고기 옆집은 젓갈을 파는 집이다. 뒷문으로 나가면 흡연구역을 같이 쓰는 모양이다. 젓갈을 사러 와서 흡연실을 이용하는 사람이야 없겠지만 짭짤하고 고리한 냄새가 흡연구역까지 풍겼다. 녀석들을 보내고 페르세우스도 담배를 챙겨 들고 뒷문으로 나갔다.

"아이들은 갔냐?"

뒷문으로 나가자 담배를 피우고 있던 형석이 물었다.

"아니야. 고기를 더 먹겠다고 해서 한 판 더 시켰지. 고기가 굽히는 동안 내 차에 가서 뭘 좀 가져오라고 심부름을 시켰어."

형석은 전혀 의심하지 않고 아이들 편에 서서 말했다.

"한창 먹을 나이지. 저녁에 늦게까지 봐주려면 어떤 때는 아이들에게 미안하기도 하다. 저렇게 공부해서 뭐하나 싶기도 하고. 저녁을 먹었느냐고 물으면 먹었다고는 하는데, 눈치를 보면 마트에서 컵라면으로 때운 경우가 대부분이야."

"그래 맞아! 저렇게 공부를 해서 뭐하냐?"

페르세우스도 공부에 대해서라면 회의적이다.

죽도록 공부해서 학교를 졸업하면 갈 곳이 없는 게 사실이다. 공부가 밥으로 연결되지 않는다는 말이다. 공부로 밥을 낚는다?

상당히 어려운 발상이다. 특히나 미술을 전공해서는.

공부에 대해 형석과 회의적인 소리를 주고받으며 담배를 피우고 들어가니 주인 할머니가 석쇠 위의 고기를 뒤적이고 있었다.

"고기 먹다가 다들 어디 갔누?"

할머니의 말이었다. 페르세우스는 어지간히 먹은 다음이라 고기가 시들해졌지만, 아이들을 위해 고기를 구워야 한다. 할머니에게 집게를 받아서 페르세우스가 고기를 뒤적이기 시작했다.

"안주가 또 생겼는데 한 잔씩만 더 할까?"

형석이 학원 문을 닫아서인지 그러자고 했다. 할머니를 불러서 막걸리 한 주전자를 더 시켰다.

막걸리가 나오고 한 잔씩 마셨을 때 아이들이 돌아왔다.

"카메라가 두 대가 아니라 세 대가 걸려 있던데요? 어느 건지 몰라서 세 대 다 가져왔어요."

페르세우스는 출입구에서 반대 방향으로 돌아앉아 있어서 아이들이 가게로 들어오는 것을 보지 못했다. 아이들의 목소리에 돌아보니 한 녀석은 컴퓨터 몸체를 안고 있었고 한 녀석은 어깨에 끈이 달린 카메라를 세 대나 양쪽 어깨에 나누어 메고 있었다. 순간적이지만 그 광경은 한 폭의 멋진 그림처럼 여겨졌다. 이렇게 보기 좋을 수가.

"세 대? 그래 잘했다. 내가 착각했다. 문단속은 잘했지?"

"예, 전원 스위치도 내리고."

녀석들은 걱정하지 말라는 투로 말했다. 문단속은 안 해도 상관없고 절대 무방한 일이지만 그렇게 묻는 것이 의심을 덜 할 것이다. 형석도 아이들이 어디 갔다가 왔는지 관심이 없다. 차에 심부름을 보냈다고 했으니 그런 줄 알고 있는 모양이다.

"그래 저기 올려놓고 고기 먹자."

페르세우스는 옆자리의 빈 테이블을 가리켰다. 녀석들은 빈 테이블에 올려놓고 자리에 앉았다. 테이블은 중앙에 화덕 구멍이 뚫린 원형 철판 이었다.

녀석들은 들고 메고 있던 물건들을 냉큼 올려놓고 자리에 앉아 고기를 먹기 시작했다. 조금 전에 먹은 고기보다 확실히 노릇하게 굽혀 맛이 더할 것이다.

"많이 먹어라."

페르세우스는 녀석들에게 그 말을 하고 술잔을 들면서 관심이 없는 척 옆 테이블 위에 놓인 물건을 살폈다. 카메라는 망원렌즈까지 끼어 있었고 자그마한 컴퓨터 몸체는 선이라곤 하나도 없이 깔끔하게 테이블 위에 올려져 있었다.

녀석들은 사이다를 마시고 목을 축이며 고기를 먹는데 정신이 없다. 형석은 아이들이 고기를 먹는 모습을 넋을 놓고 보고 있다.

"이런 고기 먹어봤어?"

"아니요. 무슨 고기인지 몰라도 굉장히 맛있어요."

그렇지, 뒷고기는 집에서는 못 먹는다. 집에서 구워 먹는 삼겹살과는 맛이 다르겠지.

"얘들아. USB는? 내가 분명히 몸체에 꽂아두었지 싶은데?"

그 말을 하자 한 녀석이 아차, 하는 표정을 하며 일어서서 바지 주머니에 든 USB 하나를 꺼내 페르세우스에게 내밀었다. 녀석은 입에 고기가 잔뜩 들어있어 말을 할 수가 없는 모양이었다. 페르세우스는 그것을 받아 바지 주머니에 넣었다. 일이 깔끔하게 끝이 났다. 상당히 수월한 수단과 방법이었지만 전리품은 특출하면서도 출중했다.

아무래도 오늘 먹은 것은 페르세우스, 자신이 계산해야겠다고 마음먹었다. 친구 제자들에게 한턱내는 셈 치고, 친구에게 인심 사고, 녀석들에게 인심사고 얼마나 좋아. 페르세우스는 막걸리를 단숨에 들이켰다.

*13.

안드로메다에게서 전화가 왔다.

출근해서 어제 가져온 카메라와 컴퓨터 몸체를 보고 있던 아침나절이었다. 어제 저녁에 뜻하지 않게 획득한 전리품, 컴퓨터 몸체와 카메라는 차에 실어둔 채 집에 들어가 잤다. 그리고 아침에 차를 그대로 몰고 나와 사무실로 가져온 것이다. 카메라는 얼른 봐도 상당히 고가품으로 보였다. 거기다가 망원렌즈까지 끼어 있으니 가격으로 따지면 엄청날 것이다. 아침에 출근해서 그 물건을 책상 위에 올려놓고 서둘러 계단과 현관 청소를 하고 올라와 USB에 뭐가 들어 있나, 열어볼까 어쩔까 망설이던 참이었다. 안드로메다는 절대로 열어보면 안 된다고 했지만, 그 말을 해서 더 궁금증을 자극한 것이다.

금단의 사과는 더 달콤한 법이다?

분명히 누드모델이 된 안드로메다의 사진이 들어있을 것이다. 열어볼까, 말까 고민하고 있는데 마치 그걸 알기라도 한 것처럼 안드로메다에게서 전화가 온 것이다.

핸드폰의 발신인이 안드로메다인 것을 보고 순간적으로 광명 안과에서 용의자로 안드로메다를 지목한 게 아닐까 하는 생각이 스쳤다. 그럴 수도 있다.

"오! 안드로메다, 용의자로 지목되었지?"

다음 말은, 모르는 사실이라고 시치미를 떼고 발을 빼라고 할 참이었다. 그런데 안드로메다는 축하한다는 것이다.

뭘 축하해?

광명 안과 습격 성공?

"축하받을 사람은 내가 아니라 안드로메다 그대이지요."

페르세우스는 최대한 느긋하게 여유를 부리며 말했다. 아침에 환자 대기실에 있는 신문을 정리하다가 톱뉴스로 실린 기사를 보고 알았다고 하면서 정말 축하한다고 했다. 공명 안과에서 도둑 맞은 게 신문의 톱뉴스로 실릴 리는 없고 뭘 말하는 거야?

"뭘 축하해요? 혹시 마음이 바뀌었어요? 이 페르세우스의 진짜 안드로메다가 되어 주기로, 그렇게 작정하셨어요? 그럼 아이를 많이 낳아야 하는데?"

페르세우스는 여유를 부리면서 농담을 했다.

"그게 아니라, 큰아버지 돌아오신 거. 정말 축하해요."

"무슨 말인지 모르겠네. 다시 말해봐요. 뭐가 어떻다구요?"

이 아가씨가 아침부터 실성했나? 무슨 말인지 모르겠다.

"연락 안 받았어요?"

"무슨 연락요?"

안드로메다는 분명 광명 안과에 관해 이야기하는 것이 아니었다. 도무지 무슨 소리인지 종잡을 수가 없었다. 뜬금없이 큰아버지를 주워섬기다니, 모르겠다.

"세상에,"

안드로메다는 그 말을 하고는 한숨을 쉬었다. 그리고는 말을 이었다.

아침에 환자 대기실에 놓을 신문을 나열하다가 톱뉴스로 실린 큰아버지의 기사를 보았다는 것이다.

"큰아버지가 왜 신문에 나요? 그것도 톱뉴스에?"

페르세우스는 안드로메다의 말을 잘랐다.

"세상에, 정말 모르시나봐. 당신 큰아버지가 살아서 돌아왔다구요. 월남 파병 49년 만에 살아서 돌아왔으니 당연히 신문에 나죠. 그것보다 큰 뉴스가 어디 있어요?"

"다시 말해봐요. 그게 무슨 소리요?"

핸드폰을 든 페르세우스의 손이 부들부들 떨리고 있었다. 귀를 의심하지 않을 수 없는 노릇이었다.

"정말 모르고 있었나 보네! 인터넷에 들어가 봐요. 실시간 검색어로 떠 있어요. 그대의 아버지 이름과 큰아버지의 이름이 실려있다구요. 신문을 보고 혹시나 해서 인터넷을 검색했는데 사실이에요. 정말 모르고 있었어요?"

대답할 수가 없었다. 오늘이 만우절인가? 아닌데? 페르세우스는 몸이 부들부들 떨리는 게 아무 말도 할 수가 없었다. 인터넷을 열어보고 전화를 주겠다고 하고는 끊었다.

노트북은 가방에 들어있다. 항상 집으로 들고 다니는 물건이라 가방에 들어있는데 매일 청소를 마치고 느긋하게 꺼내는 물건이라 아직도 가방에 들어있었다.

그것을 꺼내는 시간이 상당히 더디게 느껴졌다.

페르세우스는 노트북을 꺼내는 자신의 손이 떨리고 있는 것을 알았다. 떨리는 손으로 노트북을 꺼내고 유선 인터넷을 연결했다. 역시 손이 떨리고 있었다. 노트북이 부팅하는 시간이 왜 그리 더디게 걸리는지.

*

베트남 참전용사 49년 만에 귀환
설효진 중사.
전 국회의원 설강진의 친형으로 1971년 백마부대원으로 파병.
월남 참전 전우회 대대적인 환영 메시지

*

이게 뭐야?

인터넷 메인화면은 온통 큰아버지의 이야기로 도배가 되어있었다.

뭐 이런 일이 다 있어?

그럼 큰아버지는 베트남에서 여태 뭐 하신 거야?

눈길이 가는대로 두서없이 기사를 클릭해서 대충 읽었다. 포로로 납치되어 북한으로 이송되었는데 탈북을 했다는 것이다.

이런. 세상에 이런 일도 다 있구나.

누구에게 먼저 연락을 해야 하지? 어머니? 어머니가 놀라서 또 쓰러지면 어쩌나? 그렇더라도 연락을 해야지! 어머니에게 연락하려고 핸드폰을 찾는데 노트북 가방 밑에 깔린 핸드폰이 또 울렸다.

안드로메다가 아니라 나한수였다.

"신문을 보시고 전화하신 거지요?"

페르세우스가 먼저 넘겨짚었다. 그렇다고 했다. 축하한다는 말을 하면서 어머니가 알고 있으시냐고 물었다. 어머니는 아직 모르고 계신다고 했다. 나한수는 놀라시지 않게 조심스레 말씀드리라고 했다.

그다음에는 나한수와 무슨 얘기를 했는지 페르세우스의 기억에 없다. 빨리 어머니에게 소식을 전해야 한다는 조급증 때문에 건성으로 듣고 대답했다.

나한수의 전화를 끊고 바로 어머니에게 전화했다.

전화를 받는 어머니의 목소리가 담담했다. 전혀 모르고 계시는 눈치였다. 어머니는 텔레비전을 보지 않은 지가 오래되었다. 이 정도로 신문과 인터넷을 뜨겁게 달궜으면 텔레비전 뉴스에도 나오지 않을 리 만무한데 어머니는 모르고 계시는 것이다. 어디서부터 말을 꺼내야 하나?

"어머니! 혹시, 정말 혹시나 하는 말인데, 큰아버지가 살아서 돌아온다면 어떻게 생각하세요?"

"너 아침에 뭘 잘못 먹었나? 왜 그런 상상을 해? 쓸데없이."

"그래서 혹시, 라고 말했잖아요? 어머니 의향을 묻는 거예요."

"그래 살아오신다면 그것보다 더 좋은 일이 없겠지만, 그런 고약한 상상을 해서 서로 가슴 시리게 하지 말아라."

페르세우스는 말을 꺼내기가 상당히 조심스러웠다. 어머니가 쓰러질 수도 있는 문제다. 그렇다고 말을 하지 않을 수 없는 노릇이었다.

"어머니! 놀라지 말고 들으세요. 어머니! 혹시, 라는 게 사실이에요. 큰아버지가 살아서 돌아오셨어요. 베트남에서 포로로 생포되어 북한으로 송환되었다가 탈북을 하신 거예요. 신문과 인터넷에 크게 실렸어요."

"너 뭐라고 했니?"

"어머니 제가 지금 집으로 들어갈게요. 안정하시고 잠깐만 기다리세요."

아무래도 집으로 들어가서 얘기하는 게 나을 것이다. 어머니가 그 소식을 접하고는 혼자서 감당이 되지 않을 일이다. 어쩌면 벌써 또 쓰러졌을지도 모른다. 페르세우스는 마음이 급했다. 노트북을 챙겨서 어머니에게 보여주어야 한다. 집에는 신문이 없다. 신문을 구독하지 않는다. 아버지가 돌아가시고부터 그랬다. 어머니에게 보여줄 증명이 필요했다. 집에는 컴퓨터가 따로 없다. 노트북을 가져가야 한다.

페르세우스는 급하게 노트북을 챙겨서 가방에 넣고, 문을 나섰다. 문을 나서는데 안에서 핸드폰 벨이 울렸다.

이런, 전화를 챙기지 않았군.

페르세우스는 정신이 없었다. 다시 들어가 전화를 받았다. 전화번호를 저장해둔 도경의 최경욱이었다. 신문을 보고 전화를 한 모양이다.

아주 좋은 집안이라며 축하한다고 했다.

비아냥거리는 투는 아니었지만 못마땅했다. 그렇지만 고맙다고 했다.

그는 국정원에서 연락받은 게 없었느냐고 물었다. 그 순간, 가만히 생각하니 어제 국정원에서 연락이 왔었다. 지금 생각하니 그게 그 전화였던 모양이다. 최경욱에게 어제 전화가 왔었는데 그냥 큰아버지와의 관계를 확인하는 전화였기에 전혀 눈치채지 못했다고 말했다. 최경욱은 아버지께서 살아계셨으면 참으로 기뻐하셨을 터인데 안타깝다고 했다. 고맙다는 말을 하고 전화를 끊으려다가, 잠깐만요, 하고 최경욱을 물고 늘어졌다.

이럴 때는 이런 인간이 필요하다.

페르세우스는 최경욱에게 국정원으로 연락하는 방법을 알려달라고 했다.

어제 전화 받은 곳으로 전화를 했더니 발신 전용 전화라 통화가 불가능하다고 했다. 최경욱은 일반 전화번호는 모르고 마침 친구 하나가 국정원에 파견을 나가 있는데 그 친구에게 연락하면 국정원의 담당과 통화가 가능하지 싶다면서, 먼저 그 친구에게 연락을 해보고 다시 연락을 주겠노라고 했다. 개똥도 약에 쓰이는구나! 페르세우스는 그렇게라도 해달라고 했다. 급했다.

모든 게 비현실적으로 급하게 돌아가는 기분이었다.

핸드폰, 그리고 노트북 가방을 챙겨 급하게 계단을 내려섰다.

집으로 가면서도 운전 중에 여러 통의 전화를 받았다. 끊으면 걸려오고 끊으면 걸려오는 전화였다. 집에 가는 동안 계속 통화를 해야만 했다.

아버지의 이름이 실렸으니 페르세우스를 아는 친구라면 누구라도 설효진 중사가 누구인지 알 수 있는 문제다. 페르세우스와의 관계를 아는 것이었다. 가장 먼저 연락을 한 게 쓰나미라는 녀석이었다. 그리고 진도, 형석이 차례대로 전화를 받았다. 그 외에도 고등학교와 대학 친구들이 전화했었다. 모두 인터넷을 보고 전화를 했노라고 했다. 녀석들의 전화를 받고 나니 큰아버지가 살아서 돌아왔다는 사실이 비로소 실감이 났다.

집에 도착하니 예상대로 어머니는 누워계셨다.

"놀라지 않으셨어요?"

"식은땀이 난다. 인터넷을 좀 켜라! 내 눈으로 확인 좀 하자."

어머니의 목소리는 차분했다.

집에는 인터넷 선이 없다. 가입하지 않은 것이다. 그러나 옆집

공유기가 베란다에 있어서 같이 쓴다. 서민아파트의 장점이라고 한다면 이웃과 문턱을 낮춰 산다는 점이다. 비밀번호를 따로 설정하지 않아 인터넷을 켜기만 하면 연결이 가능하다. 이웃끼리 최대한 아끼며 사는 방법을 서로 나누고 있다. 귀한 먹을거리가 생기면 당연히 나누어 먹는 이웃이다. 이 아파트로 이사를 하고 이웃이라는 게 무엇인지 어렴풋이 알 수가 있었다.

노트북을 꺼내 인터넷을 켜니 어머니가 넘어다보셨다.

조금 전보다 더 많은 기사가 실려 있었다. 페르세우스는 중요한 부분을 소리 내어 읽어드렸다.

베트남 백마부대 참전용사 설효진 중사 49년 만에 무사 귀환. 전 국회의원 설강진의 친형. 1971년 하사로 파병.

눈에 뜨이는 대로 소리 내어 읽었다.

"어머니 기쁘지 않으세요?"

그때 또 페르세우스의 주머니에 든 전화벨이 울렸다. 모르는 번호였다. 받아보니 국정원이란다. 페르세우스의 이름을 말하며 맞느냐고 물었다. 그렇다고 했더니 최경욱을 들먹였다.

아! 참, 최경욱에게 부탁했었지.

공무원이라 그런지 버릇처럼 페르세우스에게 관등성명을 댔다. 국정원에 파견근무를 하는 이희철 경정이라고 했다. 최경욱 팀장을 잘 아느냐고 물었다. 잘 아나? 그렇지. 잘 아는 사이지. 그렇다고 했더니 아버지 설 의원을 몇 번 만난 적이 있다며 양쪽으로 아는 사이니 반갑다고 했다.

자신은 담당 부서에 있는 게 아니고 타부서라서 담당 부서에 연락을 해보니, 일단 조사를 해야 한다고 했다.

"무슨 조사를 합니까?"

페르세우스가 좀 퉁명하게 물었던가?

월남에만 계시다가 오신 게 아니고 북으로 압송되어, 북에서 탈북한 사실이 있으니 국정원 조사가 필요하다는 것이었다. 절차상 그렇다고 하며 크게 걱정할 일은 아니고, 담당 부서에 얘기를 잘 했으니 곧 가족의 품으로 돌아가실 것이라고 했다. 담당 부서의 전화번호는 대외비라 알려줄 수가 없고 단기간에 조사가 끝날 것이며 혹시 궁금한 사항이 있으면 자신에게 직접 전화하라고 했다. 그러면서, 지금 전화 받는 눈치를 보니 지금 전화번호를 받아적을 경황도 없어 보인다며, 문자로 자신의 핸드폰 번호를 날려주겠노라고 했다. 경찰에서 뼈가 굵어서 그런지 직감은 예리했다. 어렵게 생각하지 말고 언제든지 전화를 하면 돕겠노라고 했다.

페르세우스는 거기까지 듣고 고맙다고 했다.

통화내용을 어머니는 다 들었다.

"어머니 국정원에서 온 전화예요. 이제 실감이 나세요? 얼마나 기쁘세요?"

전화를 끊고 페르세우스는 격앙된 목소리로 어머니에게 물었다.

"실감이 나지 않는구나."

어머니는 담담한 목소리고 말하며 다시 자리에 누웠다.

"당연히 기뻐해야 하는데, 인간이 왜 이렇게 염치가 없고 이율

배반적이니?"

어머니는 누워서 페르세우스를 올려다보며 낮은 목소리로 말했다.

"그게 무슨 말씀이세요? 이율배반적이라니."

기뻐하실 거라는 기대와는 달리 어머니는 다른 각도에서 보셨다. 가족이라곤 누가 있냐? 조사를 받고 가족 품에 안긴다면 당연히 이 집으로 들어오실 것이고, 방이라곤 작은 방, 두 개뿐인 아파트인데 어느 방을 쓰느냐도 문제가 되겠지만 식구가 셋으로 불어나니 하나는 분명 거실에서 자야 한다는 것이다. 그리고 아버지가 도의원에 나서면서 팔아먹은 형곡동의 땅은 엄연히 큰아버지의 몫인데 그걸 찾으면 어떻게 하느냐는 것이었다. 지금이야 노인이 되었겠지만, 시숙과 한집에서 기거한다는 것도 얼마나 불편하겠냐고 덧붙였다. 그 말을 하고 어머니는 돌아누웠다.

페르세우스는 그 점까지 깊이 있게 생각하지 못했다.

생각하니 어머니는 아주 냉철한 현실주의자였다.

옛날에 형곡동에 땅이 있었다. 아주 옛날에는 농토였는데 형곡동의 구획정리가 시작되면서 택지로 바뀌었다. 지금은 지가가 상당히 올랐겠지만, 아버지는 그걸 팔아서 도의원 선거 경비를 충당하고 활동비로 썼다. 아버지는 도의원을 두 번이나 하신 이력이 있다. 페르세우스가 중학에 다니던 시절이었다. 당시 도의원은 월급이나 의정 활동비가 없던 시절이었다. 가난한 사람은 도의원을 하면 가산을 탕진하고 빚더미에 앉는다는 말이 공공연히 떠돌던 시절이었다. 페르세우스가 알기로는 아버지께서 그 땅을

저당 잡혀 선거를 치르고 두 번째는 그 땅을 팔아 선거를 치르고 의원 활동비로 썼다.

도의원을 하면 지역구 경조사에 그냥 넘어갈 수가 없는 문제다. 제일 큰 게 경조사에 들어가는 비용이었다. 할아버지에게 물려받은 거라곤 선산과 그 땅뿐인데, 그게 사라진 것이다.

"살림을 이렇게 만들어 놓고 무슨 염치로 얼굴을 드나?"

어머니는 금세 현실을 직시하고 그걸 걱정하시는 모양이다.

그런가?

"사무실 나가거라. 혼자 좀 생각해야겠다."

어머니는 다시 돌아누웠다.

*14.

국정원에서 문자 메시지가 날아왔다.

간단하게 이희철 경정이라고 직급을 적고는 핸드폰 번호를 적어서 날렸다. 문자 메시지는 경황이 없어서 사무실에 나와서 확인을 했다. 그의 전화번호를 핸드폰의 연락처에 저장했다. 언제 긴박하게 써먹을 일이 일을지 모르는 일이다.

어머니가 걱정하시는 건 지극히 현실적이다.

어머니는 혼자가 편하겠다며 혼자 있고 싶어 했다. 점심시간이 가까워졌지만, 밥상을 차리라고 하고 반찬 투정을 할 경황이 아니었다.

죽은 줄 알았던 사람이 살아서 돌아온 것은 기쁜 일인데 염치가 없다는 것이 어머니의 생각이다. 어머니의 말씀을 듣고 어머니의 입장을 헤아리니 영 틀린 말은 아니다.

페르세우스도 가만히 생각하니 큰아버지에게 가장 가까운 가족은 바로 어머니와 자신이다. 가족 품에 안긴다면 분명히 집으로 들어오실 것이다.

집에 따로 빈방이 있는 것도 아니다. 어디에 모셔야 좋을지 모르겠다.

원룸이라도 얻어서 따로 사는 게 좋은가?

그 생각을 하다가 페르세우스는 금세 고개를 흔들었다. 그렇게 초라하게 여생을 보내게 해서는 절대 안 된다. 청춘에 이국땅으로 나가셨으니 고향을 얼마나 그리워하셨을까? 혹시 북에 가족은 있을까? 그럴지도 모른다.

둥지라는 언어가 떠올랐다.

큰아버지의 둥지?

그렇다. 날개를 접고 쉴 수 있는 안락한 둥지가 필요한 분이다.

그 점에 대해 고민한 결과, 아무래도 페르세우스는 자신이 쓰던 방을 큰아버지께 내주고 페르세우스가 거실을 사용하는 게 좋겠다 싶었다.

어머니와 큰아버지는 시숙과 제수씨 사이니 서로가 상당히 조심스러운 관계가 성립한다. 어머니나 큰아버지께서 거실을 사용하시면 자다가 화장실이라도 가게 될 경우 거실을 거쳐서 가니 서로가 상당히 부담스러울 것이다. 거실에서 자는 한이 있어도 큰아버지께서 살아 돌아온 게 다행이다. 그런데 그 오랜 기간, 북한에서 뭘 하셨을까? 베트남에서 포로가 되어 왜 북한으로 압송되지? 북한이 베트남전에 개입했었나?

페르세우스는 월남전에 대해서는 거의 문외한이다.

정확한 자료를 찾아보지 않은 것이다. 막연히 큰아버지가 전사한 전쟁이라는 것으로만 알고 있었다.

오후에는 인터넷으로 월남전에 관한 자료를 찾아보며 시간을 보냈다.

월남전에서 한국의 파병은 구 년간, 30만이 넘는 인원이 참전했다. 전사자가 오천 명이 넘었으며 실종자는 고작 네 명으로 기록되어 있다.

64년에 의무중대 파견을 시작으로, 65년부터는 맹호, 청룡부대를 파병하였고, 66년에는 백마부대의 파견으로 연인원 오만 명, 최대 30만 명을 파병하였다. 이 중 오천 명 이상의 사망자가 발생했으며, 만천 명 이상의 부상자와 네 명의 실종자, 그리고 참전용사 중 이후 만오천 명 이상이 고엽제 등으로 인한 후유증을 앓고 있는 참전 용사가 있다. 베트남에 군대를 파병하여 경제 발전에 필요한 외화수입이라는 막대한 경제적 이익과 한국전쟁 이후의 실제 전투 경험을 얻은 데 반해, 그 대가로 파병용사 중 많은 사망자가 발생했으며, 고엽제 등으로 인한 후유증을 앓고 있는 참전용사가 많다.

인터넷에는 베트남 파병을 이렇게 기술하고 있었다.

베트남전에서 북한이 참전했다는 내용은 어디에도 없었다. 전쟁포로가 되어 왜 하필 북으로 압송되었을까? 그건 의문이다.

그런데, 실종자 고작 네 명?

큰아버지는 사체를 못 찾았다면 전사자로 분류할 것이 아니라 실종자가 되어야만 했다. 국립현충원의 큰아버지 묘비 뒤에는 다른 사람의 뼛가루를 조금씩 모아서 묻었을 것으로 추정된다. DNA 검사고 뭐고 없었을 것이다. 당시의 상황이라면. 그럼 여태 누구의 묘소에 참배했다는 말인가?

실종자가 고작 네 명이다? 말이 안 된다.

이건 한참 후에 태어난 페르세우스가 생각해도 뭔가가 잘못된 수치다.

실종자나 적의 포로가 된 인원을 전사자에 합친 것이 분명하다. 월남전은 전선이 없는 정글의 게릴라전이라고 했으니 전사를 하더라도 시체를 찾기가 상당히 힘들었을 것이다. 그렇다면 국립현충원의 월남 참전용사 묘역에는 묘비 뒤에 정확히 제 시신이 묻힌 곳이 얼마나 될까?

그 이국의 어수선한 전선에서 제대로, 명확하게 구분 지어 전사자를 수송했겠는가?

당시의 열악한 수송 환경으로 미루어 긍정적인 시각으로 보기는 힘들다. 큰아버지는 생년월일을 따지니 전쟁 막바지에 파병된 것이다. 언론에 49년이라고 보도된 것은 큰아버지의 파병 일자를 기준으로 한 것일 터이다.

자료를 검색하는 중간중간에 큰아버지의 기사를 검색했지만 언제 포로가 되었다는 기사는 없다.

월남전 자료를 들추어보고 있던 저녁 무렵 안드로메다에게서 전화가 왔다.

오전과는 달리 페르세우스의 기분은 상당히 혼란스럽고 침울했다. 월남전 자료를 살펴본 까닭이었다.

"페르세우스여 안녕!"

전화를 받자 안드로메다는 발랄한 목소리로 인사를 던졌다. 그렇지 않아도 안드로메다에게 전화해야겠다고 생각하며 미루고 있던 참이었다. 어제 획득한 전리품의 처리문제에 대해 상의를 해야 한다.

"육군 중사 김지현이 인사를 올렸더니 돌아가신 분이 벌떡 일어나서 오셨다는 사실을 아세요?"

"아, 그런가요. 그렇지 않아도 전화를 하려던 참이었는데."

"무슨 일로? 데이트 신청인가요?"

안드로메다가 더욱 발랄해진 목소리로 물었다. 안드로메다의 전화를 받으니 심란했던 기분이 다소 풀리는 것 같았다.

"그렇게 생각하시면 영광이구요, 데이트 신청을 한다면 받아주시겠어요? 그게 아니라, 의뢰받은 사건을 어제 종료했거든요. 전리품을 어떻게 처리할까, 상의를 드리려구요. 그게 의뢰인에 대한 탐정의 마지막 절차죠. 계약금이라고 하기는 그렇고, 사건처리비라고 할까, 사례금도 받고 계약 해지를 해야 하지 않겠어요? 작전이 종료되었는데."

"벌써 마무리했어요?"

"예, 깔끔하게, 아주 깔끔하게."

"깔끔하게? 좋아요, 저녁에 병원 마치고 사무실로 가지요. 그리고 한 가지 사실을 덧붙이자면 데이트를 신청하면 받아 주지요. 언제든지. 페르세우스여, 잠시 동안 안녕!"

안드로메다는 발랄하게 그 말을 하고 전화를 끊었다. 데이트 신청을 언제든지 받아 준다? 안드로메다의 마지막 말을 떠올리며 페르세우스는 피식 웃었다. 기분이 좋아지는 청량제 구실을 톡톡히 하는 육군 중사다. 정말 USB에 어떤 사진이 들어있나 한번 볼까?

12일 다음 주 수요일!

그게 갑자기 페르세우스의 기억에서 살아났다.

12일 수요일.

거사를 강행하기로 작전을 세웠는데 이미 작전은 종료되고 임무는 끝이 났다. 그날은 광명 안과가 쉬는 날일 것이다. 아! 그런데 카메라가 몽땅 없어졌는데 천박한 예술가는 누드대회라고 참석을 할 것인가? 카메라를 급하게 구해서 참석할 수도 있다. 그렇게 청순가련형의 누드모델이 나온다고 했으니 오늘부터 당장 카메라를 구하러 다닐지도 모르겠다. 어쩌면 벌써 다음 주 수요일 병원이 쉰다고 간호사들과 예약된 환자에게 공고하지 않았을까?

모르겠다.

광명 안과에 전화해서 누드 촬영대회가 취소되었다고 할까?

그러면 단박에 용의자가 누구인지 짐작하게 되겠지. 고소함을 탐미하는 측면에서 그것도 괜찮은 발상인데?

그 생각을 하다가 페르세우스는 혼자서 중얼거렸다.

"작전이 종료되었는데, 긁어서 부스럼 만들지 말자."

가만히 다시 생각하니, 광명 안과는 오늘 난리가 났을 것이다. 보지 않아도 상황이 짐작이 간다. 환자의 진료기록이 몽땅 없어졌으니 눈이 아픈 환자에게 소화제를 처방하는, 상당히 재미있는 일이 생길지도 모른다. 그렇더라도 페르세우스는 모르는 일이고 책임이 없다. 고소하다.

USB가 못 견디게 궁금하지만, 열어볼 수는 없는 일이다.

안드로메다의 사진이라 더 궁금증이 작용하는 모양인데 그렇더라도 의뢰인의 부탁이니 열어보면 안 된다. 공과 사는 엄격히 구분해야 한다. 이상하게도 안드로메다의 사건을 마무리 지으니, 시원섭섭한 마음이 생긴다. 이런 기분은 무엇 때문에 생기는 것일까? 사건을 마무리하면 홀가분하고 시원해야 하는데 좀 섭섭하다. 이 사건을 마무리 지으면 안드로메다를 볼 수가 없다는 이유 때문일까?

모르겠다. 아무튼, 이런 기분은 처음이다.

안드로메다는 오는 게 더디다. 일곱 시에 안과 문을 닫는다고 했는데 안과가 있는 도시서 페르세우스의 사무실까지 한 시간이면 넉넉할 것인데 더디다.

거의 여덟 시가 되었다. 그동안 페르세우스는 자신이 뭐했나 짚어보고 깜짝 놀랐다. 인터넷으로 월남전을 뒤적거리며 오로지 안드로메다를 생각하며 떠올리고 기다린 것이다.

"내가 왜 이래? 의뢰인인데."

페르세우스는 또 중얼거렸다. 안드로메다가 가슴에 이렇게 깊숙이 자리하다니 가히 놀라운 일이 아닐 수 없다. 여자들에게 무관심하다고 생각했는데 이 기분은 무엇일까? 놀라운 변화다.

기자들은 유사 이래 처음 있는 일이라고 했다.

인터넷에 큰아버지의 기사는 그렇게 실려 있었다. 석간으로 나온 신문을 검색하니 보다 자세하게 나와 있었다. 기사는 월남전에서 포로가 되어 북송된 인물이 더 있을 것이라고 추측성 보도를 했다. 정부에서 발표한 실종자 수에 상당한 의혹이 있다고 보도했다. 페르세우스의 생각도 마찬가지다. 큰아버지가 그 실종자의 산증인이 되는 셈이다.

안드로메다가 사무실 문을 두드린 것은 석간으로 올라온 기사를 한참 보고 있을 때였다. 안드로메다가 사무실로 들어서는 것을 보고 시계를 보니 여덟 시 반이 넘었다. 안드로메다에게 넘길 물건은 책상 위에 있었다. 카메라가 세 대. 컴퓨터 몸체 그리고 USB였다.

"병원을 늦게 마쳤어요?"

"아니, 차가 엄청 밀렸어요. 고속도로에서 추돌사고가 있었나봐요. 오래 기다리셨어요? USB나 컴퓨터는 열어보지 않았겠지요?"

"공과 사는 분명해야 합니다. 의뢰인의 부탁인데 여부가 있겠습니까? 심히 궁금했지만, 인내력을 발휘했습니다. 조금만 늦었더라도 인계점을 넘어설 뻔했습니다. 보고 싶은 걸 참느라고 혼이 났죠."

그 말을 하며 책상 위에 있는 컴퓨터 몸통과 카메라를 안드로메다가 앉은 테이블로 옮겼다. 그리고 USB도 내밀었다. 그리고 페르세우스는 안드로메다의 맞은편에 앉았다.

"정말 억울함을 고소함으로 전환 시켜주시네요. 여기."

그 말을 하며 안드로메다는 들고 온 작은 가방에서 봉투를 하나 꺼내 탁자 위에 올려놓았다. 봉투가 제법 두툼했다. 역시 ATM기기에서 빼 온 현금인 모양이다.

"이걸 받기가 면구하네요. 그냥 억울함을 도와 드려도 되는데."

"현금 앞에서 그런 소리 하지 마세요. 신체의 모든 장기는 심장에 의존하고 심장은 지갑에 의존한다고 했어요. 공과 사는 역시 분명해야겠죠? 배고프지 않으세요? 나는 배가 고픈데."

힐책을 먼저 날린 안드로메다는 말을 돌리고 있었다. 저녁을 같이 먹자는 말일 것이다.

"이 물건은 포장해서 댁으로 택배로 보내 드릴까요? 그게 미덥겠죠?"

페르세우스가 물었다.

"아니, 그럴 필요 없어요. 제가 USB만 가져가고 이 물건은 알아서 처리하세요. 처리비를 따로 드려야 하나요?"

USB를 핸드백에 넣으며 안드로메다가 물었다.

"처리비? 당연하죠. 그걸 안 주시면 이 물건을 포장해서 내일 천박한 예술가에게 택배로 부치는 현상이 발생합니다. 하하."

페르세우스는 조금 과장되게 말했다. 그리고는 차분하게 제시

했다.

"처리비는 오늘 저녁을 사는 것으로 하지요. 어때요?"

"좋아요. 뭘 드시고 싶어요?"

"고기와 술이죠. 한 건 했는데."

"처리비를 내는 대신 절대로 카메라와 컴퓨터를 열어보시면 안 된다는 것을 약속하시죠. 그대로 포맷, 그다음은 알아서 하세요. 믿어도 되나요? 포맷!"

안드로메다는 그렇게 물으며 포맷이라는 말을 강조했다.

"고객에게 신뢰로 보답하는 사설탐정입니다. 가시죠!"

둘은 그 흔한 종이컵 커피도 마시지 않고 바로 일어섰다. 사무실 문단속을 하고 주차장으로 내려오니 장애물이 있었다. 장애물은 바로 안드로메다가 타고 온 빨간색 소형승용차였다. 차를 주차하기 어디가 좋을까? 순간적으로 고민하다가 어차피 술을 마실 바에는 집 부근으로 가는 게 좋겠다 싶었다.

"어디로 갈까요?"

안드로메다가 키를 들고 물었다.

"봉곡동 비둘기 아파트를 아시나요?"

안다고 했다. 그 비둘기 아파트 정문 앞에 가면 '한우와 함께'라는 식당이 있노라고 했다. 한우를 전문으로 취급하는 집인데, 안드로메다는 들어본 것 같다고 했다.

"거기서 만나죠. 어때요? 음식값이 좀 비싸긴 하지만 맛이 진한 집이에요."

안드로메다는 좋다고 하면서 차 문을 열었다. 차에 앉는 안드로메다를 보고 페르세우스는 거수경례를 척 붙였다.

"육군 병장 설병장! 거기서 뵙겠습니다. 충성!"

승용차 두 대가 골목을 빠져나와 큰길 다른 차량과 합류했다.

페르세우스는 어머니를 떠올렸다. 저녁을 잡수시지 않고 기다리실 것이다. 운전하면서 전화를 했더니 역시나, 어머니는 힘이 없는 목소리로 말했다.

"네가 안 들어왔는데 혼자서 무슨 입맛으로 저녁을 먹니?"

"어머니! 아파트단지 앞에 있는 한우와 함께, 라는 식당을 아시죠?"

어머니는 쇠고기 전문점이라며 안다고 했다.

"십 분 후에 그리로 나오세요. 오랜만에 아주 맛있는 고기를 사드릴게요." 어머니는, 그 집 비싼데? 네가 무슨 돈이 있느냐며 힐책하면서도 알겠다고 했다. 페르세우스는 쾌재를 부르며 힘주어 핸들을 잡았다.

*15.

미용실 주선미 누나에게서 전화가 왔다.

사무실에 나가 계단과 현관 청소를 마치고 막 올라온 아침나절이었다.

주선미 누나는 마땅한 일이 있어서가 아니라 어떻게 지내는지 궁금해서 한 전화라는 점을 강조했지만 무슨 정보가 없나, 파악하려고 전화를 한 티가 역력했다. 말하자면 일종의 독촉 전화인 셈이다.

"아, 누나 다른 급한 사건이 있어서 좀 바빴어요. 이제 누나건을 파악하려는 중이에요."

페르세우스는 그렇게 둘러대고 물었다.

"몰래카메라가 없어진 것에 대해서는 뭐라고 묻지 않던가요?"

"내가 먼저 말했지. 형광등이 갑자기 떨어져서 전기수리공을 불러서 갈았다고."

"호 그래요? 그랬더니 표정이 어땠어요?"

"완전히 똥 씹은 표정이었지. 호호호. 참 고소하더라."

그 고소함만으로도 본전은 이미 건진 셈이라면서 일을 추진하는데, 돈이 필요하면 언제든지 연락하라는 말을 먼저 하고는, 머리를 자르러 한번 들르라는 인사말을 하고는 끊었다.

누나는, 잘 생긴 총각과 아침부터 통화했으니 오늘 일은 잘 풀릴 거라는 덕담까지 여유를 부렸지만, 페르세우스에겐 심리적으로 부담이다.

김종칠이라고 했다. 주선미 누나의 남편 이름이었다. 그가 무슨 꿍꿍이를 지니고 있는지 그걸 알아내야 한다.

보험은 얼마나 넣었을까?

우선 그 보험을 얼마나 넣었는지 알아야 답이 나오고 김종칠의 머릿속에 뭐가 들어있는지 감이 잡힐 것이다.

보험이 누구 앞으로 얼마나 들었는지 알아봐야 한다. 그걸 총체적으로 파악해야 하는데 어느 보험회사인지 알 길이 없었다. 주민등록번호야 있지만 그걸 들고 각 보험회사를 무작정 다닐 수는 없었다. 그렇게 찾아가더라도 본인이 아닌 이상 가르쳐 줄리가 만무다.

어떻게 알아내지?

그 고민을 하고 있을 때 안드로메다로부터 전화가 왔다.

안드로메다의 전화라 반가웠지만 시침을 떼고 냉랭한 목소리로 물었다.

"웬일이에요? 일은 완전히 끝났는데?"

페르세우스는 무슨 일인가 싶어 물었다. 광명 안과의 용의자로 지목되었을지도 모른다는 불길한 생각이 문득 들었다.

"AS 같은 건 없나요? 기분이 깔끔하지 못한데?"

대답하는 걸 보니 그건 아닌 것 같다.

"왜 기분이 깔끔하지 못하실까?"

"사람이 뭐 그래요?"

이게 무슨 소리야? 이번엔 안드로메다가 뜬금없이 힐책을 날렸다.

무엇 때문에 그러는지는 모르겠으나 이럴 때가 제일 예쁘다.

\#

에티오피아의 왕 케페우스는 페르세우스가 안드로메다를 괴물로부터 구한 것을 자축하며 안드로메다와의 결혼식에 많은 사람을 불러놓고 연회를 베풀었다. 굉장한 잔치였다. 그런데 안드로메다는 왕의 동생 피네우스(Phineus)와 이미 약혼한 사이였다. 괴물이 시시각각으로 안드로메다에게 다가오는 터라 케페우스는 페르세우스에게 그 사실을 설명할 시간이 없었기에 페르세우스는 그 사실을 모르고 있었다. 한창 결혼식 피로연이 무르익고 있는데 갑자기 피네우스가 많은 부하를 데리고 나타났다. 그는 다짜고짜 형 케페우스 왕에게 안드로메다를 내놓으라고 요구했다. 왕은 동생의 기세에 눌려 한 마디도 대꾸하지도 못하고 슬며시 자리를 피했다.

페르세우스가 자기편으로 생각한 에티오피아인들의 수를 헤아려보니 피네우스의 부하들과 비교해 상대도 안 될 정도로 아주 열세였다. 페르세우스는 자기편을 향해 재빨리, 우리 편은 모두 눈을 감으시오! 라고 외치면서 자루에서 메두사의 머리를 꺼내 높이 쳐들었다. 페르세우스도 물론 눈을 감은 상태였다. 엉겁결에 메두사의 머리를 본 피네우스와 그의 부하들은 모두 갑자기 돌로 변해버렸다.

#

전화를 받으면서 페르세우스는 순간적으로 안드로메다의 결혼식 장면을 상상했다. 통쾌한 장면이다.

안드로메다는 힐책을 날리거나 살짝 삐칠 때가 가장 예쁘다. 지금 바로 그 표정을 짓고 있는 게 아니겠는가? 페르세우스는 전화로 힐책하는 그녀의 표정이 궁금했다.

안드로메다는 어제 저녁의 일을 물고 늘어졌다.

어머니를 식당으로 불러낼 것이면 사전에 언질이라도 주지, 민망해서 혼이 났다는 것이다. 차림도 어색하고 마음의 준비도 안 되었는데 갑자기 어머니가 나타나는 바람에 몸 둘 바를 모르고 혼이 났다는 것이었다.

"초면인데 그렇게 선보이는 법이 어디 있어요?"

"선을 본 게 아닌데요? 배가 고픈 사람끼리 같이 고기를 먹은 거지."

"하여튼, 남자들은 이렇게 엉뚱하다니까, 어머니 눈치 못 보셨어요?"

"어머니 눈치가 어때서요?"

"눈치 없기는, 그런 눈치로 어떻게 탐정을 해요? 그건 그렇고 카메라하고 컴퓨터는 포맷을 다 했나요?"

포맷? 지금 막 하려던 참이라고 둘러댔다.

"다음부터 어머니를 불러내려면 사전에 언질을 주세요. 사람 민망하지 않게 마음의 준비라도 하게."

이 육군 중사가 무슨 엉뚱한 이야기를 하는 거야? 다음이 어디 있어? 사건 의뢰가 완전히 종결되었는데? 그런 생각을 하며 페르세우스는 딴지를 걸지 않고 알았다고 했다. 오전 시간인데 병원이 한가한가 보다. 전화를 끊으려는 찰나, 페르세우스는 혹시 싶어서 물고 늘어졌다.

"혹시 아는 사람 중에 보험회사에 근무하는 사람 없어요?"

"왜요?"

좀 쌀쌀맞게 그렇게 되묻는 데는 아는 사람이 있다는 의미를 내포하고 있다.

그걸 단박에 감 잡았다.

"의뢰가 들어온 사건 중에서 보험에 관련된 사건이 있어서 뭘 좀 물어보려고요. 아주 간단한 거예요."

있다고 했다. 친구 중에 어느 생명보험에서 영업팀장을 하는 친구가 있다고 했다. 페르세우스는 잽싸게 소개 좀 부탁한다고 했다. 안드로메다는 당장 급하냐고 물었다.

그럼 당장 급하지.

그렇다고 했더니 잠시 기다리라고 하고는, 그 친구에게 먼저 연락을 해보고 금세 연락을 주겠다며 전화를 끊었다. 병원이 바쁘지 않은 모양이네. 그런 생각을 하며 기다리고 있으니 무슨 생명의 영업팀장 핸드폰 번호 하나가 문자 메시지로 날아왔다. 보낸 이는 안드로메다였다.

참 엉뚱한 육군 중사네.

소개를 부탁했는데 이렇게 전화번호만 주면 어떻게 해? 무슨 관계인지도 모르고 불쑥 전화해서 안드로메다를 팔아? 문자만 날리고는 이렇다 할 설명이 없었다.

어떻게 하라는 얘기야?

그런 생각을 하고 있는데 안드로메다에게서 전화가 왔다. 병원에 환자가 와서 조금 늦었다고 하면서 미안하다고 했다. 전혀 미안해할 일이 아닌데?

어느 보험회사에 있는 절친한 친구인데, 지금 외근하는 외판원 아줌마들을 담당하는 영업팀장이라고 했다. 그녀는 상당한 미모의 소유자인데 한눈을 팔지 않기로 약속을 하면 소개해 주겠노라고 했다.

뭐야? 말만 들어도 황홀한 조건이네?

페르세우스는 아무리 출중한 미모의 소유자라고 해도 안드로메다에 비교할 여자가 어디 있겠느냐며 너스레를 떨었다.

절대로 한눈을 팔지 않는다고 약속하라는 말을 다시 했다. 믿지 않은 조건이었다. 먼저 병원이 한가하느냐 물었더니 지금 접수를 맡아서 보고 있는데 조용한 시간이라고 했다. 그러면서 친구에게 먼저 전화를 해서 사정을 얘기하고 그녀가 페르세우스에게 먼저 전화하도록 할 터이니 통화를 해서 찾아가거나 약속을 잡으라고 했다. 그러면서 환자가 왔다고 갑자기 목소리를 낮추어 이야기하고는 먼저 끊었다.

기다려야 한다.

잘하면 김종칠이 가입한 모든 보험 내용을 한꺼번에 알아낼 수도 있다. 안드로메다의 친구가 다니는 보험회사뿐만 아니라 다른 보험회사 내용도 알아낼 수 있을지도 모른다. 그럴 수도 있다. 보험회사는 그런 정보는 공동 전산망을 가지고 있을 것이다. 자동차보험에 가입해 보니 옛날에 어느 보험회사에 가입했고, 사고 이력이 있는지 없는지 단박에 파악되는 걸 보니 분명 공동 전산망을 가지고 있을 것이다.

"안녕하세요. 주현이 친구 김가희라고 해요."

전화가 온 것은 한참 후였다. 기다리다가 지겨워 탁자 위의 천박한 예술가의 카메라를 포맷하고 있을 때였다.

주현이? 주현이가 누구더라? 아, 안드로메다의 이름이 김주현이었지. 육군 중사 김주현.

얼른 기억하고 반갑다고 했다.

김가희라는 여자는 보험에 관하여 무엇이 알고 싶으냐고 물었다.

어느 작자가 무슨 꿍꿍이로 생명보험을 왕창 넣었지 싶은데 그걸 알고 싶다고 했더니, 그럼 밖에서 만나면 전산이 없어 곤란하고 사무실로 시간을 내서 들르라고 했다.

사무실의 위치를 설명하는데 어디인지 단박에 알 수가 있었다.

페르세우스는 다른 보험회사에 가입한 것도 전산에 뜨느냐고 물었다. 대답은, 당연하죠, 중복가입과 보험사기를 막기 위해서 공동 전산망을 갖추고 있단다. 일단 그걸 알면 김종칠의 저의가 무엇인지 풀릴 것이다. 페르세우스는 지금 출발하면 십오 분 정도가 걸릴 터인데 바로 가겠노라고 했다. 김가희는 그러라면서 기다리겠노라고 했다. 목소리로 미루어 굉장히 털털한 성격의 소유지이지 싶었다.

페르세우스는 냉큼 자리에서 일어났다.

서둘러 계단을 내려가면서 전화를 한 통 받았다. 집에 좀도둑이 자꾸 드는데, 고등학교에 다니는 이웃집 아이의 소행으로 간주되는데 경찰에서는 그저 조심하라는 말만 한다고 좋은 방법이 없느냐고 물었다. 페르세우스는 계단을 내려가며 집에 CCTV가 있느냐고 물었다. 없다고 했다. CCTV를 우선 달고, 달았다고 소문만 내면 그런 일이 없어질 거라고 하고 전화를 끊었다.

바쁘다.

"주현이 말마따나 정말 잘 생기셨네요. 설강진 의원님의 아드님이시라고요?"

김가희는 넓은 사무실을 차지한 큼지막한 책상 앞에 혼자 앉아 있었다. 사무실에는 빈 책상이 여러 개 있었다. 아마도 외근을 하는 영업사원들의 책상인 모양이다.

"그런 얘기도 했었어요?"

김가희가 말한 건물은 쉽게 찾을 수가 있었다. 시네마21이 있는 건물이라 몇 번 와 본 건물이었는데 11층과 12층을 한 보험회사에서 쓰고 있었다. 이 건물에 보험회사 사무실이 있다는 것은 몰랐다.

"주현이가 자기가 점 찍었으니 절대로 넘보지 말라고 하던데요? 호호호. 얼굴 빨개지는 거 좀 봐. 순진하시기는, 주현이가 그렇게 마음에 드세요?"

페르세우스는 대답하지 않았다. 놀리는 모양새 같았지만 안드로메다를 들먹이니 기분이 나쁘지는 않았다.

보험회사의 영업팀장이라 그런지 낯가림이 없었다. 그것도 영업전략의 처세 중에서 하나일 터였다. 일단 말을 꺼내기는 편했다.

"커피라도 하시겠어요?"

김가희가 자리에서 일어나며 물었다.

"전 보험에 관심이 있거나, 가입하러 온 게 아닌데요. 손님이 아니라는 얘기죠."

"지금은 그래도 미래의 고객이 될 수가 있는 문제이죠. 미래 고객이 최우선이죠. 경찰서에서 자료 제출을 요구하는 경우는 보았으나 사설탐정이 직접 오는 건 처음이네요. 일단 앉으세요."

김가희는 응접 소파를 권하면서 앉으라고 했다. 페르세우스가 자리에 앉자 김가희는 사무실에 있는 커튼 뒤로 들어가 금세 커피를 내왔다.

"어떤 게 궁금하신가요?"

마주 앉은 김가희가 자상하고 친절하게 물었다. 과히 상당한 미모였다. 안드로메다의 말이 무리는 아니었다.

남의 보험인데 어디에 얼마를 들었는지 알 수 있느냐고 물었다. 잘못하면 청부살인으로 이어질 수도 있는 문제라고 했다.

"청부살인? 호호호. 그런 일도 가끔은 있기는 있지요. 하지만 그런 의도가 깔려있다면 보험에 가입할 적에 단박에 알아요. 수입과 비교해서 과도한 보험료를 내는 보험이나 전 재산을 보상받을 정도의 화재보험이나, 표시가 납니다. 그런데 알려면 가입자의 주민등록번호를 알아야 하는데?"

페르세우스는 냉큼 다이어리를 뒤져 김종칠의 주소와 전화번호가 적힌 페이지를 펼쳤다. 김가희는 그것을 들여다보더니 잠깐만요, 하고는 옮겨적을 사이도 없이 다이어리를 들고 컴퓨터가 있는 제 책상으로 갔다.

커피가 굉장히 진했다.

커피잔에 인쇄된 그림이 인상적이었다. 곰이 물구나무를 서서 공을 차는 그림이었다.

"보험을 많이 넣었네요. 그런데 주선미가 누군지 아세요?"

드디어 뭔가가 감이 잡히는 모양이다. 그럼 그렇지.

페르세우스는 얼른 주선미는 바로 김종칠의 아내이며, 머지않아 청부살인이 될 위인이라고 했다.

"호호호. 청부살인의 의도는 안 보이고, 오히려 자상한 남편으로 보이는데요?"

"그걸 어떻게 알 수가 있습니까?"

피보험자 내용을 보면 알 수가 있단다. 보험을 넣은 사람이 다치거나 사망을 할 시에 보험금을 받을 자격이 있는 자의 이름을 보면 알 수가 있단다. 컴퓨터에 눈길을 주고 김가희가 대수롭지 않게 말했다.

"제가 프린트를 해서 설명해 드릴게요."

프린트는 금세 되었다. 인쇄기에서 그걸 들고 김가희가 다시 맞은 편에 앉았다. 보험을 얼마나 넣었는지 얼른 봐도 내용이 A4용지 한 장 가득했다. 어느 회사를 가리지 않고 내용은 통합으로 가입한 날 순서대로 나와 있었다.

"생명보험이 열네 건이네요. 그런데 이것 보세요."

내용은 일목요연하게 정리가 되어 출력되어 있었다. 김가희가 설명했다. 볼펜으로 동그라미를 쳐가며 하나하나 설명했는데, 보험료가 많이 들어가는 것이 고작 십오만 원을 넘기지 않는다. 거의 생명보험이나 상해보험인데 가입자 자신이 피보험자로 되어 있다. 피보험자가 다치거나 사망할 시에 보험료를 청구할 수 있는 자가 청구권자인데, 청구권자에는 모두가 주선미였다. 단 하나만 그 반대로 되어있는데 보험금은 고작 삼만이천 원이 들어가는 것이었다. 주선미가 죽으면 김종칠이 받는 보험은 고작 하나뿐인데 그 금액도 미미한 것이었다. 페르세우스는 눈을 의심했지만, 찬찬히 살펴보니 그랬다. 내용을 받아 김가희의 설명을 들으니 그랬다.

"이런 경우는 청부살인을 의심하기보다는 사업하시는 분들이, 사업상 보험 외판원을 많이 알고 있으면 부탁을 거절하기 힘들어서, 실적을 올려주기 위해 넣어주는 경우가 대부분이죠."

가만히 보니 이 나라에서 이름있는 보험회사는 전부가 다 그 이름이 실려 있었다.

우리나라에 보험회사가 이렇게 많나?

보험설계사 한 사람에게 넣은 것이 아니란 이야기다. 김가희의 말로는 보험설계사 한 사람에게 넣은 것이라면 서로의 부정한 관계를 의심할 수도 있지만 그런 경우도 아니라고 했다.

김가희에게 프린트를 다시 한 장 부탁한다고 했다. 이미 프린트는 설명하면서 볼펜으로 동그라미를 수없이 쳐서 알아보기가 힘들었다.

프린트를 실행하면서 김가희가 페르세우스를 보고 말했다.

"사설탐정님! 헛다리 짚었어요. 어쩌죠? 실망을 안겨드려서?"

"아니죠. 다행입니다. 인류가 이런 일로 망하진 않을 모양입니다."

그 말에 김가희가 씽끗 웃었다. 치열이 가지런한 게 예뻤다.

*16.

페르세우스는 사무실로 돌아와 김종칠이 넣었다는 보험의 내용과 가입한 날짜를 찬찬히 훑어보았다.

가입한 날짜 순서대로 나열되어 있었다.

물론 김가희가 다니는 보험회사의 건도 두 개나 있었다. 가장 먼저 넣은 것이 대략 육 년 전쯤이다. 그렇다면 전부 결혼하고 넣은 것이 분명하다. 김종칠 자신의 생명보험이다.

이상한 점이라면 거의 열 달을 주기로 보험에 두 개씩 가입했다는 점이다. 보험 만기일도 표시가 되어있는데 이십 년, 긴 것은 삼십 년 형인데 거의 장기보험이다. 매월 납부금도 미미한 금액이었다. 자신이 죽거나 다쳤을 경우, 보험금을 청구하고 받는 사람은 전부가 선미 누나의 이름으로 되어있다. 전혀 이상한 게 없다. 아무리 봐도 청부살인의 계획은 보이지 않았다. 오히려 선미 누나가 거꾸로 오해를 하는 게 아닐까?

그럴 수도 있다.

김종칠에게 직접 물어보는 방법은 어떨까?

김종칠의 전화번호가 핸드폰 어딘가에 들어있을 것이다.

일단 여기까지 알았으니 그건 시간을 두고 생각하고, 여태 탁자 위에 얹혀있는 카메라를 포맷시켜야겠다. 빨리 포맷을 시켜야 사진이 궁금하지 않을 것이다. 카메라에 든 사진 내용이 궁금해서 다른 일에 집중할 수가 없는 지경이었다.

카메라는 페르세우스가 처음 만져보는 고가의 카메라였다.

자세히 보니 디지털이 두 대, 필름이 들어가는 것이 한 대였다. 요즘에 필름이 들어가는 카메라를 지니고 있었다니, 천박한 예술 가지만 광은 광인 모양이다.

필름이 들어가는 이런 카메라가 있었으니 암실이 필요했겠지.

먼저 필름이 들어가는 카메라를 열어 보니 필름이 그대로 꽂혀 있었다. 암실이 아닌 곳에서 뒤의 뚜껑을 열었으니 이미 필름은 다 탔을 것이다. 필름을 빼서 주르르 빼보았다. 역시 육안으로는 알아볼 수가 없는 필름이 되어있었다. 다음은 디지털카메라다. 사진은 한 장, 한 장 클릭해서 지우는 방식이다. 클릭한 사진을 지우고, 또 클릭해서 지우고, 상당히 더디다.

김종칠에게 보험회사 외판사원을 가장해 전화하면 어떨까?

손으로는 사진을 포맷하고 있지만, 페르세우스의 머리는 김종칠의 영역을 뒤지고 있었다.

행복을 디자인하는 설계사라고 하면서 전화를 하면 어떨까? 신상품이 나와서 우수고객을 골라 전화한다고, 한정 가입이라 먼저 알려 준다고 접근하면 어떨까? 한정 상품? 보험에 그런 상품이 있기나 할까? 아니면 경찰서인데 보험사기 관계로 알아볼 게 있다고 전화를 하면 의중을 파악할 수 있을까?

경찰서? 그건 말도 안 돼.

페르세우스는 사진을 지우면서 계속 김종칠 생각에 말렸다.

사진을 클릭해서 지우면 건성이지만 사진을 안 볼 수가 없다. 지우면서 보니 중간중간에 누드로 보이는 것도 있었다. 그러나 자세히 보지 않고 지웠다. 한꺼번에 포맷시키는 방법이 있을 터인데 그 기능을 찾지 못하겠다. 그렇다고 카메라 전문점에 들고 갈 수도 없는 노릇이다. 어쩌면 이 소도시에서 카메라 전문점이라면 이 카메라가 누구의 카메라인지 알 수도 있는 문제다.

열 달?

열 달이면 임산부가 임신해서 출산하는 기간이다.

보험을 계약하는데 왜 하필 열 달을 주기로 잡았을까? 임신 기간과 관계가 있는 것이 아닐까?

거기서 생각을 멈추고 카메라를 놓고 책상 위의 보험 내용을 다시 살폈다.

날짜를 보며 계산하니 거의 열 달을 주기로 넣은 것이다. 혹시 불임의 보상심리로 보험을 선택한 게 아닐까? 마지막으로 넣은 게 한국생명이라는 보험회사에 가입한 것인데 올해 가입한 것이다. 주선미 누나의 생명을 담보로 한 보험을 살폈다. 그것도 미미한 액수의 보험금에서 혐의를 찾을 수는 없었다.

모르겠다.

주선미 누나가 오해한 것으로밖에는 보이지 않는다.

그럴 수도 있다. 충분히, 그럴 수도 있다. 불임에 대한 과대망상은 김종칠이 아니라 주선미 누나일 수도 있는 일이다.

이걸 주선미 누나에게 그대로 던져주고 알아서 해석하라고 하면 어떨까?

아무래도 주선미 누나는 김종칠의 아기를, 임신해야 할 주인공이니 생리 주기나 부부관계횟수, 그 날짜를 짚어보면 이 문제는 의외로 쉽게 해석할 수도 있다. 아니다. 주선미 누나를 찾아가서 이 보험 내용을 보며 상의를 하더라도, 주저하지 않고 부부관계나 임신주기 여부에 대해 솔직하고 털털하게 말을 해줄 성격이다.

주선미 누나와 그렇게 대화를 하며 머리를 맞대면 김종칠의 의중을 유추할 수가 있겠다.

주선미 누나는 지금 바쁜 시간일까?

어라? 시계를 보니 점심시간이 훌쩍 넘었다.

점심시간이 넘었지만, 배가 고프지 않다. 구태여 집에 밥을 먹으러 들어가기도 귀찮은 지경이다.

점심시간이 지났는데 어머니는 어떡하고 계실까?

큰아버지의 소식을 접하고부터 어머니는 말수가 줄었다. 페르세우스도 큰아버지에 대해서는 입을 다물고 있었다. 집에서 큰아버지의 얘기를 꺼내는 건 묵언의 금기처럼 여겨졌다. 이상한 일이다. 어머니는 염치가 없다고, 염치를 들먹였지만, 페르세우스는 기대가 된다.

어머니께 전화를 걸었다.

기다리다가 들어오지 않을 것 같아서 밥 한 숟갈을 물에 말아서 점심을 때웠노라고 했다.

아. 적막하고 호젓한 어머니의 식욕이여!

어머니의 식욕을 생각하면 슬픈 일이다. 가능하다면 밥을 같이 먹어야 한다.

페르세우스는 그 사실을 다시 실감하고 새겼다.

내가 왜, 뭘 하느라고 점심시간을 놓쳤을까?

식욕은 없지만, 점심을 때워야 한다.

뭘 먹지?

도립도서관 옆 롯데리아에서 햄버거와 콜라로 늦은 점심을 때우고 그 자리에 앉아 주선미 누나에게 전화를 걸었다. 봄날의 햇살이 창으로 들어오는 가게는 안락했고 다른 손님도 없이 조용했다. 사무실보다 통화하고 생각하기에 나은 공간이다. 주선미 누나는 컬컬한 목소리로 어이, 동생! 하면서 전화를 받았다.

오후에 시간이 어떠냐고 물었다.

항상 넘치는 게 시간이라고 했다. 언제든지 시간에 개의치 말고 미용실로 오면 된다고 했다. 그 말을 하면서 오면 머리를 다듬어 주겠다는 말을 덧붙였다. 정말 잔정이 많은 아줌마다.

오후에는 보험 가입 내용을 들고 미용실에 가야겠다. 그게 나을 것이다. 주선미 누나에게 그걸 보여주면서 간략하게 설명하면 의외로 쉽게 답을 스스로 찾을 수 있는 문제이고, 머리를 맞대고 풀어보면 누구의 오해인지 실마리가 풀릴 일이다.

이거 사건이 의외로 허무하게 끝나는 게 아닌가?

사설탐정으로서의 포지션이 답답한 실정이다.

그렇더라도 사실이 그랬으면 좋겠다. 의뢰사건이 허무하게 끝났으면 좋겠다. 주선미 누나의 가정이 파탄 나지 않고 행복하게, 모름지기 행복하게 살았으면 하는 바람이다. 그게 페르세우스의 솔직한 심정이다. 주선미 누나의 건은 좀 더 생각해보자.

롯데리아를 나와서 사무실로 걸어서 오고 있을 적에 전화가 한 통 왔다. 의뢰인이었다. 지금도 쓰나미의 해평넷과 후배의 벼룩시장에는 그대로 사설탐정 광고가 나가는 모양이다. 의뢰인은 역시 바람난 남편의 뒷조사를 부탁한다는 것이었다. 분명 뭔가가 있다는 것이었다. 사무실 위치를 알려주고 들르면 자세히 상담을 하겠노라고 했다. 가만히 보니 들어오는 의뢰인 칠할 정도가 그런 불륜관계를 의뢰하는 건이었다. 뭐, 흥미를 갖고 일할 만한 참신한 사건이 없나? 그 전화를 끊고 나니 금세 전화가 또 왔다.

국정원이라고 했다.

국정원이라는 말에 난데없이 소름이 끼치고 머리가 쭈뼛 섰다. 이건 장난 전화가 아니다.

페르세우스는 바짝 긴장하며 전화를 받았다.

페르세우스의 이름을 말하며 본인이 맞느냐고 했다. 그렇다고 했더니 큰아버지 조사가 끝나서 가족 품으로 돌아가게 되었으니 내일 오전 10시까지 와서 모셔가라는 통보였다. 벌써 조사가 끝났느냐고 물으니 조사할 게 없다고 했다. 알겠다고 하고는 끊었다. 전화를 끊고 생각하니 국정원의 위치를 물어보지 못했다. 그거야 국정원 홈페이지에 들어가서 확인하면 되겠지.

사무실로 들어와서 인터넷을 켜고 국정원 홈페이지에 들어가니 특수기관이라 그런지 위치가 나와 있지 않았다. 다른 홈페이지에는 있는 '찾아오시는 길!'에 씌어 있는 위치나 약도가 있는 코너는 없었다.

국정원이 어디에 붙은 거야?

궁리하다가 국정원에 파견 나가 있다는 이희철 경정을 떠올렸다. 핸드폰을 뒤져 그에게 전화했다. 그에게 누구라는 걸 밝히려면 또 아버지 성함을 거론해야 했다. 이희철 경정은 자상했다. 해평시에서 올라오느냐고 물었다. 그렇다고 했더니, 가능하면 승용차를 이용하지 말고 기차를 이용해서 지하철을 타는 것이 편리하단다. 서울역에서 몇 호선을 타고 어디에 내려서 갈아타고 어디에 내리라고 했다.

그의 설명을 들어보니 페르세우스는 대충 어디쯤인지 감이 잡힌다.

그의 자상함에 고맙다고 하고는 전화를 끊고 보험 내용인 인쇄된 용지를 챙기고 노트북을 챙겨 집으로 들어갔다. 어머니에게 사실을 알리고 큰아버지를 맞이할 수 있도록 집을 정리하고 준비를 먼저 해야만 했다.

집에 들어가서 내일 큰아버지를 모시러 가야 한다고 어머니께 말씀드렸더니 어머니는 한숨을 먼저 쉬었다. 페르세우스는 한숨을 쉬는 어머니를 안아드렸다.

"어머니 현실을 받아들이세요. 제가 알아서 할게요. 내일 같이 가시기만 하면 돼요."

페르세우스는 자신의 방에 있는 책상과 침대를 거실로 꺼냈다. 보다 못한 어머니가 거들기는 했지만, 거의 혼잣손으로 했다. 작은 줄만 알았던 거실인데 그런 물건들을 꺼내고 거실을 정리하니 그래도 공간이 남았다. 궁리하다가 작은 옷장도 마저 꺼내 거실에 배치했다. 그래도 거실에는 텔레비전을 보며 앉아서 차를 마실 공간은 있었다.

"어머니! 집이 자꾸 늘어지네요. 쇼핑가요!"

"무슨 쇼핑?"

어머니가 의아해하는 목소리로 물었다.

침대 하나와 작은 옷장 하나. 그리고 이불을 사야만 했다. 어머니는 말을 하지 않았지만, 경제적인 걱정을 했다. 페르세우스는 그거 얼마 하지도 않을 거라며 노트북 가방에서 안드로메다에게 받은 봉투를 그대로 어머니께 내밀었다.

어머니는 말없이 받았지만 웬 돈이냐, 하는 눈치였다.

"어머니 제가 명색이 사설탐정인데 벌어야죠. 어머니께서 깎고 어머니께서 계산하세요. 현금이니 깎아야 하겠지요? 많이 깎으세요. 물건은 자고로 깎고 흥정하는 재미로 사는 거죠."

페르세우스는 유쾌함으로 가장했다.

가장이 아니라 속을 그대로 드러낸 것이다.

어머니는 애가 타는지 모르지만, 페르세우스는 기대가 된다.

어머니를 태우고 나와 먼저 이불가게에 들렀다. 겨울 이불은 보관하기가 그러니 다음에 사기로 하고 계절에 맞는 이불과 요, 베개 등속을 어머니는 재질과 디자인을 보고 꼼꼼하게 따져 샀다. 어머니는 힘이 없어 보였지만 흥정을 할 때는 활기가 넘쳤다.

페르세우스가 한 일이라곤 산 물건을 뒷좌석에 싣는 정도였다.

그다음에 들른 곳이 바로 옆의 가구점이었다. 적당한 싱글침대를 하나 주문하고 원목으로 된 옷장을 하나 골랐다. 전적으로 어머니께서 고른 것이다. 그리고 깎았다. 흥정이 원만하게 끝이 나니 여기에 있는 것은 전시용이고 물건은 창고 있으니 금세 집으로 배달을 해주고 설치까지 해준다고 했다. 페르세우스는 조금 바쁘다고 했더니 바로 따라갈 것이라고 했다.

안드로메다가 과하게 넣었는지 어머니께서 잘 깎았는지 물건 대금을 다 지급하고도 봉투에 현금이 두툼하게 남았다. 어머니는 그 봉투를 페르세우스에게 내밀었지만, 페르세우스는 어머니께서 접수하시라고 다시 밀었다.

아파트와 동 호수를 알려주고 집으로 들어와 있으니 금세 가구점에서 배달이 왔다. 배달온 가구점 점원을 도와 침대와 옷장을 제 자리에 정리하고 나니 어머니는 커튼을 들먹이셨다. 페르세우스는 그건 어머니께서 알아서 하시라고 어머니께 미루었다. 어머니 표정이 좀 풀리는 것 같아 안심이었다. 새로 꾸민 방을 둘러보니 생각보다 아담했다. 노인 혼자 거처하기에는 불편함이 없어 보였다. 아늑한 둥지가 되었다.

정리를 마치고 청소를 마치자 해는 이미 기운 상태였다. 다시 사무실에 나가려고 마음을 먹었으나 늦었다. 다음날 10시까지 국정원에 가려면 기차표는 미리 준비해야 했다. 모바일 예매를 하려고 핸드폰을 드는 순간, 벨이 울렸다. 미용실 주선미 누나였다. 오후 내내 기다렸다는 것이다.

"알았어요. 뭘 좀 조사하느라고, 누나! 십 분 후에 미용실로 갈게요."

그 말을 하고 전화를 끊으니 어머니는 늦은 시간에 어디를 가느냐고 물었다.

"어머니? 사설탐정이 밤낮이 있나요? 업무차 나가는 거예요."

노트북 가방을 챙겨 들고 집을 나섰다. 아무래도 주선미 누나에게 보험의 종류와 수령인을 설명하고 해석하라고 해야 할 일이다.

형곡동 고개를 넘어서다가 차를 갓길에 세웠다. 김종칠과 통화를 해보는 게 낫겠다. 전화해서 보험외판원이라고 하면 믿지는 거야 없다. 차의 오디오 볼륨을 낮추고 전화번호를 찾았다.

김종칠은 번개 익스프레스라는 상호를 거론하며 전화를 받았다. 생각보다 굵직한 목소리였다. 페르세우스는 보험회사 직원이라며 인사를 했다. 새로 나온 상품이 있는데 우수고객에게 먼저 연락하는 차원에서 전화했다고 둘러댔다.

"아이고, 보험? 말도 하지 마시오. 너무 많이 들어 허리가 휘청거리는구만! 보험? 소리만 들어도 옆구리가 결리는구먼!"

왜 보상이 별로 좋지도 않은 보험을 많이 넣었느냐고 묻자, 불쌍한 마누라를 생각하고 넣었다가 보험료 내느라 개고생을 한다고 투박하게 말했다. 페르세우스는 잽싸게 그 말을 붙들고 그럼 자녀 교육보험도 좋은 상품이 있는데 어떻게 생각하느냐고 넘겨짚어 물었다.

"미안하지만, 아이가 아직 없소! 아이가 있었다면 내가 마누라 앞으로 허리가 휘어지도록 보험을 넣었을 거 같소? 자식이 바로 보험이 아니겠소! 아이가 생기면 손해가 왕창 가더라도 당장 그놈의 생명보험부터 해약할 거요. 교육보험? 다음에 전화하시오. 교육보험? 나도 넣고 싶소! 누구 염장을 지르는 것도 아니고."

거기까지 말을 하고 김종칠은 제 성질을 못 이긴다는 듯이 전화를 투박하게 끊었다. 내가 염장을 질렀나? 페르세우스는 고개를 갸웃했다.

확실해졌다. 아이가 없는 것에 대한 보상심리다. 페르세우스의 핸드폰에는 김종칠과의 통화내용이 다 녹음되었다.

감동적인 사실이었다. 주선미 누나는 그런 사나이의 책임감으로 뭉친 깊은 마음을 곡해하고 있었다.

페르세우스는 다시 차를 출발시켰다.

노랑머리의 주선미 누나가 기다릴 것이다.

*17.

기차는 새벽에 탔다.

10시까지 국정원에 도착하려면 새벽 기차를 타야만 했다.

큰아버지를 그곳에서 기다리게 해서는 안 된다는 강박관념으로 새벽에 서둘렀다. 기차 승차권은 이미 어제 저녁에 주선미 누나를 만나고 들어와 모바일로 예매했다. 기차를 타고 가서 돌아올 적에는 장거리지만 택시로 모시자고 어머니와 합의를 보았다.

어머니는 생각지도 못한 큰아버지 덕분에 오랜만에 서울 나들이라고 했다.

기차를 타자. 무엇이 걱정인지 어머니는 옆에 앉은 페르세우스의 어깨에 머리를 기대고 생각에 잠기셨다. 만감이 교차하실 것이 분명하다. 어머니 입에서 혹시 아버지의 이야기가 나올까봐 페르세우스는 조마조마했다. 만약 아버지 얘기가 나온다면 어머니는 또 눈시울을 붉힐 것이 뻔한데 기차에서 그런 낭패가 없다.

"뭐 하는 아가씨니?"

아버지의 이야기가 아니다. 전혀 엉뚱한 질문이다. 아가씨? 페르세우스의 어깨에 머리를 기댄 어머니는 낮은 목소리로 그렇게 물었다. 기차가 천안을 지나가고 있을 즈음이었다. 나란히 앉기는 했지만, 그동안 서로 말이 없었다.

"무슨 말씀이세요?"

"엊그제 그 처녀! 참 참하더라."

어머니는 안드로메다를 얘기하시는 모양이다.

"아! 그 아가씨, 그 아가씨 간호사인데 사건 의뢰인이에요. 그런 사이가 아니어요."

"내가 참 관심을 가지고 지켜보았다."

그래서 안드로메다가 어머니의 눈빛을 들먹였구나 이해가 간다. 어머니는 연하디연한 고기보다 안드로메다에게 관심이 있었던 모양이다.

"남의 엄한 처녀를 가지고 엉뚱한 생각을 하지 마셔요. 어머니! 그날 고기가 참 연한 게 맛있었지요?"

페르세우스는 말머리를 돌렸다. 그러나 어머니는 아니었다.

"참 참하게 생겼더라. 숟가락을 잡는 모양도 그렇고, 먹는 모습도 복스럽고, 집안의 복은 여자가 몰고 들어온다."

어머니는 정말 섬세하게 관찰했었나 보다. 페르세우스는 웃음이 쿡 터져 나왔다.

"어머니! 엉뚱한 생각은 하시지 마세요. 이제는 끝이에요. 사건이 깔끔하게 마무리가 되었으니,"

"과연! 정말 그럴까? 그 아가씨 눈빛은 그게 아니던데? 너는 아직 모른다. 여자의 직감을."

어머니의 목소리는 나지막하고 조용했다. 페르세우스는 그만하자고 어머니 볼을 쓰다듬었다.

서울역에 내려서 지하철을 갈아탔다. 출근 시간이 지나서인지 그다지 붐비지는 않았다. 자리를 잡고 앉았을 때, 페르세우스의 핸드폰에 입금이 되었다는 문자 메시지가 들어왔다. 현금은 별로 없는 통장이지만 입금이 되면 은행에서 문자가 날아오는 시스템이다. 대수롭지 않게 확인을 했는데 거액이었다. 거액이란 의뢰받은 사건을 종결하고 받은 사례금으로는 분명, 과한 금액이었다. 입금자는 주선미 누나였다.

"이거, 정말 부담이 왕창 되는 금액이네."

페르세우스는 중얼거리며 주선미 누나에게 전화했다.

"누나! 이게 뭐예요?"

"왜 적니?"

"아니, 너무 많아요. 내가 지금 서울인데 내려가면 좀 돌려드릴게요."

아니란다. 행복을 디자인한 값으로는 약소하다고 했다. 행복

디자인이란 말은 어젯밤 페르세우스가 주선미 누나에게 한 말이었다.

어젯밤 김종칠과 통화를 하고 주선미 누나를 미용실 옆 호프집으로 불러냈다. 그리고 페르세우스는 누나를 엄청 나무랐다. 그렇게 나무라는 것이 치료에 효과가 있는 것이다. 행동경제학에는 그렇게 나와 있다. 역발상의 가르침, 달래면 의심을 하고 자기 정당화를 시키는 심리가 작용한다. 먼저 호통을 치고 들어가야 한다. 보험이 들어간 내용을 보여주며 누구를 위한 보험인가 설명을 하고 핸드폰에 녹음된 통화기록도 들려주었다.

결국, 주선미 누나는 눈물을 뚝뚝 흘리며 자기 자신을 원망했다.

실컷, 호통을 치고 사례비를 달라고 했다. 분명히 받아야 한다고 했다. 그것이 효과가 있다는 걸 알고 있었다. 주선미 누나는 지금 현금이 없다면서 계좌번호를 알려달라고 했다. 내일 아침에 송금해 주겠노라고 했다.

"누나! 어젯밤에는 마음 놓고 다정하게 잤어요?"

페르세우스가 지하철 안의 다른 사람들 눈치를 보며 조용히 물었다.

"그래, 동생 덕분에 마음 편하게 잘 잤지. 서울에서 언제 내려와?"

"아마 오늘 밤에, 해평에 도착할 거예요."

"내려오면 미용실에 들러. 머리 예쁘게 잘라줄게."

정말 잔정이 많은 아줌마다. 전화는 끊었지만 아무리 생각해도 과하게 받았다. 그건 그렇고, 주선미 누나가 아기를 빨리 가졌으면 좋으련만. 기도라도 드리고 싶은 마음이었다. 그런 심정으로 눈을 감았다. 지하철은 선로 위를 빠르게 달리고 있었다.

\#

세리포스의 왕 폴리덱테스는 페르세우스가 메두사의 목을 가지러 떠나자마자 드러내놓고 페르세우스의 어머니 다나에를 괴롭혔다. 그는 공공연하게 다나에에게 결혼을 강요했다. 다나에가 단호하게 거절하자 몇 차례나 그녀를 겁탈하려고도 했다. 다나에가 왕의 추태를 피해 신전으로 피신한 적이 한두 번이 아니었다. 신전이란 신성한 곳이어서 왕도 감히 어쩔 도리가 없었기 때문이다. 페르세우스는 자기가 없는 사이 어머니가 폴리덱테스 왕에게 당한 수모를 사람들로부터 모두 전해 듣고 격분했다. 그는 아내 안드로메다를 어머니 다나에와 딕티스에게 맡겨두고 얼른 폴리덱테스 왕의 궁전으로 갔다. 왕은 마침 신하들과 잔치를 벌이고 있었다. 그는 약속대로 메두사의 머리를 가져왔노라고 큰소리로 외치면서 고개를 한쪽으로 돌린 채 갑자기 그것을 자루에서 꺼내 그들에게 보였다. 그러자 졸지에 메두사의 머리를 보고 만 그들은 모두 돌로 변해버렸다.

\#

지하철을 두 번 갈아타고 국정원에 도착했다.

헤매지 않고 제대로 찾은 것이다.

아홉 시가 좀 넘었으니 적당한 시간이었는데, 가는 날이 장날이라고 국정원 앞은 혼잡했다. 아마도 시위가 있는 모양이었다. 태극기 부대들의 시위인 모양이다.

빨간 모자를 쓰고 태극기를 손에 쥔 노인들의 집회인 모양이다. 서울은 허구한 날 시위다. 정말 사람 살 곳이 못 된다. 페르세우스는 그런 생각을 하며 정신이 없어 사방을 둘러보았다.

"애야! 무슨 시위니?"

어머니가 페르세우스에게 물었다.

"글쎄요. 모르겠네요."

어머니도 페르세우스도 정신이 혼란스럽기는 마찬가지였다. 시위대를 피해 어디로 가야 큰아버지를 안전하게 모셔올 수 있을지 모르겠다. 시위대 주위에 경찰들도 보이고 카메라를 멘 기자들로 보이는 무리도 있었다. 어디가 어디인지 모르겠다. 어디에 가서 큰아버지를 찾아야 하지? 페르세우스는 어머니를 그 자리에서 잠시 기다리게 하고 무리 뒤에 선 태극기를 들고 있는 아저씨를 잡고 물었다. 아저씨라고 하기에는 좀 늙었고 할아버지라고 하기에는 젊은 분이었다. 그래서 호칭은 생략했다.

"오늘 무슨 시위인가요?"

"시위? 아니야 환영대회야."

아저씨는 빨간색 모자를 쓰고 있었는데 모자에는 월남 참전 전우회라고 금박 글씨로 씌어 있었다. 페르세우스는 그걸 얼른 보았다.

"그럼 혹시? 베트남 참전용사 귀환 환영대회인가요?"

"그렇지. 자네도 뉴스를 보고 왔는가?"

초로의 노인이 되물었다.

"아니 그럼, 혹시 설효진 중사 귀환 환영대회인가요?"

아저씨는 그렇다고 했다.

"이렇게 많은 분이 오로지 환영대회를 위해 모이신 건가요?"

"그렇지. 그럼 자네는 그것도 모르고 왜 왔나?"

"저는 국정원의 연락을 받고 큰아버지 설효진 중사를 모시러 왔습니다."

"뭣이, 그럼 설강진 의원의 아들이란 말인가?"

노인의 입에서 아버지의 이름이 나오리라고는 상상도 못 했다. 어머니는 상당히 멀리 떨어져 있고 웅성대는 군중의 소리에 알아듣지 못하고 있었다.

"그렇습니다. 오늘 모시러 오라는 연락을 받았습니다."

"아이고, 이거 반갑네. 좋은 집안의 장손일세."

노인은 그 말을 하며 페르세우스의 손을 덥석 잡았다. 노인은 월남 참전 전우회의 일을 보고 있다고 하면서 페르세우스를 이끌었다. 페르세우스는 잠깐만요, 하고는 어머니를 불렀다. 무슨 일인가 하고 다가온 어머니에게 큰아버지의 귀환 환영대회에 모인 군중이라고 격앙된 어조로 말했다. 세상에, 어머니는 좀 놀라는 투였다. 노인은 어머니에게도 인사를 했다.

노인이 안내하는 곳으로 인파를 헤지고 따라갔다. 환영대회 맨 앞에 있는 참전 전우회 회장이라는 노인이 있었다. 노인은 간단히 페르세우스와 어머니를 소개했다. 그 회장도 역시 빨간 모자를 쓰고 있었다. 가만히 보니 빨간 모자를 쓴 환영 무리는 나이가 엇비슷해 보이는, 참전용사들이 분명했다. 모두가 다 그랬다. 전우회 회장이라는 분이 어머니에게 공손하게 인사를 했다. 뭐라고 형용할 수는 없지만, 페르세우스는 우쭐해지는 기분이었다. 자긍심인가, 군중심리인가?

앞에 국정원 담벼락에는 현수막이 두 개나 걸려 있었다.

백마부대 참전용사 설효진 중사 무사 귀환을 환영한다는 내용이고, 현수막을 자세히 보니 월남 참전 전우회가 하나고, 하나는 백마부대 전우회가 걸어놓은 것이었다.

환영대회에 모인 노인들은 대충 어림잡아도 이백 명은 족히 넘어 보인다. 정말이지 생사를 같이했던 전우들인 모양이다. 붉은색 모자를 쓴 노병들은 모두 씩씩해 보였다. 페르세우스는 어머니와 나란히 월남 참전 전우회장 옆에 섰다. 전우회장은 페르세우스를 보고 아버지를 닮아 잘생겼다고 하면서 지금 학생인지 물었다. 페르세우스는 지금 창업을 해서 혼자 일하고 있다고 간략히 대답했다.

열 시가 다 되어 간다.

"어머니 긴장을 푸세요."

페르세우스는 어머니가 걱정이었다.

"아니야. 나는 지금 괜찮아!"

어머니가 억지로 웃어 주었다. 그 억지로라는 티가 역력했다. 페르세우스는 옆에 선 어머니의 손을 잡았다.

전우회장이 뒤로 돌아섰다.

군중을 향해 쥐고 있던 태극기를 쳐들며 만세를 불렀다.

참전용사 만세!

전우회장이 선창하자 역전의 용사들은 일제히 따라 하며 만세를 외쳤다.

참전용사 만세! 백마부대 만세!

그렇게 세 번을 외치고 전우회장은 돌아섰다. 분위기가 뜨겁게 고조되고 있었다. 해평시에서 출발을 할 적에는 이런 일이 있을 줄은 꿈에도 몰랐다. 어머니도 잔뜩 고무된 모양이다.

이윽고 국정원 문이 안에서 양쪽으로 스르르 열리고 제복을 입은 헌병 둘이 나와 절도 있게 문 양쪽 옆에 차려자세로 섰다. 문은 군중이 있는 도로보다 약간 높았다.

아마도 큰아버지께서 나오실 모양이다.

초조한 시간이 얼마나 흘렀을까.

차려자세를 한 헌병들의 군중을 향해 좌 · 우향우를 절도 있게 하자, 안에서 정복을 입은 헌병대, 대원 네 명이 점퍼 차림의 한 초로의 노인을 보좌하고 절도있게 행진을 하고 나왔다. 드디어 큰아버지가 모습을 드러낸 것이다. 그러자 태극기를 든 한 노인이 달려가더니 큰아버지에게 붉은색 모자를 씌워 주셨다.

큰아버지는 정문을 나와 군중들을 향해 절도있게 거수경례를 하셨다.

그러자 참전용사 전우회장이 돌아서서 만세를 선창했다.

참전용사 만세!

군중들도 일사불란하게 태극기를 쳐들며 만세를, 아니 절규를 외쳤다.

참전용사 만세! 백마부대 만세!

만세는 삼창으로 지속했다. 소름이 돋는 절규였다. 정말 사전에 연습한 것만 같이 울려 퍼졌다. 어머니는 기어이 눈물을 찍어냈다.

*18.

무대가 마련된 곳은 프레스센터 연회실이었다.

환영식이 아니고 전역식이라고 했다.

'월남 참전 육군상사 설효진 49년 만의 만기 전역식'

단상에는 양쪽에 경축이라고 적고, 전역식이라는 이름의 현수막이 걸려 있었다. 이 프레스센터 연회실에서 환영식 겸 전역식이 있다는 건 국정원 앞에서 전우회장에게 들었다. 국방부 장관이 직접 참석하는 전역식이라고 했다. 들어보니 국방부 장관 이해두 역시 월남전에 장교로 참전하여 중대를 지휘했다는 것이었다.

여기까지 오는 동안 페르세우스는 큰아버지를 안아보기는커녕, 손도 잡아보지 못했다. 잠시 후, 열두 시부터 전역식 행사가 있고 행사가 끝나면 연회가 있다는 설명이었다. 페르세우스와 어머니는 가족이라는 특권으로 무대 바로 앞의 참전 전우회장과 나란히 자리를 잡고 앉아 있었다. 애당초, 큰아버지를 만나면 가장 먼저 서울의 유명한 고깃집으로 가서 점심을 먹는다는 계획은 초라하게 취소되었다. 생각하니 정말 초라한 계획이었다.

무대에서는 행사가 준비 중이었다.

국정원 앞에 모인 인파보다 프레스센터 연회실에는 더 많은 인파가 운집했다. 물론 경찰도 있었고 카메라를 멘 기자들도 무대를 포진해서 여럿이 있었다.

무대 위에 사회자는 마이크를 테스트하는데 보니 어디서 왔는지 젊은 육군 대위였다. 현역으로 보였다.

이윽고 행사가 시작될 모양이다. 큰아버지는 어디 갔는지 보이지 않았다.

큰아버지는 국정원에서 나와서 만세 삼창을 하고 참전용사들의 호위를 받으며 바로 대기하고 있던 승용차를 타고 어디론가 갔고, 어머니와 페르세우스는 닭을 쫓던 개 지붕 쳐다보는 격으로 큰아버지를 보다가, 붉은색 모자를 쓴 참전용사들과 지하철을 타고 그들이 내리는 곳에서 따라내려 프레스센터로 왔다. 페르세우스는 여기가 어디쯤인지 모르겠다. 말은 하지 않았지만, 어머니도 처음 오시는 곳일 것이다.

행사가 곧 시작될 모양이다.

사회자가 나와서 자기소개를 하고 식순을 설명했다.

사회자는 육군 의장대 소속 김정휘 대위라고 하면서 우렁차게 청중을 향해 거수경례를 올렸다. 절도가 있었고 붉은색 모자를 쓴 청중들이 절도있게 박수를 보냈다.

아, 이런 행사는 육군 의장대에서 진행하는 모양이구나.

페르세우스는 적잖이 놀랐다.

그 순간, 어머니는 화장실을 가고 싶다고 했다.

그러고 보니 새벽부터 여태 화장실을 가지 못했다는 걸 생각했다. 어머니의 말을 들으니 페르세우스도 가야겠다고 생각했다. 그러나 화장실이 어디 있는지 모르겠다. 일단 어머니의 손을 잡고 일어났다. 무대의 옆문으로 나가니 화장실의 표시가 있고 화살표가 그려져 있었다. 그리로 따라가니 남녀 화장실이 따로 마련되어 있었다.

화장실을 다녀와서 자리에 들어가니 이미 식은 시작되었다. 국민의례가 있었고, 옆에 있었던 참전 전우회장은 무대 위에 자리를 잡고 있었다.

참전 전우회장의 경축사가 있었다.

지금은 무얼 하시는 분인지 경축사는 훌륭했다.

무대 위에는 어디서 구했는지 육군상사의 계급장이 달린 군복을 입은 큰아버지가 무대의 중간에 있는 의자에 앉아계시면서 경축사를 꼼꼼히 듣고 계셨다.

참전 전우회장은 경축사에서 역사의 산 증인이 돌아왔다고 했으며 오늘로 우리 역사는 다시 쓰일 것이라는 말의 요지였다.

페르세우스는 큰아버지께서 그토록 중요한 역사의 증인이라는 말을 나직하게 어머니에게 들려주었다.

그다음은 사회자의 경과보고가 있었다.

경과보고는 월남전 파병의 기록을 전반적으로 설명하고 있었다. 여태의 참전용사는 몇 년부터 몇 년까지 얼마이고 기록에서 전사자를 1명 줄여서 몇 명이고 생존자는 1명이 늘어서 얼마라고 했다.

이어 국방부 장관의 경축사가 있었다. 국방부 장관 이해두는 자신이 월남 파병용사라는 점을 강조했다. 그다음은 큰아버지의 전역신고가 있었다. 전역신고를 받는 대상은 청중, 즉 다시 말해 월남 참전용사들이었다.

충성! 육군상사 설효진은 오늘부로 전역을 명받았습니다. 이에 신고합니다. 충성!

육군상사의 군복을 입은 큰아버지는 청중석을 향해 큰소리로 복창하고 거수경례를 올렸다. 이어서 훈장 수여식이 있었다. 훈장이라고 주기는 해야 하는데 명분이 없었던 모양이다. 사회자가 서훈 내용을 읽고 장기근속 훈장이라는 이름으로 국방부 장관이 큰아버지의 명찰이 있는 군복에 달아주었다. 그 훈장이 크게 확대되어 무대 뒤의 스크린에 비추어져서 확대된 훈장을 볼 수가 있었다.

이어 꽃다발 증정식이었다. 꽃다발을 들고나오는 사람을 사회자가 일일이 소개했는데, 당시의 백마부대 큰아버지와 가장 가까웠다는 소대장, 중대장, 선임하사, 그리고 분대 전우였는데 모두가 역사의 산 증인이라고 사회자는 말했다. 박수가 뜨거웠다.

꽃다발 증정식이 끝나자 사회자인 대위는 말했다. 가장 궁금한 시간이라고.

가장 궁금한 시간?

이 행사는 국가보훈처가 아니라 월남 참전 전우회와 국방부가 주관한다면서 큰아버지에게 그동안 미뤄진 월급의 수령이 있다고 해서 페르세우스는 좀 놀랐다.

월급?

어머니도 놀라긴 마찬가지였다.

사회자인 육군 대위 김정휘는 월급은 편의상 현금이나 수표로 지급하는 게 아니라 통장으로 지급한다면서, 설효진 이름으로 된 통장의 사진을 찍은 화면을 무대 뒤의 스크린에 크게 띄웠다. 페르세우스가 보니 큰아버지의 이름이었고 국민은행 통장이었다. 그 화면이 사라지고 통장에 입금된 액수가 다시 나타났다.

"어머니! 저게 얼마예요?"

"글쎄! 저게 얼마냐?"

놀라기는 어머니도 마찬가지였다. 그때 카메라를 멘 기자가 사진을 찍으며 페르세우스의 앞을 가로막는 바람에 정확한 숫자를 읽지 못했다. 사회자 김정휘 대위는 월급이 어떻게 산출되었는지 내용도 낱낱이 설명을 해주었다.

국방부와 월남 참전 전우회에서 상의하고 합의로 산출한 금액이라고 하면서 구체적으로 설명했다. 큰아버지가 실종한 날까지는 중사였으니 중사의 월급이고 실종이 된 다음 날부터 육군상사의 월급을 적용해서 호프만식으로 계산을 하고, 이미 잘못 지급된 전사자 수당과 위로금, 47만 원을 인플레이션을 적용, 산출하여 공제한 금액이 화면의 금액이라고 하면서 대한민국 역사상 전

무후무한 군인월급이라고 했다. 산출 총액은 사회자가 사억구천 얼마라고 했는데 뒷자리는 페르세우스가 다 듣지 못했다. 통장은 국방부 장관이 수여했는데 박수와 함성이 나왔다.

화면이 지워지고 사회자 김정휘 대위는 큰아버지의 전적에 관해서 청중들에게 보고했다. 전적보고는 큰아버지가 해야 하나 편의상 사회자가 대독하였다.

육군 중사 설효진은, 71년 나트랑 지역의 게릴라 토벌작전 중 정글에서 적군 2명을 사살하고, 퇴각 도중 적의 역습을 받고 포로가 되어 하노이로 후송되었으며, 3개월 뒤 북으로 강제 이송되어 갖가지 적의 공격을 받고 생활하다가, 끝내 전향하지 않고 작년 11월 두만강을 넘어 흑룡강성으로 퇴각하여 베트남 호찌민으로 다시 갔다가 본대로 귀환한 용사라는 요지의 간략한 보고서였다.

"참 멋있다."

전적보고를 간략하게 들은 어머니는 탄식처럼 뱉었다.

행사는 그야말로 거창하게 진행되었다.

행사가 거창하다기보다는 월남 참전용사 전우회의 막강한 단결력에 페르세우스는 놀랐다. 정말 군인이었다. 역전의 용사란 이럴 때 쓰는 말인가 보다. 전쟁을 경험한 군인. 남자라면 해보고 싶은 일이 분명하다고 느꼈다. 정말 역사의 장을 바꾸는 순간이었다.

사회자는 월남전에서 그동안 말이 많았던 북한군의 개입이 명확한 사실로 드러난 산 증인의 역사적인 귀환이라고 했다.

그동안 페르세우스의 진동으로 전환 시켜놓은 전화가 두 통이 왔었다. 페르세우스는 받지 못했다. 하나는 모르는 번호라 의뢰인이지 싶었고, 하나는 안드로메다의 전화였다.

카메라 기자들도 바빴고 사회자도 바빴다. 행사가 끝날 무렵 49년 만의 가족과의 재회 시간이 있었다. 가족 대표로 페르세우스가 지목되었다. 사회자가 페르세우스를 소개하면서 아버지의 이름이 나왔다. 어머니는 그 부분에서 기어이 울음을 터트렸고 청중석에서는 환호가 이어졌다.

페르세우스가 무대로 올라가고 큰아버지가 일어나 포옹하는 것이었다.

큰아버지는 포옹하면서, 네가 민수냐? 얘기 다 들었다, 하시면서 페르세우스의 등을 두드려주셨다. 행사는 백마부대의 부대가를 부르는 것으로 끝을 냈다. 참전용사들은 잊지도 않고 그 노래를 우렁차게 불렀지만, 페르세우스와 어머니는 따라 부를 수가 없었다. 그 노래가 끝나고 사회자는, 고향 앞으로 가! 의 시간이라고 했다.

고향 앞으로 가?

그게 뭐냐?

어머니가 나직하게 물었다. 글쎄요, 궁금했는데 사회자인 대위는 앞줄에 앉은 페르세우스에게 또 무대로 올라오라고 했다. 페르세우스는 냉큼 무대 위로 올라갔다. 사회자는 큰아버지를 업으라고 했고 큰아버지는 페르세우스에게 업혔다. 그러자 사회자가, 고향 앞으로 가!를 크게 외쳤다. 박수와 환호가 터져 나왔고 페르세우스는 노쇠한 큰아버지를 업고 무대를 내려왔다.

행사가 끝나고 그 자리에서 바로 뷔페식으로 연회가 벌어졌다.

월남의 참전용사들은 노병이지만 먹성도 절도가 있고 좋았다. 차려진 음식을 깔끔하게 바닥을 냈다. 밥은 큰아버지 옆에서 먹을 수가 있었다. 어머니와 페르세우스, 큰아버지 셋이서 한 테이블에 자리 잡았다. 먹는 중간에 페르세우스가 모자라는 음식을 더 가져오곤 했다.

"설 상사! 나 아시겠는가? 의무병 최준일!"

"하? 그래 기억나지. 살아 있었네! 반가워! 반가워!"

감격의 순간이 연속으로 이어졌다. 밥을 먹는 중간중간에 큰아버지와 같은 부대에 근무했던 사람들이 인사를 하고 포옹을 여러 번 했다. 큰아버지의 소대장과 중대장이라는 노인이 와서 어머니와 인사를 하고 페르세우스와도 인사를 했다. 큰아버지가 받은 명함만 거의 한 줌이었다. 거의 사회의 원로로서, 자신의 위치를 확고하게 굳힌 인물들인 모양이었다.

\#

페르세우스는 어머니의 복수를 하자, 요긴하게 썼던 무기들이 필요 없었다. 그는 그것들을 헤르메스에게 바쳤고, 헤르메스는 다시 원래 그 무기들의 주인인 요정들에게 돌려주었다. 페르세우스는 자신을 처음부터 끝까지 도와주었던 아테나 여신에게는 감사의 표시로 메두사의 머리를 바쳤다. 그러자 여신은 그것을 자신의 아이기스 방패에 박아 기념으로 삼았다. 그 후 페르세우스는 지신을 키워준 어부, 딕티스를 세리포스의 왕으로 추대한 다음 어머니 다나에와 아내 안드로메다와 함께 자신의 고향인 아르고스로 향했다.

#

행사를 마치고 프레스센터를 나선 것은 오후 세 시경이었다.

센터 로비 앞에는 대형 고급 승용차가 대기하고 있었다.

카메라를 멘 기자들은 점심도 먹지 않고 거기까지 따라왔다. 기자도 정말 못 할 짓이라고 페르세우스는 생각했다.

큰아버지의 짐은 한 짐이었다. 명패와 공로패가 여러 개였고, 참전용사들의 선물까지 있었다. 프레스센터라는 광고가 적힌, 헝겊으로 된 큰 가방을 두 개나 얻어서 넣어 하나는 어머니가 들었지만. 페르세우스의 손에는 가방 외에 여러 개가 들려 있었다.

당초에 택시를 탄다고 예정했으나 행사장 밖까지 따라 나온 중대장이 어느 중소기업의 회장이라며, 로비 앞에 대기하고 있는 자신의 차를 타고 내려가라고 했다. 기사가 따로 있는 승용차였다. 큰아버지와 페르세우스가 택시가 편하다고 했지만, 중대장으로서 마지막 명령이라며 타고 갈 것을 명했다.

"알겠습니다. 충성!"

육군상사 군복을 입은 큰아버지가 경례를 붙이자 옆에서 지키고 있던 젊은 기사가 페르세우스와 어머니가 든 짐을 받아 트렁크에 실었다. 어머니는 앞 좌석에 타고 페르세우스와 큰아버지가 뒷좌석에 탔다. 승용차가 프레스센터를 출발하자 승용차를 둘러

싼 참전용사들이 일제히 거수경례를 붙였다.

그 경례에 차창을 열고 큰아버지께서 손을 흔드는 것으로 답했다.

"참 멋있다!"

어머니의 감탄이었다.

페르세우스도 절도있는 모습이 보기 좋았다.

시내를 빠져나와 고속도로에 오르자 기사가 해평시가 맞느냐고 물었다. 단정한 양복 차림에 깔끔한 기사였다. 페르세우스가 그 말에 대답하고 생각하니 차를 타고는 여태 모두가 입을 닫고 있었다. 전부가 어디서부터 입을 열고 말을 꺼내야 할지 모르고 있었다.

침묵을 깨고 페르세우스가 물었다.

"큰아버지! 월남전에 북한군이 개입한 게 맞나요? 우리는 역사에서 그렇게 안 배웠는데요."

그것이 가장 궁금했다.

"월맹을 도우러 일부가 왔었지. 내 생각으로는 말단 보병은 참가하지 않고 전투기 조종사와 기갑의 탱크 운전병이 참전한 정도야. 몰랐었냐?"

"예! 몰랐었죠. 북으로 압송될 적에 큰아버지 혼자 끌려가셨나요?"

"아니야. 일곱 명이 가다가 두 명은 중공에서 죽고 다섯 명이 평양에 도착했었지."

"그렇다면 지금 자료는 엉터리이네요. 실종자가 겨우 네 명으로 기록되어 있거든요."

그때 앞 좌석에 앉았던 어머니가 돌아보며 물었다.

"아주버님! 북에 식구들은 없나요?"

"있었지만, 이제는 없어요."

큰아버지는 북한 말투를 쓰지 않고 표준말을 사용했다. 억지로 그렇게 쓰는 말투가 역력했다.

그 부분에서 큰아버지는 장황하게 설명을 했다.

북에 들어가서 대남 선전요원으로 발탁되었다고 했다. 한 가지 명심할 것은 월남전에서 포로가 되어 끌려왔다는 말은 하지 못하고 이념과 투쟁하다가 자진해서 북으로 넘어왔다고 하면서 대남 방송의 선전요원으로 일하면서 당에서 정해주는 아가씨와 결혼을 했다고 했다. 그리고 자식들은 없다고 했다. 같이 살았지만 생기지 않았다고 했다. 남한으로 꼭 돌아가야겠다고 마음을 먹고 같이 사는 여자를 꼬드겼다는 것이다. 대한민국으로 가자, 거기에 가면 살길이 있다. 그래서 회령을 갔다가 노선을 이탈하여 심장이 약한 아내와 같이 걸어 두만강 상류를 넘었다고 했다. 중공 땅이 더 검색이 심하다는 걸 알고 있었노라고 하셨다.

남의 화물차를 얻어타고 흑룡강성으로 들어가 어느 조선족 집에서 석 달간 얹혀 살았는데 거기서 아내가 죽었다고 했다. 본래 심장이 약해 입술이 푸르죽죽했는데, 장티푸스까지 겹쳐 병원에도 갈 수가 없어 눈을 감았다고 했다. 그 조선족에게 장례를 부탁하고는 공안이 덮치기 전에 베이징으로 밤차를 타고 가서 거기서 어느 전도사를 만나 여권을 만들었다며, 식구라면 흑룡강성에서 죽은 아내가 전부라면서 지금 북에 남은 식구는 없노라고 했다. 거기까지 들은 어머니가 말했다.

"아, 아주버님, 아주버님께서 여기 오셨다는 걸 북에서 알더라도 보복을 당할 식구는 없네요?"

"그런 셈이죠. 제수씨!"

"저는 가장 먼저 그걸 걱정했습니다."

입을 열기 시작하자 서로의 질문이 꼬리에 꼬리를 물고 이어졌다. 차가 해평시에 도착할 때까지 잠시도 쉬지 않고 대화가 이어졌다. 큰아버지는 가족에 대해 궁금한 게 많았고 어머니도 북한의 실정에 관해 궁금한 게 많았다. 페르세우스는 끼어들지 않고 두 분의 대화를 듣고 있었다.

큰아버지는 국정원에서 하나원으로 들어가라고 종용했지만, 스물한 살까지 이 땅에 살았으니 그럴 필요가 없다고 뿌리쳤다고 하셨다. 페르세우스는 하나원이 뭐 하는 곳인지 궁금했다. 그 점도 큰아버지께서 설명을 해주셨다.

하나원이란 북한 이탈 주민들의 초기 적응 교육을 하고, 사회 진출 후 안정적인 국내 정착을 위해 지원을 하는 통일부 산하 기관인데 공식 명칭은, 북한 이탈 주민 정착지원 사무소라고 하셨다.

거기를 통하면 탈북 주민이 되는 것이고 바로 나오면 참전용사가 되는 것인데, 누가 거기에 들어가겠느냐고 하셨다. 그런 걸 어떻게 아셨냐고 어머니가 물었더니 면회한 참전용사들이 알려주었다고 하시며, 참전용사 전우회에서 엄청 신경을 썼다는 것이다. 국정원의 조사를 받는 동안 매일 참전용사 중의 변호사가 된 두 전우가 찾아와서 국방부와 싸우고 중재를 놓고 북에 있었던 기간을 복무기간에 합산시켜 월급을 그렇게 만들었노라고 했다.

처음에는 국가보훈처가 나섰으나, 변호사 출신 두 전우가 산 사람에게 무슨 보훈처가 필요하냐면서 보훈처를 제치고 국방부와 바로 합의에 들어갔다는 것이었다.

참전 전우회가 없었다면 일반 탈북민과 같이 분류될 뻔했다는 말씀이었다.

*19.

"아, 50년 만에 밟는 고향이구만!"

이제부터 행정구역상 해평시에 들어간다고 큰아버지께 일러주자 하신, 감탄의 말씀이다. 페르세우스의 귀에는 감탄이 아니라 비통함으로 들렸다.

50년?

얼마나 긴 세월인지 페르세우스는 감을 잡을 수가 없었다. 얼마나 긴 시간일까? 앞자리에 앉은 어머니는 그 말에 또 손수건으로 눈가를 찍어댔다.

참전용사 중대장이 내준 대형승용차를 타고 편하게 집에 왔다.

어머니는 차에서 내려서 기사에게 사례비라도 주려 했지만, 그는 사무적인 태도로 극구 사양하고 돌아갔다.

페르세우스는 큰아버지께 방을 안내하고 짐을 풀었다.

"집이 상당히 넓구만!"

집에 들어선 큰아버지의 말에 어이가 없었다. 이 집이 넓다니? 북에서는 정말 좁게 산다는 것이었다. 북한과 비교하시니 그렇지 살아보시면 아닐 거라고 했다. 큰아버지의 관심은 핸드폰이었다. 그 귀한 것을 식구마다 다 가지고 있으니 놀랍다는 것이었다. 페르세우스는 무엇보다 큰아버지께 핸드폰을 사드리는 게 당장 급하다고 생각했다.

어머니는 집에 돌아오시자 바빴다.

장을 봐야 한다는 것이었다. 내일 큰아버지께서 할아버지 산소에 인사를 드리러 가려면 음식을 준비해야 한다는 것이었다.

식구는 이제 셋이 되었다.

짐을 풀고 세 식구가 함께 아파트를 나섰다. 어머니는 장을 보러 가시고 페르세우스는 큰아버지를 모시고 핸드폰 가게로 향했다. 핸드폰 가게는 봉곡 사거리에 가면 서너 군데가 밀집해 있었다.

큰아버지를 모시고 천천히 걸어서 내려가는데 큰아버지는 연신 사방을 두리번거리셨다. 고향이 너무도 많이 변해 옛 모습을 찾을 수가 없다고 실망하셨다. 큰아버지는 이 해평에서 중학교까지 다니신 분이다. 당시에는 해평시에 해평중학교 하나밖에 없었고 12회 졸업생이라고 정확하게 기억하셨다.

"이 도시에 살고 계시는 동기들도 있겠네요?"

"찬찬히 찾아봐야지. 그게 일이지."

그렇게 대답하시며 큰아버지는 해가 저무는 봉곡동의 뒷산 다봉산을 보시더니 저건 옛날 그대로라며 이제 방향을 알겠노라고 하셨다. 저쪽이 형곡동, 저쪽 사곡동, 저 너머는 김천이라며 큰아버지는 기억이 나는지 손가락으로 가리켰는데 정확하게 맞았다.

큰아버지의 이름으로 핸드폰을 만드니 큰아버지는 상당히 흡족해하셨다. 비유가 좀 그렇지만 마치 아이들처럼 좋아하셨다. 국정원에서 직원들이 핸드폰을 쓰는 게 그렇게 부러웠다고 했다. 큰아버지는 아직 주민등록증이 없는 까닭에 중국의 대사관에서 만들었다는 여권을 제시하고 가입했다.

핸드폰은 즉시 개통이 되었다.

페르세우스는 개통이 되자 자신의 전화번호와 어머니 번호를 입력시키고 사용하는 법을 간단하게 설명했다. 무엇보다 스마트폰의 터치가 상당히 신기하신 모양이었다. 중국에서 핸드폰을 보았지만 모두가 버튼식이라고 했다.

집으로 돌아오자 큰아버지는 자신의 방에서 충전기에 꽂아둔 핸드폰을 주물럭거리고 계셨다. 말을 걸기가 미안할 정도로 심취하셨다.

페르세우스는 그제야 전화가 온 곳을 더듬었다.

모르는 번호부터 전화하니 의뢰인이지 싶은데 받지 않았다. 다음은 안드로메다에게 전화했다.

"오! 페르세우스여, 안녕!"

누군지 단박에 알았다.

어디냐고 물었더니 지금 퇴근하는 중인데 운전 중에 전화를 받는다고 했다. 낮에 무슨 일로 전화를 했었느냐고 물었더니, 왜 데이트 신청을 하지 않느냐고 따지려고 전화를 했다고 농담을 했다. 페르세우스는 오늘 국정원에 가서 큰아버지를 모셔 왔다고 말하고 행사가 대단했는데 아마도 저녁 뉴스에 나오지 싶다고 했다.

"정말? 그랬군요. 나는 전화를 받지 않기에 일이 끝나서, 귀찮은 전화라 일부러 받지 않나 걱정했어요. 어때요? 가희에게 도움은 받았나요?"

안드로메다는 발랄한 목소리로 물었다.

가희? 아, 그 처녀! 그 골치 아픈 사건을 파악하는데 보험 내용이 아주 중요한 단서가 됐다면서 고맙다고 말했다.

안드로메다는 내일 시간이 어떠냐고 물었다.

내일 시간?

왜 그러느냐고 물었더니, 데이트 신청을 먼저 안 하기에 자신이 먼저 하려고 시간을 묻는다며 농담을 하면서 사흘간 병원이 쉰다고 했다. 이유는 원장이 세미나에 가기 때문이라고 묻지도 않는 말을 했다.

페르세우스는 혹시 그 원장도 세미나를 빙자하여 또 누드 촬영 대회에 가는 게 아니냐고 농담을 하면서, 내일 큰아버지께서 할아버지 산소에 가시는데 함께 가야 한다면서 시간이 나면 전화를 하겠노라고 했고, 안드로메다는 국립묘지에서 자신의 인사를 받고 벌떡 일어나서 오신 큰아버지도 어떤 분인지 보고 싶다고 했다.

눈치를 보니 저녁 늦게까지 큰아버지는 핸드폰을 주물럭거리고 계셨다. 상당히 신기하신 모양이다.

가끔 모르는 게 있으면 방문을 열고 페르세우스를 불렀다. 큰아버지께서 오늘 받은 전우들의 명함은 거의 한 줌이었다. 그걸 다 일일이 입력시키며 전화를 하시고 통화를 하시며 전화번호를 알려주시는 모양이다. 페르세우스는 자신의 번호와 어머니의 번호는 즐겨찾기에 넣어드렸다. 즐겨찾기? 이런 희한한 기능도 있었느냐면서 놀라워하셨다. 어머니는 저녁 늦게까지 주방에서 음식을 장만하셨다.

집은 이래야 한다.

페르세우스는 집이라는 공간에 대해 잠시 생각했다.

큰아버지께서 집에 오시니 뭔지는 모르지만, 집이 그득 찬 느낌이 들었다. 사람이 사는 집은 이래야 한다. 페르세우스는 비록 거실에 놓인 침대에 누웠지만 어느 때보다도 아늑했다.

큰아버지는 아직도 방안에서 핸드폰을 주물럭거리고 계시는 모양이다.

밖에 별이 떠 있으려나?

페르세우스는 안드로메다의 별자리가 안녕한지 궁금했다.

\#

페르세우스는 케페우스의 나라에 거의 일 년을 머물렀다. 그사이 페르세우스의 아내가 된 안드로메다는 페르세스(Perses)라는 아들을 낳았다. 왕인 케페우스는 딸 부부가 자기 나라에 머물기를 바랐다. 아들이 없었기 때문에 은근히 사위인 페르세우스가 자신의 뒤를 이어 에티오피아를 맡아주기를 원했다. 하지만 페르세우스는 고향에 계신 어머니가 무척 걱정되었다. 결국, 그는 안드로메다를 데리고 세리포스 섬으로 돌아갔다.

아들인 어린 페르세스를 장인 케페우스의 후계자로 에티오피아에 남겨둔 채 세리포스로 향했다. 헤로도토스(Herodotos)에 의하면 페르시아라는 이름은 바로 이 페르세스에서 유래했으며, 페르시아인들은 모두 그의 후손이다. 후에 케페우스와 왕비인 카시오페이아가 죽자 포세이돈은 그들을 바다의 괴물과 함께 하늘에 별자리로 박아주었다. 하지만 이것은 카시오페이아 왕비에게 명예가 되지 못했다. 카시오페이아가 일 년 중 대부분을 발을 위로 향한 채 거꾸로 누워 있는 별자리이기 때문이다.

　#

새벽에 페르세우스는 누군가 현관에 들어서는 인기척에 눈을 떴다.

찬 바람이 잔뜩 묻은 큰아버지였다.

어딜 다녀오시는 길인가 물었더니 벌써 뒷산에 산책을 마치고 돌아오시는 길이라고 하면서 다봉산에 올라가서 산세를 파악하니 옛날의 지형이 그대로 살아 있다고 하시면서 고향산천에 돌아온 사실이 이제야 실감난다고 하셨다.

그렇지 큰아버지는 돌아오신 거야. 분명히 돌아오신 거야.

페르세우스는 꿈결에 그 말을 웅얼거리고는 더 잤던가? 아니면 꿈을 꾸었던가.

어머니는 음식을 너무 많이 장만하셨다.

한껏 장만하신 것이다.

준비한 음식을 보니 무엇을 이토록 많이 했는지 과일 외에는 전부 포장을 했는데 현관과 거실에 가득 널려 있을 정도였다. 얼른 보아도 트렁크가 없는 페르세우스의 스포츠카에 싣고 큰아버지와 셋이 타기는 무리다.

페르세우스는 잠시 생각했다.

기회다.

페르세우스는 안드로메다에게 SOS를 때렸다. 이른 아침이지만 실례가 된다는 생각은 절대 금물이다. 다른 만만한 친구들은 이 시간이면, 직장을 가진 놈이면 출근을 했을 터이고. 학생이나 백수라면 오밤중일 것이 분명하다. 안드로메다 외에는 달리 연락할 곳이 없었다. 이 처녀를 몰랐더라면 어떡할 뻔했나?

"오! 페르세우스여, 안녕!"

냉큼 전화를 받은 안드로메다는 유쾌하고 발랄한 아침인 모양이다.

"내가 왜 이 아침에 전화했는지 알아 맞춰보세요?"

페르세우스는 능청을 떨었다.

"음, 뻔하지요. 오늘은 국립현충원이 아니라 사립 현충원으로 데이트를 가자고? 꽃이 피는 봄 동산의 데이트?"

"어떻게 알았어요?"

"오늘 오전에 큰아버지랑 묘소에 참배 간다고 하셨잖아요?"

"내가 그랬나요? 십 분 내로 차를 가지고 지난번에 한우를 먹은 고깃집 앞으로 오세요. 아직 카메라를 완전히 포맷하지 않았다는 사실을 상기하시고. 내가 필요한 건 그대가 아니라 차입니다."

"스포츠카가 그럴 땐 불편하지요. 뒷말은 마땅히 영양가 없는 군더더기로 알겠습니다. 충성!"

역시 발랄한 국군 출신의 처녀였다. 뭔가 통하는 처녀다. 안드로메다가 사는 곳이 부곡동 전원 단지이니 십 분이면 족할 것이다.

어머니를 도와 현관과 거실을 점령한 음식을 아파트 입구 현관으로 꺼내고 있을 때 안드로메다의 빨간색 소형승용차가 아파트 마당에 주차하려다가 페르세우스를 보았는지 현관 앞으로 꽁무니를 디밀었다. 안드로메다는 청바지와 운동화 차림에 머리를 뒤로 묶었다.

화장하지 않아서 그런지 단아하고 순수해 보이는 게 예뻤다.

안드로메다가 어머니를 도와 음식을 제 차 뒷좌석과 트렁크에 가지런히 실었다. 음식 외에도 돗자리, 향로, 빈 그릇 등, 페르세우스가 미처 생각하지 못한 물건도 있었다. 준비물을 한창 차에 싣고 있을 때 큰아버지가 현관에 모습을 드러냈다. 군복차림이었다. 어제 입었던 육군상사의 전투복이었다. 안드로메다는 말없이 인사만 꾸뻑했다. 준비물은 안드로메다의 차에 넘치도록 싣고 나머지는 페르세우스의 차에 실었다.

어머니는 당연하다는 듯이 안드로메다 차의 앞 좌석에 탔다. 큰아버지는 페르세우스의 스포츠카가 멋있다고 하면서 역시 앞 좌석에 탔다. 어머니가 탄 이상 위치를 알려주지 않아도 뒤따라서 찾아올 것이다. 선산은 금호동의 낙동강이 보이는 야트막한 야산이었다. 할아버지께서 장만하셨다는 산이다.

"이 차가 정말 잘 빠졌구나!"

큰아버지는 스포츠카를 들먹이셨다.

"큰아버지 그런 말씀도 하실 줄 아세요?"

"배웠다. 이런 차는 비싸지?"

중고로 샀다고 하면서 현물 시세를 배워야 한다는 생각에서 얼마를 주고 샀다고 했으며 지금은 얼마를 받을 수 있을 거라고 했다. 산소로 향하면서 큰아버지와 많은 이야기를 나누었다. 선산에 대해, 차에 대해, 주택의 가격이며 심지어 쌀값과 고깃값, 배춧값에 관해서도 얘기를 했다. 그런데 큰아버지는 형곡동의 땅에 관해 묻지도 궁금해하시지도 않았다. 그게 이상해서 페르세우스가 먼저 말을 꺼냈다.

"옛날 형곡동 논이 어떻게 되었는지 궁금하시지 않으세요?"

"뭐가 궁금해? 국정원에서 다 들었다. 도의원 선거를 두 번이나 치르고 국회의원 선거를 세 번이나 치렀는데 그게 온전하겠느냐? 요즘도 고무신 선거냐?"

"고무신 선거? 그게 무슨 말씀이세요?"

"고무신 선거라는 게 있다. 나도 고무신을 받고 투표를 딱 한 번 해보고 입대했다. 나머지는 다음에 말을 해주마."

이미 차는 선산 입구에 당도했다. 농로에 들어서자 안드로메다의 차가 바로 뒤따라 왔다. 농로가 다 포장이 되어서 차는 야산 입구까지 들어갈 수가 있었다.

봄날의 햇살이 따사로웠다.

잠깐이면 끝날 줄 알았던 참배는 한나절이 넘어서고 있었다. 참배를 마치고 소풍 겸 산소 앞에 돗자리를 깔고 둘러앉은 것인데 상당히 더디게 걸렸다. 큰아버지는 이 봄철에 참으로 귀한 수박이라며, 수박과 참외 조각을 안드로메다 앞으로 자꾸 밀어주었다. 안드로메다는 산소 앞 잔디에 깔아놓은 돗자리 가장자리에 다소곳이 앉아 큰아버지의 얘기를 진지하게 듣는 중이었다.

큰아버지는 중국을 거쳐서 북으로 압송되던 절박한 상황을 이야기하고 있었다. 그 상황에서 부상병 둘이 도저히 걷지 못하자 호송원들은 다른 포로들을 묶어놓고 둘을 산기슭으로 끌고 갔고, 곧이어 총소리를 들었다는 것이다.

"당시에 총은 뭐였나요?"

안드로메다가 사뭇, 궁금하다는 듯이 큰아버지께 물었다.

"총? 켈빈이었지. 켈빈이라면 처녀가 뭔지 알아?"

"큰아버지, 이 처녀가 육군 중사 출신이래요."

말없이 듣고만 있던 페르세우스가 슬쩍 거들었다.

"그래? 그거, 참 놀랍네! 어느 사단에 근무했는데?"

놀라신 건 큰아버지뿐만이 아니었다. 어머니도 놀라고 있었다.

"육군 27사단 의무대에 근무했습니다. 국군 간호학교 출신이거든요."

"간호학교? 그렇더라도, 군사 기초훈련은 받았겠네?"

"겨우 총 이름 정도는 알지요. 총의 성능과 폭발물의 제원 정도를 외웠지요. 부상병의 몸에 박힌 파편을 제거하기 위해서는 그 정도는 알아야 하거든요."

이야기는 끝없이 이어졌다. 장만해서 가져온 돼지고기와 닭고기를 썰고 떡과 송편으로 점심을 때우고 과일을 잘라서 먹으며 산소 앞에서 오붓한 시간을 가졌다. 모두가 한바탕 울고 나자 유쾌한 소풍처럼 여겨지는 모양이다.

"묏자리란 자고로 이렇게 와서 노닥거리며 먹고 즐길 수 있는 곳이어야 해!"

그게 큰아버지의 견해였다.

큰아버지는 이야기하는 편이었고 나머지 셋은 듣고 짧게 묻는 형식이었다. 큰아버지는 가끔 술잔으로 입을 축이시며 두만강을 넘던 이야기와 흑룡강성에서 큰어머니를 묻지도 못하고 베이징으로 급하게 피신한 이야기부터 베트남으로 다시 넘어간 얘기까지 끝이 없었다. 말씀하시는 큰아버지의 무릎 앞에는 스마트폰이 얌전히 놓여있었다. 큰아버지는 상당히 흡족한 표정으로 그 핸드폰을 수시로 쥐어보고 살펴보셨다. 그렇지만 그 핸드폰으로 전화가 오는 곳은 없었다.

누구도 큰아버지의 이야기를 자르고 그만 가자고 할 수가 없었다.

큰아버지는 봄날의 긴 해가 중천을 넘어서자, 바로 아래 있는 아버지 산소를 힐끔 보시며 상석을 해야 한다는 말을 또 하셨다.

명색이 국회의원을 재선이나 하신 위인인데 묘가 저렇게 형편없어서는 안 된다는 게 큰아버지의 생각이다. 말씀 중간중간에 그 점을 또 피력하셨다.

할아버지의 산소는 할머니와 쌍분으로 좌판과 석축, 상석으로 깔끔하게 마련되어 있었다. 페르세우스가 중학교를 다닐 적에 할머니가 돌아가시고 나서 아버지가 공사감독을 하시면서 인부를 사서 직접 하셨다. 할아버지의 산소에서 석축 아래 있는 아버지의 묘소는 그냥 봉분만 있는 산소라 큰아버지의 눈에 거슬렸던 모양이다. 큰아버지는 직접 주관하시어 그 공사를 하시겠다고 하면서 또 그윽한 눈으로 강을 보셨다.

산소에서 보면 유유히 흐르는 낙동강이 한눈에 보인다.

큰아버지는 말씀 중간중간에 강을 보았고 페르세우스는 큰아버지의 눈에 흐르는 또 다른 강을 본 것이다. 핏줄이라는 강은 이렇게 흐른다. 해가 멀리 강 건너 비봉산 자락에 걸리자 큰아버지는 그만 돌아가자고 하시며 일어섰다. 먼저 일어서서 말씀하시기를 '내가 왜 이 자리에서 긴 이야기를 했느냐 하면 어머니 아버지께서도 들으시라고 하신 말씀, 이라고 했다.

그런가?

큰아버지의 그 말에 어머니와 안드로메다가 고개를 끄덕였다.

"됐다! 그만 가자."

그 말을 기화로 안드로메다와 어머니는 남은 음식과 자리를 정리하기 시작했다.

큰아버지는 할아버지 산소에 당도해서 큰절을 하시지 않았다.

"아버지, 어머니! 이제야 만기 전역을 했습니다."

좌판도 모자라 옆에 자리를 깔고 정성스레 음식을 손수 차리신 큰아버지가 할아버지의 산소 좌판 중간에 있던 음식을 약간 밀고 군복에 달려 있던 훈장을 떼어 올려놓았다. 그리고 산소 앞에 차렷자세로 서서 입을 연 첫마디가 그것이었다.

만기 전역?

옆에 나란히 선 페르세우스는 그 말이 맞는지 의심을 했다. 장기근속 훈장을 받을 정도이니 만기 전역이 맞기는 맞는 모양이다. 그렇게 신고식처럼 외친 큰아버지께서 큰절을 올리시지 않고 거수경례를 척, 붙였다.

이게 만기 전역 신고식인가?

페르세우스는 옆에 차렷자세로 선 안드로메다를 힐끔 보았다. 눈으로 물은 것이다. 안드로메다는 눈이 마주치자, 옳고 지당한 말씀이라는 듯이 고개를 끄덕였다.

큰아버지는 거수경례를 오랫동안 지속했다.

이거 너무 오래 하시는 거 아닌가?

페르세우스가 나란히 서서 고개를 숙이고 있다가 가만히 보니 큰아버지의 거수경례를 한 손에 경련이 일고 있었다. 끝내 눈물이 큰아버지의 볼을 타고 흘러내렸고 급기야 다리가 후들거리기 시작했다. 페르세우스와 어머니, 심지어 안드로메다까지 볼에는 눈물이 흘러넘쳤다. 페르세우스는 경례를 한 채 후들거리는 큰아버지를 부축하며 산소 앞 잔디에 앉혔다. 큰아버지는 산소 앞에 퍼질러 앉아서, 흐트러진 자세로 한참이나 땅을 치며 오열하셨다.

오열하는 큰아버지의 어깨를 부여잡고 페르세우스는 큰아버지가 이미 늙었다는 사실을 실감했다. 큰아버지는 이미 초로의 노인이 된 것이다. 건장한 청년으로 입대했다가 초로의 노인이 되어 정말 만기 전역을 하신 것이었다.

산소 참배치고는 유쾌한 봄 소풍이었다.

산소에서 내려와서 큰아버지는 페르세우스가 모시고, 어머니는 안드로메다의 차에 당연하다는 듯이 올라앉았다.

*20.

페르세우스의 사설탐정 사무실에 조수가 생겼다.

바로 큰아버지였다. 큰아버지는 집에서 지내시기 갑갑하실 것 같아 매일 사무실로 모시고 나온다. 나오시면 청소를 같이하고 함께 차를 마시고 세상 돌아가는 것을 몸소 체득을 통해 배우신다. 큰아버지는 무얼 시키면 마냥 즐겁게 일을 하신다. 그게 우체국에 가서 우편물을 부치는 따위의 하찮은 일일지라도.

처음 사무실에 나오셨을 적에 큰아버지께서는 테이블에 놓인 고가의 카메라에 지대한 관심을 보였다. 북한에서 보기 드문 카메라라고 하셨다.

"북에서 이런 카메라 하나를 딱 메면 뭇사람의 존경과 경의를 받는 물건이지."

카메라는 일본 제품이었다.

광명 안과의 전리품이니 페르세우스도 그 가격을 모르기는 마찬가지지만 고가일 것이다. 카메라는 다 포맷이 되어있다. 사진이 한 장도 없는 빈 카메라다. 큰아버지는 카메라의 가격을 물었지만, 페르세우스는 사건을 해결하다가 덤으로 따라온 물건이라고 했다.

페르세우스는 마음에 든다는 카메라를 큰아버지께 하나 선사했다.

디지털이라 필름이 없이 가능했고 찍었다가 마음에 들지 않으면 바로 지우고 다시 찍는 방법 정도를 큰아버지께 알려 드렸다. 핸드폰에도 카메라가 있다고 했지만, 큰아버지는 이런 거 하나 메야지 자세가 나온다면서 자세, 자세를 강조하셨다. 망원렌즈를 사용하는 방법은 큰아버지께서 쓰시다가 스스로 터득하신 것이다. 큰아버지는 가끔 도립도서관 정원으로, 더 나아가 시청 정원과 등기소 마당으로 출사를 나가시곤 했다. 꽃을 즐겨 찍으시는 모양이었다. 페르세우스는 그 사진을 노트북과 연결해서 출력을 해드리면 들고 사뭇 신기해하시며 좋아하신다. 마음에 드는 사진은 출력해서 큰아버지의 방에 붙여둔 것도 더러 있다.

아버지 산소의 석축공사와 좌판, 비석을 세우는 작업은 이미 마쳤다.

큰아버지께서 돌아와 처음 하신 일이 그것이었다.

페르세우스와 함께 석재공장을 돌아다니시며 돌의 재질을 보고 견적을 받았고 가장 만만한 타입으로 비석을 제작하고, 그 석재 공장에 위임해서 굴착기를 동원해 이틀에 걸쳐 석축공사까지 깔끔하게 마쳤다.

큰아버지께서는 그 공사를 감독하셨다. 큰아버지는 공사를 진행하시면서 아버지의 산소 옆에 적당한 크기의 공터를 닦아두고 거기에도 석축을 쌓았다. 장차 큰아버지 자신이 가실 자리라고 했다. 그 자리에도 새로 잔디를 입히고 페르세우스에게 벌초하면 그 자리도 잔디가 잘 자라게 하자고 하셨다. 그 공사에 들어가는 경비는 모두 큰아버지께서 부담하시고 공사를 마치고 어머니와 셋이 가서 간단하게 제를 올렸다. 아버지 산소에서 그 제를 올릴 적에는 페르세우스가 제주가 되었다.

큰아버지는 무엇보다 페르세우스가 하는 일이 상당히 신기한 모양이었다.

가끔 의뢰인으로부터 전화가 와서 전화상담을 하면 큰아버지는 귀를 기울여 들었다. 사건을 어떻게 해결할 것인가에 대해서도 큰아버지와 상의를 했다.

"참 희한한 사업도 다 있구나."

큰아버지는 사설탐정을 처음에는 사업이라고 하셨고 의뢰인을 전혀 이해하시지 못하셨다. 그런 일은 혼자서 처리하지, 돈을 주고 맡긴다는 사실이 그저 신기해 보인다고 하셨다. 차츰 시간이 가니, 문제를 푸는데 고민을 같이 해주시기도 했다. 사무실에만 따라다니던 큰아버지께 친구가 생겼다. 아니, 찾은 것이다.

큰아버지의 중학교 동기들이라고 했는데 지금 해평시에 사시는 분들이다.

페르세우스는 혼자 다니시는 큰아버지가 측은해 보여 인터넷으로 전화번호를 찾아 해평중학교에 연락했다.

왜 그 생각을 진즉에 하지 못했을까?

교무실에서 전화를 받은 사람은 교감이라고 했다.

혹시 총동창회장의 전화번호를 알 수 있느냐고 물었더니 작년에 나온 소형 책자가 어디 있을 거라며 잠시만 기다리라고 했다.

조금 기다렸더니 분명히 책자가 있었는데 어디 갔는지 모르겠다며 법원 앞에 있는 이상화 변호사가 총동창회장이라며 그 변호사 사무실을 114 안내에 물어보라고 했다.

이상화 변호사 사무실은 대충 어디쯤 있는지 페르세우스도 알고 있었다.

이상화 변호사에게 전화해서 해평중학교 이야기를 했다. 이상화 자신은 18회라고 했다. 12회 동기회는 혹시 없느냐고 했더니, 잠시 기다리라고 했다. 아마도 총동창회에서 나온 안내 책자를 뒤지는 모양이었다. 그러면서 왜 그러느냐고 지나가는 소리로 물었다. 페르세우스는 월남전에서 49년 만에 살아 돌아온 12회 설효진 상사가 친구들을 찾고 있다고 했다.

이상화 변호사는 깜짝 놀라면서 신문을 보고 동창회가 발칵 뒤집혔다고 하면서 전화하시는 분과 관계가 어떻게 되느냐고 물었다. 큰아버지라고 했더니 금세 아버지의 이름을 대며 아들이냐고 물었다. 그렇다고 했더니 참 훌륭한 집안이라면서 이제는 큰아버지를 잘 모시라는 말을 덧붙였다. 언론에 대대적으로 보도가 되었으니 다들 알고 있었던 모양이다.

이상화 변호사는 찾아냈는지 12회는 송정동의 행복공인중개사의 김재환 중개사가 동기회장이고, 그 사무실을 동기회 사무실로 쓴다고 하며 전화번호를 알려주었다. 페르세우스가 전화를 해보니 웬 아가씨가 받았다. 위치를 물어보고는 송정동에 있다는 중개사 사무실로 큰아버지를 모시고 갔다.

신문을 뒤적이고 있던 김재환 중개사는 깜짝 놀라며 큰아버지를 한동안 얼싸안았고 눈물까지 글썽거렸다.

"아이고, 이 사람아! 죽을 운이 아니었네."

김재환 중개사는 이미 신문을 통해 큰아버지께서 돌아오신 사실을 알고 계셨는데 아무리 찾아도 연락처를 알 수가 없다고 해서 어떤 방법으로든 연락이 올 것이라고 기다리고 있던 중이라고 했다. 그러면서 해평중학교 교문에 현수막을 걸었었다고 했다. 그것도 보름이 넘도록 걸어두었다고 하면서 핸드폰을 꺼내 사진을 클릭해 보여주었다. 사진은 여러 장이었다. 페르세우스도 큰아버지의 어깨너머로 사진을 보았다.

경축, 해평중학교 12회 설효진 상사 월남 참전 49년 만의 무사 귀환, 이라는 기다란 현수막 사진이었다.

큰아버지를 만난 김재환 중개사가 두서없이 여기저기에 전화를 넣는 것을 보고, 페르세우스는 즐겁게 친구분들을 만나시라고 인사를 하고 나와 사무실로 돌아왔다.

그날을 기화로 큰아버지는 페르세우스의 사무실이 시들해진 모양이다.

아침에 같이 나왔다가 청소를 마치고 중개사 사무실이 문을 열면 그쪽으로 가시는 눈치다. 페르세우스의 사무실에서 송정동까지는 철로 굴다리를 이용하면 운동으로 걷기에 알맞은 거리였다. 말씀은 안 하셨지만, 집에 계시면 제수씨가 되는 어머니가 상당히 불편하신 모양이라 페르세우스를 따라 출근을 하신다. 그러나 이제는 종일 사무실에 붙어 계시지는 않는다.

큰아버지는 동기들끼리 또 한 번 환영회로 식사자리를 가졌다.

며칠 전 저녁에 해평시에 사는 동기들이 거의 다 모여 거대한 회식을 하신 모양이다. 다봉산성이라는 큰 식당에서 저녁 늦도록 환영회를 했던 모양이다. 그날부터 큰아버지의 스마트폰이 제 기능을 발휘하기 시작했다. 페르세우스의 사무실에 있으면 카톡이 날아오고 전화가 걸려오는 것이다. 전부가 중학교와 초등학교 동기생인 친구들이었다.

전화가 오지 않으면 큰아버지가 먼저 전화를 해서 점심 약속을 잡곤 하셨다. 큰아버지 혼자서 돌아다니시고 적응을 하시는 게 그저 보기 좋았다.

오늘도 큰아버지는 사무실까지 같이 나오셨다가 전화를 받고는 임수동으로 나가셨다.

도시가 팽창되어 변했다고 하지만 소도시라 큰아버지께서는 그 지명을 다 알고 계시니 길을 잃을 일은 없을 것이다.

큰아버지께서 마음 놓고 나다니시니 페르세우스는 홀가분하다.

어떤 날은 친구들과 술자리가 길어진다면서 늦은 저녁에 돌아오시곤 했다.

"민수야! 오늘은 또 어떤 친구를 오십 년 만에 만났지. 그 친구가 뭘 하느냐 하면."

가끔은 페르세우스에 친구를 자랑하시기도 했다. 큰아버지의 행동반경은 넓어져서 기차를 타고 대구까지 내려가시는 모양이다.

가끔 대구에서 친구를 만나고 있는데 늦지 싶으니 저녁을 먼저 먹으라는 내용의 전화가 오기도 했다.

어머니는 만화로 된 그리스 로마신화를 세 번이나 읽었다는 것이다.

어머니는 참 재미가 있었다며 스스로 다나에라고 칭했다. 어머니의 공황장애는 큰아버지께서 돌아오시고 현저히 호전을 보였다. 이제는 페르세우스를 동행하지 않고 정신과에 혼자 가셔서 의사와 마주 앉아 상담하고 약을 처방받아 오시는데, 가끔 잊고 약을 잡수시지 않을 때가 있다.

그 약은 잊고 잡수시지 않을 때가 있다는 사실이 오히려 다행스러운 약이다.

페르세우스는 도립도서관을 들락거리며 어머니께서 읽을만한 책을 빌려다 드리는 게 일이었다. 어머니가 책을 읽고 변한 것이면, 안드로메다를 두고 김지현이나, 지현이라고 부르지 않고, '우리 안드로메다' 라고 부른다는 점이다. 그리스 로마신화의 페르세우스와 안드로메다 사이를 확실하게 아시는 어머니였는데 그렇게 부른다는 점이 주목할 만하다.

우리 안드로메다?

좀 어색하고 우습긴 했지만, 어머니의 삭막하고 메마른 가슴에, 진정 간절한 마음으로 정을 줄 수 있는 대상이 있다니 여간 고마운 일이 아니다. 어머니는 어떻게 전화번호를 알아냈는지 가끔 안드로메다와 통화를 하시는 눈치였다. 그게 어머니의 마음을 진정시키는 청량제 구실을 할지도 모른다고 페르세우스는 생각하니 안드로메다에게 고맙기 그지없다.

아. 예쁜 처녀!

페르세우스는 이상하게도 안드로메다를 생각하면 가슴이 뜨거워진다. 이성에게 이런 기분을 느끼기는 처음이다.

안드로메다에게는 전화가 자주 온다.

꼭 볼일이 있어서라기보다는 그냥 사설탐정이 뭘 하나? 궁금해서 하는 전화라고 했다. 전화를 받으면 '페르세우스여! 안녕!'이라는 인사를 주문처럼 던진다. 항상 발랄한 목소리다. 심하면 하루에 두 번 이상 오기도 하지만 페르세우스는 귀찮거나 싫지가 않다. 어쩌다 전화가 오지 않는 날이면, 오히려 이 아가씨가 바쁘나? 궁금하기도 하다.

오늘도 큰아버지가 나가시고 나서 안드로메다의 전화를 받았다. 탐정에 관한 영화가 신작으로 나왔는데 언제 짬을 내서 보러 가자는 내용이었다. 그런 영화를 보면 탐정에게 도움이 될 거라고 했다.

페르세우스는 그러자고 했다.

그러고 보니 안드로메다와 같이 영화를 본 적이 없었다.

해평넷과 벼룩시장에는 광고가 계속 나가고 있는지 문의 전화는 끊임없이 온다. 페르세우스는 전화로 먼저 상담을 하고 개입할 가치가 있는 사건만 수임을 받는 형편이다.

확실히, 억울함을 고소함으로 전환, 이라는 문구가 효과가 있는 모양이다. 전화를 받으면 모두 그 말을 먼저 들먹인다.

점심을 먹고는 세무서에 납세증명서를 떼러 가야 한다.

의뢰인이 부탁한 건인데, 납세증명서를 세목별로 떼서 지번을 확인해야 전체 재산 규모를 파악할 수가 있으며 어느 물건의 공시지가가 얼마인지 파악할 수가 있다.

의뢰인은 육십 대 배춘자 아주머니였다.

그 아주머니가 찾아왔을 때는 큰아버지도 사무실을 지키고 있었던 아침나절이었다. 큰아버지도 그 아주머니의 사연을 소상하게 다 들었다.

아주머니는 자신의 신세를 한탄하듯 늘어놓았다.

삼십 대에 남편이 죽고, 십 년이 넘게 혼자 살다가 사십 대에 어느 상처한 홀아비의 후처로 들어가 전처 소생의 아이를 셋이나 키웠다고 했다. 원래 남편에게는 아이가 없었느냐고 옆에 앉은 큰아버지가 묻자 없었노라고 했다. 그렇다면 오로지 의지할 곳은 다시 맞은 남편과 그 아이들뿐이다.

딸 하나에 아들 둘, 제 자식처럼 키웠는데 키우고 보니 병아리가 아니라 미운 오리 새끼였다고 했다. 아주머니는 자신이 뻐꾸기 둥지 역할을 했노라고 비유했다.

아이들을 그렇게 헌신적으로 키웠는데 일곱 살이 더 많은 남편이 지난해 가을 무렵에 추수하면서 경운기를 끌고 도로에 나갔다가 교통사고를 당해 식물인간이 되었다는 것이다. 참 딱한 입장이었다.

아이들이 몇 살이냐고 묻자 다 장성해서 막내가 작년에 결혼했노라고 했다.

그런데 보험회사에서 보험금이 나오자 딸 하나와 아들 둘이서 아주머니 몰래 합의를 하고 받아서 나누어 가지고 아주머니에게는 한 푼도 주지 않았다는 것이다. 하는 소행을 보니 남편이 죽으면 재산 분배과정에서 다툼이 있을 것 같아 미리 자신의 몫을 확보해 두기 위해 어느 땅이 얼마나 하는지 알아보고 법적인 자기 몫을 챙겨 노후를 대비하고자 한다고 했다. 그 말을 하면서 아이들을 친자식처럼 믿었다는 말을 덧붙였다.

남편은 아무래도 오래 살지 못할 것 같다면서 병원에서 간병인 노릇을 하다가 답답해서 병원에 굴러다니는 벼룩시장 광고를 보고 잠시 찾아왔노라고 했다.

혼인신고는 정식으로 되어있느냐고 페르세우스가 물었다.

혼인신고는 되어 법적으로 문제가 없다고 했다.

그 사연을 들은 큰아버지께서 섣불리 격분했다.

"배은망덕한 놈들! 내가 그냥."

그 말을 하면서 나서는 큰아버지의 팔을 페르세우스는 슬쩍 잡아당겼다. 어디까지나 중립적인 입장에서 냉정하게 사건을 보고 다루어야 한다. 냉정해져야 한다. 한쪽 이야기만 듣고 감정으로 다가서면 법적으로 낭패를 당하는 일이 생긴다.

"호적에 확실히 그렇게 되어있으면 상속에 대해 유언을 하시지 못하고 돌아가시더라도 반은 배우자인 아주머니의 몫입니다."

아주머니의 말씀 요지는 자신이 들어와서 아이 셋을 키우면서 농사일을 도왔기에 농토를 늘려가며 살림을 살았고, 특수작물이라고 참외 농사를 짓는데 뼈가 빠지도록 일을 했노라고 농토를 늘린 이야기를 했다. 이런 아주머니에게는 신세 한탄을 들어주는 것만으로 큰 힘이 된다.

농토가 어디냐고 묻자 근방에 있는 남면이라고 했다.

시골 땅이라 어느 게 얼마인지 다 합치면 얼마쯤 되는지 모르겠다면서 자기는 면사무소조차 가본 일이 없는 무지렁이 농촌 아낙네라고 했다. 올해 농사는 간병인 노릇을 하느라 짓지 못하고 이웃에게 맡겼다며 병원에도 들르지 않는 자식들을 생각하면 잠을 설친다는 요지였다.

큰아버지는 한숨을 쉬며 듣고 계셨다.

배춘자라고 실명을 밝힌 아주머니는 심리적으로 안정이 되게 법적인 자신의 권리나 몫을 좀 명확하게 알아달라는 것이었다.

병석에 누운 남편에게 희망을 걸기는 늦은 것 같다고 하면서 착수금이라며, 들고 온 손가방을 뒤져 현금을 내밀었는데 꼬깃꼬깃 접은 지폐들이었다. 얼마나 어렵게 모으고 간직했는지, 그 꼬깃꼬깃한 지폐 여러 장이 생의 애환을 대변해주는 듯했다. 이런 아주머니는 의심할 여지가 없다. 그러나 확실히 파악해야 한다.

페르세우스는 배춘자 아주머니와 남편의 인적사항부터 파악하고 연락처를 받고, 알아내서 병원으로 들르겠다고 하고는 돌려보냈다.

이런 일은 대충 하루면 끝이 나는 일이다.

문제는 아주머니가 안심하고 간병인 노릇을 하게 알려주는 일 뿐이다. 보존등기나 가압류를 하면 더 확실한데 괜히 그런 짓을 해서 자식들과의 불화의 싹을 틔울 필요는 없는 일이다.

일삼아 시청에 가서 무인기로 주민등록을 열람하니 남편의 정확한 부인으로 등재되어 있었다. 안심이다. 보험금은 아주머니의 도장을 도용해 받고 합의를 했더라도 이 호적은 자식들이 어쩌지 못한다. 문제는 지가였다. 얼마쯤 된다고 딱 부러지게 명시해 주어야 안심을 할 것이다.

점심을 햄버거로 때우고 세무서를 가려고 준비하는데 도경의 최경욱으로부터 전화가 왔다. 핸드폰에 뜬 이름을 보고, 이 작자가 웬일이지? 한참 생각하고 페르세우스는 느긋하게 전화를 받았다.

큰아버지는 잘 모시고 왔느냐고 물었다. 그렇다고 했더니 적응을 잘 하시느냐고 물었다. 역시 적응을 잘 하시지. 최경욱은 큰아버지 이야기를 꺼내서 인사를 하고 아버지 사건을 아직도 들추고 있느냐고 물었다.

목적은 바로 그것이었다.

전화를 받으면서 페르세우스는 생각했다.

찔리는 구석이 있지? 이 뱀의 혀를 지닌 작자야!

함정에 말려서는 안 된다는 생각을 했다. 최경욱, 자신이 생각하기에는 아마도 투서를 넣어 경찰을 움직이게 할 정도의 선이라면, 여당의 지도부가 아닐까 하고 아버지의 편에 서서 얘기를 했다. 페르세우스도 당연히 그런 생각을 하고 있다고 얘기했더니, 당시의 여당 대표는 장진수였는데 그도 낙선해서 정계를 떠난 인물인데 조사를 해보니 지금 충남 보령으로 낙향해서 초야에 묻혀 여생을 보내고 있다고 했다. 당시에 날고 기던 여당 대표지만 낙선하니 그 꼴이라며 국민의 표심은 실로 대단한 것이라고 했다.

페르세우스는 이미 장진수가 보령으로 낙향했다는 정도는 파악하고 있었다.

최경욱은 그렇게 초야에 묻힌 작자에게 보복성 탐색을 하고 책임을 따지면 무방비의 시민이 다친다고 하면서 가능하면 마음을 정리하고 사건을 마무리 지었으면 좋겠다는 요지였다.

페르세우스는, 그대가 이런 억울한 경우를 당해도 그런 말을 할 수가 있겠느냐고 되물으면서 단호하게 아직 심리적으로 종결하기에는 이르다고 말했다.

최경욱은 또 다른 사고가 발생할까 두려워 전화했노라고 하면서 자신은 어제부로 총경으로 진급을 해서 단밀의 경찰서장으로 발령을 받았노라고 했다. 단밀이라면 해평시와 붙은, 이웃 군이다.

강력계에서 뼈가 굵은 자가 경찰서장으로 간다? 그럼 강력계는?

페르세우스는 의아했지만, 그 점은 진심으로 축하한다고 했다.

강력계와는 달리 시골인 군 단위 경찰서장으로 가면 시간이 많을 것이니, 도움이 필요하면 언제든지 전화를 달라고 했다. 페르세우스는 지금도 아버지께 미안한 심정이 없느냐고 물으려다가

그만두고 언제 시간이 나면 그 경찰서에 차를 마시러 들르겠노라
고 했다. 최경욱이 말한 단밀의 경찰서는 마음만 먹으면 한 시간
이 채 안 걸리는 가까운 군청 소재지다. 최경욱은 언제든지 환영
한다며 큰아버지를 잘 모시라는 말을 하고 끊었다.

최경욱의 전화를 받고 나니 페르세우스의 기분이 고약했다.

응징할 대상이 자꾸 줄어든다는 기분이었다.

기분이 왜 이럴까 생각하며 무엇을 하려고 했는지를 기억하고
가방을 챙겨 세무서로 향했다.

*21.

아침에 같이 출근하신 큰아버지에게 호출이 왔다.

송정동의 김재환 중개사 사무실로 어머니를 모시고 오라는 전
화였다. 어머니에겐 이미 연락을 했으니 준비를 하고 계실 터이
니 빨리 집으로 가서 모시고 오라는 것이었다. 페르세우스가 무
슨 일이냐고 묻자 와보면 안다는 것이었다.

"큰아버지! 조수가 바쁜 사수를 오라, 가라, 하는 법이 어디 있
어요?"

그 말을 하고 일어섰다. 점심을 먹고 난 다음이었다.

점심은 큰아버지와 함께 먹지 않았다.

큰아버지는 점심시간이 되기 전에 사무실을 나가셨다.

점심은 미용실의 주선미 누나와 미용실 근방의 중국집에서, 누나가 먹고 싶다는 짬뽕으로 때웠다.

점심나절이 거의 다 되어 큰아버지께서 사무실을 나가시고 나서 바로 주선미 누나에게 전화가 왔다. 한동안 잊고 있었던 누나라 반가운 마음으로 받았다. 누나는 먼저 바쁘냐고 물었다. 그렇지는 않다고 했더니 미용실로 급하게 좀 오라는 것이었다. 직감적으로 무슨 문제가 발생한 것이다.

무슨 문제일까?

사무실에서 미용실까지는 차로 오 분 남짓한 거리다.

급하게 나섰다. 도착하니 미용실 문은 열려있었지만 손님은 없었다. 누나는 형광등을 가리켰다. 형광등 커버에는 또 몰래카메라가 붙어 있었다. 형광등 커버가 새것이라 카메라는 단박에 표시가 났다.

"이런? 또 시작이군. 저걸 떼어 드릴까요?"

"그럴 필요는 없어. 알고 있으면 그만이야. 저게 있어서 마음이 놓인다면 그대로 달아두는 게 서로가 편해."

언제 발견했느냐고 물었다.

"어제 저녁에 집에서 테이블 위에 던져둔 미용실 열쇠를 슬쩍 들고 나가기에 눈치를 챘지. 아니나 다를까 아침에 나와보니 저렇게 달려 있었어. 이젠 상관 없어. 동생 이리로 앉아! 머리를 잘라줄게."

머리를 잘라준다? 싫다고 했더니 남자가, 잘 생긴 총각이 왔다가 그냥 가는 걸 알면 의심할지도 모른다면서 막무가내로 앉으라고 했다. 페르세우스는 어쩔 수 없이 머리를 자르려고 앉았다. 머리를 자르며 누나는 조용히 말했다. 임신이라고. 페르세우스는 귀를 의심했다. 임신? 그런 반가운 소리를 남의 일처럼 이렇게 태연하게 할 수가 있을까?

"그래요?"

누나는 입덧이 심해 산부인과에 검사했더니 임신이 정확하다고 했다. 김종칠이 그 사실을 알고 매일 뭐가 먹고 싶냐고 묻고는 사들고 들어온다는 것이었다.

"그런데 왜 몰래카메라를 달아요?"

누나가 페르세우스에게 묻고 싶은 것이 바로 그것이라고 했다. 저 몰래카메라를 단 이유를 모르겠다는 것이었다. 무슨 심리인지 그걸 알고 싶다는 거였다.

"그동안 머리가 많이 길었네! 가끔 들러! 내가 다듬어 줄게."

누나는 딴청을 부리고 있었다.

"성과나 안심에 대한 확고한 보상심리가 아닐까요?"

"그렇지? 의심해서라기보다는 그런 심리도 남자에겐 있지?"

주선미 누나는 머리를 자르며 헛구역질을 두 번이나 했다. 정말 입덧이 심한 모양이다. 주선미 누나가 페르세우스를 부른 이유는 근황을 알려주기 위함이었다. 분명히 그 자랑을 하고 싶었을 터이다.

머리를 다 자르고 나서 머리를 감고 주선미 누나는 짬뽕을 들 먹였다. 갑자기 그게 먹고 싶다는 거였다. 한 그릇 사 달라고 했다. 근방의 맛있게 하는 중국집이 있다고 해서 누나를 따라갔다. 짬뽕을 먹으면서도 헛구역질을 두 번이나 했는데 페르세우스가 보기에는 껄끄럽다기보다는 그렇게 예쁘게 보일 수가 없었다. 누나의 등을 두드려주고 짬뽕을 아주 맛있게 먹었다.

페르세우스는 집으로 향하면서 차의 룸미러에 비친 머리를 살폈다.

단정한 게 참 마음에 들었다. 누나의 솜씨는 탁월하다.

아파트 마당에 도착하니 어머니는 미리 문단속하고 현관 앞에 나와 서성이고 있었다. 화단의 꽃을 살피는 중이었다.

"큰아버지께서 무슨 일이래요?"

"누구에게 꼬임을 당했는지 갑자기 아파트를 산단다."

"아파트를 산다? 그럼 따로 사시겠다는 말씀인가요?"

어머니는 그 말에 고개를 저었다. 그냥 가보자고 했다. 가보면 안다는 것이다. 어머니는 그 말을 하면서 안드로메다를 들먹였다. 웬 안드로메다? 페르세우스는 화들짝 놀랐다. 눈썰미가 있는 처녀이니 있으면 같이 가서 꼼꼼하게 보는 것이 좋을 것 같다고 했다.

\#

페르세우스는 자신과 어머니 다나에를 버린 외할아버지에게 원한을 품지 않았다. 어렸을 때는 외할아버지가 원망스럽기도 했지만, 이제는 여러 모험을 성공적으로 마친 터라 정신적으로도 많이 성숙해 있었다. 하지만 외할아버지 아크리시오스는 달랐다. 그는 그동안 페르세우스의 행적을 전해 듣고 외손자가 돌아와 자신에게 해코지하지는 않을까 전전긍긍하고 있었다. 그는 마침내 손자 페르세우스가 아르고스로 자신을 찾아온다는 얘기를 듣고는 지레 겁을 집어먹고 부리나케 이웃 나라 라리사(Larisa)로 피해버렸다.

그러자 페르세우스는 외할아버지의 오해를 꼭 풀어드리고 싶었다. 그는 어머니와 아내는 아르고스에 남겨둔 채 라리사로 외할아버지를 찾아 나섰다. 마침 라리사의 왕 테우타미데스(Teutamides)는 아버지 기일을 맞아 축제를 벌이며 원반던지기 경기를 개최했다. 원반던지기에 자신이 있고 즐기던 페르세우스도 그 원반던지기에 참가해서 차례가 되자 몸을 돌리며 힘차게 원반을 던졌다.

그런데 한참을 반듯이 날아가던 원반이 마침 갑자기 불어 닥친 강한 바람 때문에 정상 궤도에서 벗어났다. 마침내 원반은 관중석으로 날아가더니 머리가 허연 노인의 정수리를 맞춰 그 노인은 머리가 터져 죽게 된다. 그런데 그 노인은 바로 외손자를 피해 라리사로 몸을 피신하여 관중석에서 원반던지기 대회를 구경하던 페르세우스의 외할아버지 아크리시오스였다. 비탄에 잠긴 페르세우스는 외할아버지의 시신을 아르고스의 아테나 신전에 정성스레 묻어드렸다.

\#
방이 네 개였다.
평수는 마흔네 평이고 지은 지가 사 년밖에 안 된 새 아파트라고 김재환 중개사는 어머니에게 말했다.

"좁은 집에서 제수씨와 함께 사니 이 친구가 여간 불편하고 거북하지 않은 모양입니다. 조카가 거실을 쓰는 것도 그렇고, 이 집은 꼭대기 층인 까닭에 덤으로 옥탑방이 하나 더 있어요. 이 친구의 서재로 꾸며서 낮에 이용하면 그만이지요. 이 정도면 한 공간에 사셔도 전혀 불편한 게 없을 겁니다."

큰아버지의 중학교 동기, 김재환 중개사는 어머니의 승낙이 있어야 가능한 것처럼 어머니에게 설득을 시도했다.

어머니는 혼잣말로, 염치가 없어서, 라고 말하고는 주방으로 들어가서 주방의 구조를 살피고는 수도꼭지를 틀어 물이 나오는지 확인을 했고 이방 저방 문을 다 열어보고는 또 염치가 없어서, 라는 말을 했다.

페르세우스는 어머니의 표정을 살폈다.

평온한 표정이었다.

생각하니 어머니가 마음에 들고, 들지 않고는 문제가 되지 않는다. 눈치를 보니 이미 큰아버지께서 이 집을 답사하고 마음을 굳힌 듯했다.

페르세우스는 옥상으로 난 좁은 계단을 따라 올라가 보았다. 두어 평 되는 작은 방이 매달려 있었는데 큰 창문이 달려서 별을 보기에 그만일 듯했다.

큰아버지는, 어머니가 마음에 들기를 바라고 있는 눈치였다. 페르세우스는 아파트 가격을 물었다. 김재환 중개사는 많이 깎았다고 하면서 금액을 말했는데 페르세우스가 예상했던 금액에 상당히 못 미쳤다. 큰아버지가 한꺼번에 받은 월급의 절반 정도에 지나지 않았다. 금액을 말하는 중개사의 얼굴과 큰아버지의 표정을 번갈아 보며 페르세우스는 포세이돈을 떠올렸다.

#

제우스가 보여주는 냉철한 현실감각과 탁월한 정치력은 포세이돈에게서는 기대할 수 없다. 그는 이것저것, 요모조모 따지는 타입이 아니다. 술수도 모르고 전략도 없다. 그저 순간적인 감정과 느낌에 따라 행동할 뿐이다. 좌충우돌 식이다. 하나는 알되 둘 이상은 모른다. 충동적이며 즉흥적이다. 성급하고 직선적이며 변덕스럽다. 좋게 보면 순진하고 감상적이라는 표현이 적절한 성격이다. 제우스가 현실주의자라면, 포세이돈은 낭만주의자다. 계산을 모르는 순정파다. 제우스와 포세이돈 중 누구를 친구로 삼겠느냐고 묻는다면 후자를 택하는 이가 많을 것이다. 그러나 누구를 조직의 보스로 삼겠느냐고 물으면 얘기가 달라질 것이다. 제우스는 득실 관계를 냉철하게 따져보고 득이 되면 하기 싫어도 하고, 실이 되면 하고 싶어도 안 한다. 그러나 포세이돈은 그저 마음 내키는대로 하고 싶으면 하고, 하기 싫으면 안 하는 스타일이다.

#

"이 친구가 얘기는 안 했지만, 무엇보다 화장실을 쓰는 게 불편하겠죠. 그러나 이 아파트는 화장실과 세면실이 세 개라 그런 점에서 확실히 다르지요. 또 공단 경기가 조금만 살아나면 가장 먼저 가격이 오를 아파트입니다."

김재환 중개사는 투자성에 관해 얘기했다.

페르세우스는 거기까지 생각을 못 했다. 듣고 보니 그랬다. 화장실을 사용하기가 엄청 불편했을 것이다.

어머니는 조금 상기된 낯빛으로, 집을 보았으니 공인중개사 사무실로 가서 얘기하자고 했다.

공인중개사 사무실에 가서는 그 집의 서류를 살폈다.

이미 중개사가 등기부등본을 인터넷을 통해 출력해놓았다. 아가씨가 커피를 대령했다. 전 주인이 근저당을 설정하고 얼마를 대출했는데 계약금을 지급하면서 법무사에게 시키면 법무사가 전 주인을 데리고 가서 갚고 바로 근저당이 해제된다고 어머니께 설명하며 서류에 대해서는 걱정하지 않아도 된다고 했다.

페르세우스는 어머니의 고소공포증을 우려하며 큰아버지께 왜 꼭대기 층을 고집하시느냐고 묻자, 사람은 자고로 하늘을 머리에 이고 살아야 한다고 했다.

어머니는 말을 아끼고 있었다.

대신 큰아버지의 친구인 김재환 중개사가 나서서 어머니를 설득하는 조로 말했다. 페르세우스가 보기에는 모든 권한은 어머니가 쥐고 있는 듯이 보였다. 내용을 모르는 그 사무실 아가씨가 보기에도 그랬을 것이다.

아닌데?

늙은 중개사의 설명에 따르면 나중을 생각해서 명의 이전은 페르세우스 앞으로 하고 지금 사는 소형아파트는 팔지 않고 그대로 세를 놓았다가 페르세우스가 결혼하면 살림집으로 주고, 지금 사는 아파트가 어머니의 명의로 되어있으니, 페르세우스의 앞으로 하면 일 가구 이 주택에 저촉되지 않는다는 설명이었다.

그 말에 페르세우스가 냉큼 대꾸했다. 자신은 결혼하더라도 큰아버지와 어머니를 모시고 같이 살 생각이라고 했다. 그 말에 큰아버지는 마른 헛기침을 하셨고 어머니는 페르세우스에게 눈을 흘겼다. 김재환 중개사는 마음은 갸륵하지만, 이 시대에 그렇게 산다고 하면 시집올 처녀가 없을 거라며, 큰아버지를 대변해서 집이 좁고 화장실이 하나라 불편한 입장을 조목조목 따지듯이 설명했다.

큰아버지께선 대변인에게 모든 것을 맡겼다는 듯이 묵묵히 듣고만 계셨다. 사실이지 큰아버지는 그 아파트가 비싼지 싼지 아직은 모르실 것이다. 작금의 현물 시세에 아직은 그만큼 밝지 못하신 것이다.

"집이야 마음에 들지만, 염치가 없어서."

어머니는 또 그 말을 했다.

"염치가 없기는 뭐가 염치가 없습니까? 모시고 같이 사는데, 그럼 승낙하신 것으로 알고 계약을 추진하겠습니다. 사시는 아파트는 제가 책임 지고 빨리 세를 놓아드리겠습니다. 제수씨!"

중개사가 어머니에게 제수씨라고 하면서 못을 박았다. 김재환 중개사는 따지면 아버지의 선배가 된다. 생각하니 제수씨라고 부르는 것도 무리는 아니었다.

어머니는 그 말에 침묵했다.

중개사는 어머니의 표정을 살피며 아가씨에게 계약서를 가지고 오라고 일렀다. 계약서는 아직 매수자의 이름이 적히지 않은 빈 용지였다.

"어머니 고층인데 괜찮으시겠어요?"

고소공포증을 생각하며 페르세우스는 어머니에게 물었다.

어머니는 희미하게 웃었다.

이제는 괜찮은 것인가?

김재환 중개사는 그 용지에 등기부를 보고 주소와 아파트 면적, 부대 면적 등을 적어넣고 페르세우스에게 신분증을 달라고 해서 페르세우스의 인적사항을 직접 기록했다.

매도자는 조금 있다가 오기로 했으니 그때 인감까지 받으면 되고 매수자는 인감도장이나 인감증명서 없이 사인만으로 가능하다고 했다. 페르세우스는 계약서를 들고 대충 읽었다. 특별할 것이 없는 주택 매매계약서였다. 어떤 문제가 발생하면 공인중개사가 중재에 나서고 책임을 진다는 내용이었다. 페르세우스는 어머니의 눈치를 힐끔 보고 이름을 적어넣고 사인을 했다.

그리고는 큰아버지가 시키는대로 어머니를 집에 모셔다드렸다. 큰아버지는 아마도 매수자를 만나고 김재환 중개사와 은행에 가서 계약금을 송금시킬 것이다.

어머니를 아파트 주차장에 내려 드리고 페르세우스는 바로 사무실로 나갔다. 남은 일은 어제 준비한 배춘자 아주머니를 만나는 일이다. 어제 등기부와 시세파악은 다 하고 병원에 들르지 못

했다. 그녀를 안심시키는 일이 급했지만, 잠시 인터넷으로 아파트 시세를 검색하고 나가기로 했다.

이제 페르세우스는 마흔네 평의 아파트 소유자가 되는 셈이다. 페르세우스는 인터넷에 들어가 아파트 시세를 살폈다. 서울과는 달리 이 도시는 자꾸 인구가 줄어서 그런지 오르기는커녕, 아파트값이 자꾸 빠지는 추세다. 그 단지에 매물로 나온 다른 아파트를 살펴보니 그 정도의 가격이면 적당하다. 큰아버지는 아파트의 시세를 모르고 친구가 권하는 아파트를 정하고 그냥 같이 은행에 가서 송금만 시킬 것이 분명하다.

*22.

이사를 했다.

필요한 가구도 새로 사서 넣었다.

이사는 주선미 누나를 통해 남편이라는 김종칠을 불러 이사하는 일을 통째로 위임했다. 수더분하고 묵직하게 생긴 작자라 말없이 전문가답게 깔끔하게 했고, 주선미 누나의 입김으로 가격은 싸게 했다. 이사를 간 집과 이사를 온 집의 청소까지 깔끔하게 마쳐주었다. 김종칠은 자기 일에 아주 책임감이 있고 열성적인 사람이었다. 최소한 페르세우스의 눈에는 그렇게 보였다.

이사를 하는 날은 일요일이어서 안드로메다가 일하기 편한 옷을 입고 와서 어머니를 도와 부엌살림을 정리하고 마무리 청소까지 했다.

큰아버지는 이사한 집이 매우 마음에 드는지, 불편하시거나 갑갑하지 않으신지 아침에 페르세우스가 출근하는 길에 따라 나오시지 않는다.

큰아버지 방에는 한쪽 면에 옷이 걸려 있다. 굳이 옷장에 넣지 않고 벽에 걸어둔 옷인데 육군상사의 계급장이 달린 전투복이다. 그 전투복의 명찰 밑에는 훈장이 매달려 있다. 큰아버지는 그 군복을 이따금, 그윽한 눈으로 보신다.

그걸 보시며 무슨 생각을 하실까?

큰아버지의 방은 넓고 방에 화장실과 욕실이 따로 있어서 불편함이 없는 모양이다. 방에도 텔레비전을 넣어 어머니가 계시는 거실의 텔레비전은 잘 보시지 않고, 무엇보다 큰아버지의 방에 단독으로 딸린 테라스에 놓인 안마의자를 즐겨 사용하신다. 어머니가 선물로 사드린 것인데, 세상에 이런 효부가 없다고 하시며 안마의자를 며느리에 비유했다.

"세상에 이런 효부가 없어. 몸 구석구석을 나른하게 만져주는 게 영락없이 손이 매운 효부야!"

안마를 받으시면 49년간 묵은 피로가 풀려 나른하고 혼곤해진다고 하시며 안마의자에서 잠깐씩 주무시기도 한다. 그 말씀을 하실 적에는 유독 '49년'이라는 말에 힘이 들어간다.

49년!

페르세우스는 그 숫자 앞에서 숙연해질 수밖에.

49년!

김재환 중개사는 봉곡동 소형아파트를 전세가 아닌 사글세로 놓아 그 돈을 어머니 용돈으로 쓰는 게 좋겠다고 했다. 큰아버지께서 그러라고 한 모양이다. 중개사가 어지간히 신경을 썼는지 세는 금세 나갔다. 어느 신혼부부가 계약했는데 아직 이사는 들어가지 않고 계약금만 어머니 통장으로 들어왔다. 그 집은 어머니 명의로 되어있으니 김재환 중개사는 당연히 그래야 한다고 했다.

이사를 하자 달라진 점이라면 안드로메다가 자주 온다는 점이다.

페르세우스가 있건 없건, 어머니와 통화를 하고 와서 같이 장을 보러 다니고 밥을 같이 먹고 저녁 늦게까지 놀다 가곤 했다. 어머니는 페르세우스의 일에 평소에는 전혀 간섭하지 않는데 안드로메다가 온 날이면 페르세우스에게 전화해서 언제 들어오느냐고 묻는 것이다.

"얘야! 하루만 일하면 쌀 한 가마니를 넘게 살 수가 있다니? 이런 나라가 어디에 있다니?"

큰아버지는 물가를 알고 돌아다니시며 시장 구경을 좋아하셨다. 그래서 정가가 정해진 대형 슈퍼가 아닌, 흥정과 덤이 있는 재래시장을 즐겨 다니시는데, 가끔 시내에서 친구분의 아들이 한다는 정육점에서 연하고 질이 좋은 쇠고기를 큰 덩어리로 한 뭉치씩 손수 사오신다.

"이 귀한 쇠고기가 한나절 품삯도 되지 않는다는구나."

그런 게 재미가 있는 모양이다. 그런 날이면 안드로메다를 불러 고기를 반으로 잘라 손수 싸주시며, 집에 부모님께 전해드리라고 하신다. 큰아버지도 안드로메다를 보는 눈빛이 다르다. 하는 짓이 참하다고 하셨고, 군대를 확실히 아는 처녀라 뭔가가 다르다는 것이다.

큰아버지는 페르세우스가 출근해서 청소하고 난 다음이면 느긋하게 사무실에 나오셔서 차를 한잔 마시고 카메라를 메고 출사를 나가시거나 사무실에서 페르세우스의 잔심부름을 하시는 정도다. 페르세우스는 가능하면 큰아버지께서 하실만한 일은 미루어 두었다가 큰아버지께 부탁한다. 조수에게는 일이 있어야 한다는 게 페르세우스의 생각이다.

#

비록 고의는 아니었지만, 던진 원반에 맞아 외할아버지가 죽은 것에 대해 페르세우스는 심하게 양심의 가책을 받았다. 그는 외할아버지가 다스리던 아르고스의 왕위를 도저히 물려받을 수 없다는 생각이었다. 고민하던 페르세우스는 이웃 나라인 티린스 (Tyrins)로 가서 그곳 왕 메가펜테스(Megapenthes)와 담판을 지어 두 왕국을 교환하기로 합의했다. 아르고스가 땅이 넓고 비옥하기에 합의는 쉽게 이루어졌다. 그래서 메가펜테스 왕은 아르고스의 왕이 되고 페르세우스는 티린스의 왕이 되어 이웃 나라로 사이좋게 지냈다. 티린스에서 페르세우스는 안드로메다와의 사이에 고르고포네라는 딸 하나와 알카이오스, 메스토르, 엘렉트리온, 스테넬로스, 헬레이오스 등 다섯 명의 아들을 두었다. 이들 중 몇은 헤라클레스 등 유명한 후손을 두었다.

#

큰아버지는 페르세우스가 아버지 사건에 몰입하고 들추는 것을 상당히 못 마땅해하셨다. 큰아버지는 왜 페르세우스가 공부를 더 하지 않고 사설탐정이 되었는지 그 이유를 어렴풋이 알고 계시는 눈치다.

페르세우스의 사무실 책상에는 당시의 당 대표와 선거에 깊숙하게 개입한 여권 인사들의 이름과 전화번호, 그리고 근황을 기록하는 A4용지가 붙어 있다. 물론 도경의 최경욱 이름도 적혀있었다. 그걸 페르세우스는 처단해야 할 악령, 메두사의 목이라고 여기고 있다.

의뢰인에게 수임받은 일을 하다가 시간이 나면 그 인물들이 개인적으로 어디서 뭘 하고 있는지 파악하고 있다. 페르세우스는 아직 악령 메두사의 목을 베지 못한 것이다. 당 대표였던 장진수는 낙선하고 어디에서 무엇을 하고 있는지, 또 그 가족들은 무엇을 하는지 정확히 알고 있다. 그 외의 인물들도 추적 중이다.

"민수야! 너희 아버진 명을 그렇게 타고 난 것이야."

가끔 하시는 큰아버지의 말씀이다.

"진인사대천명이라고 했어. 명은 하늘이 내리는 거야. 11층에서 떨어져도 살 사람은 산다."

역시 큰아버지의 말씀이다.

큰아버지는 월남전에서 죽는 사람을 하도 많이 보았기에 죽음 앞에는 덤덤하다고 했으며 인간은 언젠가는 죽게 되어있는 법이라고 누누이 말씀하시면서 그만하자고 했다. 정 억울하면 신문에 광고를 내라고 했다.

신문광고?

아버지는 이렇게 죽었다. 억울하다. 아버지를 죽게 만든 놈들은 삼족이 멸하는 천벌을 받을 것이다. 이런 공고를 내고 아버지의 결백함을 만천하에 알리고 억울한 마음을 지우라고 하셨다.

"민수야! 마음 다친다. 세상에는 그보다 억울한 일이 널려 있다. 그게 인간이라는 욕망 덩어리가 사는 세상이니라."

큰아버지는 광고에 낼 문구를 직접 만들기도 하셨다. 페르세우스의 사무실에 나오시면 프린터에 있는 A4용지를 빼서 볼펜으로 문구를 적어가며 생각하시다가 또 지우고 고치고, 그렇게 하여 거의 이틀에 걸쳐 한 장의 호소문을 만들었다. 큰아버지는 달필이었지만 문장에서 띄우는 법이나 철자법이 틀린 곳이 더러 있었다.

*

해평시민께 드리는 호소문!

전 국회의원 설강진은 시민 여러분께서 아시다시피 유명을 달리했습니다. 극단적인 선택을 한 이유가 있습니다. 21대 선거의 유력한 야당 후보이고 여당이 추진하는 개헌에 반대하는 중진 거물이라는 이유입니다. 여당 수뇌부 들의 모략으로 명예롭지 못한 혐의로 갖가지 수모를 당하고, 더러워진 명예에 비통하고 억울하다는 생각에 유명을 달리했습니다. 혐의를 수사하니 청렴하고 결백했으며 선거에 참패할 여당의 중상모략임이 이제 만천하에 드러났습니다. 그동안 갖가지 언론들이 정확하지 않은 추론으로 설강진의원의 명예를 더럽혔지만 이제 그 언론도 진실을 인지하고 돌아섰습니다. 아직도 설강진 의원은 시민들께 좋지 못한 인상으로 기억에 남아있습니다. 그동안 언론에 보도된 추문은 사실이 아니며 미개한 당의 중상모략이 청렴결백하고 선진화된 국정을 계획하던 인사를 억울한 죽음으로 내몬 것입니다. 이것은 명백히 우리 시민에 대한 치욕이자 멸시입니다. 시민 여러분! 설강진의원의 죽음은 결코, 헛되지 않습니다. 건강하고 건전한 자유민주주의의 꽃으로 여러분의 가슴에 피어날 것입니다. 설강진의원은 결코, 부끄럽지 않은, 자랑스러운 해평인입니다.

*

한 장의 호소문이 완성되었다.

큰아버지께서 이틀에 걸쳐 초안을 잡고 구사한 것은 페르세우스가 철자법을 고치고 퇴고한 것이다. 짧지만 할 말은 다 들어있는 호소문이었다.

"네 아버지는 이 혼란한 시국을 제도하기 위해 잠시 온 거야. 그리고 제자리로 돌아갔어."

큰아버지는 페르세우스의 마음을 들여다보기라도 한 것처럼 말씀하셨다.

　페르세우스도 그 비슷한 생각을 했다.

　페르세우스는 아버지를 제우스라 믿는다.

　혼란한 정국을 제도하기 위해 잠시 황금 소나기로 변하여 청동으로 된 탑으로 들어가 다나에를 통해 페르세우스를 만들고 본래의 자리로 돌아가신 것이라 믿고 있다.

　그게 마음이 편했다.

　"정말 이 호소문을 신문에 광고하실 건가요?"

　페르세우스의 질문에 큰아버지는 그렇게 하고 잊어버리자고 했다. 그래야 아버지가 편하게 눈을 감는다는 게 큰아버지의 주장이다.

　아버지가 편하게 눈을 감는다?

　과연 그게 옳은지 모르겠다.

　페르세우스는 심리적으로 혼란스러웠다.

　혼란스러운 가운데 해평시에 어떤 언론매체가 있나 생각했다.

　가장 널리 퍼지는 게 사흘에 한 번씩 나오는 벼룩시장과 교차로다. 그리고 인터넷으로 포털사이트 해평넷이 있다. 신문은 주간으로 나오는 중부신문과 해평문화신문이 있다.

　페르세우스는 큰아버지의 의견을 싹 무시할 수가 없었다. 하여 큰아버지께서 볼펜으로 심혈을 기울여 적은 것을 노트북으로 타이프를 하고 프린트를 두 장 해서 나누어 읽어보았다.

　더 넣을 말이나 뺄 말이 없는 것인가?

　다시 읽어보니 아버지의 명예를 회복하기에는 충분하다.

큰아버지가 보는 앞에서 벼룩시장은 후배 녀석에게 전화해서 일면 아랫단에 광고료를 물어보았다. 후배 녀석은 무슨 광고인지, 광고의 성격부터 물었다. 사진을 보낼 터이니 보고 전화하라고 호소문을 사진으로 찍어서 메시지로 날렸다.

잠시 후 바로 녀석에게서 전화가 왔다.

이런 호소문이라면 세 번 정도 나가면 충분하겠는데 제목은 붉은색으로 하고 내용은 검은색으로 할 것이며, 세 번을 반복하는 것이 좋겠다며 광고비는 싸게 해서 얼마라고 했다. 페르세우스는 계좌번호를 묻고는 폰뱅킹으로 바로 송금했다.

송금하고 바로 교차로에 전화했다. 같은 방법으로 물으니 광고료를 조금 비싸게 불렀다. 벼룩시장에는 얼마라고 하면서 경쟁업체를 들먹였더니 기꺼이 그 가격에 해주겠다고 해서 메시지를 날리고 바로 송금 완료.

중부신문과 해평문화신문은 주간이다. 전화했더니 오랜만에 들어오는 광고문의인지 친절하게 설명을 했다. 네 번, 한 달간 나오는 광고라고 했더니 파격적인 가격에 실어주겠노라고 했다. 두 신문사에도 사진을 보낸 후 송금.

그다음은 해평넷이 문제다.

쓰나미에게 전화했더니 메인화면에 싣기에는 무리가 있다고 했다. 비싸더라도 배너로 실으면 되지 않겠느냐 했더니 그건 길어서 불가능하고 실시간 검색어 상단에 고정으로 박아넣겠다는 것이었다. 페르세우스는 그 생각을 하지 못했다. 그 검색어를 클릭하면 바로 호소문이 뜰 것이다. 유료로 하고 싶다고 했더니 쓰나미 녀석은 다음에 술이나 사라면서 일주일간 그렇게 해주겠다고 했다. 그러면서 녀석은 배너광고로 나가는 사설탐정이 효과가 있느냐고 물었다.

효과? 당연히 있지.

페르세우스는 덕분에 너무 바빠서 술을 살 겨를이 없다고 했다.

페르세우스는 인터넷을 켜고 큰아버지께 실시간 검색어가 무엇인지 해평넷을 띄워놓고 설명을 했다. 그러면서 해평넷을 들락거리는 인원이 얼마인지도 설명을 해드렸다.

큰아버지는 신기하신 모양이다.

이렇게 발전한 광고 사이트가 있다는 게 그저 신기한 모양이었다.

"큰아버지, 이런 것도 있어요."

큰아버지의 시선을 묶어놓고 페르세우스는 메인화면에 있는 사설탐정 설민수의 배너광고를 클릭했더니 사무실의 약도와 상세설명이 떴다.

"이게 네 광고냐? 이걸 보고 사람들이 전화하는 거야?"

그렇다고 했다.

그때, 페르세우스의 핸드폰이 울렸다. 의뢰인의 전화였다.

사십 대로 보이는 남자인데 내용은 외사촌 동생이 의심된다는 것이다. 의뢰인의 홀어머니는 친정을 좋아하시는 까닭에 시골에 있는 외사촌이 모시고 있는데 병원에 모시고 가다가 교통사고를 냈다는 것이다. 사고 위치와 사고유형을 아무리 추적해도 교통사고를 가장한 사기처럼 여겨진다고 했다. 같은 소형 화물차를 탔는데 농로의 전신주를 들이박고 어머니는 중태고 운전을 했던 외사촌은 멀쩡하단다. 알고 보니 외사촌은 어머니 앞으로 거액의 생명보험을 넣고 있다고 했다.

정당하고 합리적인 의심이다.

이런 건이라면 탐정으로서 개입할 가치가 충분히 있는 사건이다.

한참 상담 통화를 하면서 돌아보니, 이런? 조수 아니, 큰아버지가 페르세우스의 책상 앞에 붙은 메두사 악령들의 명단, 주소와 연락처, 근황이 적힌 A4용지를 떼어 갈기갈기 찢고 있었다. ↩

페르세우스여 안녕

2021년 5월 7일 발행
2021년 5월 14일 1쇄

지 은 이 / 이홍사(본명 이종률)
펴 낸 이 / 윤 현 호
펴 낸 곳 / 뿌리출판사
홈페이지 / www.rootgo.com
E-mail / bp1115@naver.com / root1115@daum.net
주소 / 서울시 성동구 성수이로 144-29 제일인쇄조합 101호
우편번호 / 04796
전화 / (代)2247-1115, 466-4516
출판등록 / 서울시 등록(카) 제 1-551호 1987. 11. 23

정가 / 11,000원
ISBN 978-89-85622-97-4-03810